Jürgen Borchert · Reuter in Eisenach

Jürgen Borchert
REUTER IN EISENACH

Die Briefe des Physikates Schwabe

Roman

Hinstorff 1986

Die Übertragung des Wortlautes der Ehrenpromotionsurkunde der Universität Rostock für Fritz Reuter (S. 23) aus dem Lateinischen ins Deutsche besorgte Pastor i. R. Bruno Theek, Ludwigslust

ISBN 3-356-00033-0
© VEB Hinstorff Verlag Rostock 1982
2. Auflage 1986. Lizenz-Nr. 391/240/41/86
Printed in the German Democratic Republic
Buchgestaltung: Heinz Holzgräbe
Gesamtherstellung: VEB Druckhaus „Maxim Gorki", Altenburg
Bestell-Nr. 522 614 2
00900

Notwendige Vorbemerkung

Medizinalrat Dr. med. Carl Wilhelm Schwabe, Kreisphysikus in Eisenach, Fritz Reuters Arzt seit 1863, starb bereits ein Jahr vor seinem Patienten, im April 1873. Reuter wurde nach dem Tod Schwabes bis zu seinem eigenen Ableben von Dr. Rudolf Wedemann (1838–1908) behandelt.

Die hier veröffentlichten »Briefe des Physikus Schwabe« sind Erfindung des Autors.

WEIL DIE STRASSENBAHN NICHT FUHR, nahm ich den Bus und wurde prompt in eine Ecke des Rumpelkastens gedrängt, Bauch an Bauch mit einem vierschrötigen, glatzköpfigen Fünfziger im brustoffenen karierten Hemd, der mir eine steife Schnapswolke ins Gesicht blies.

»Einen gepfiffen, Meister?«

»Was dagegen?«

»Keineswegs, aber könnten Sie vielleicht anderslang atmen?«

Statt einer Antwort rülpste der Mann und hüllte mich endgültig in eine Wolke von Trinkbranntwein, vielleicht bevorzugte er die Marke »Holzfäller«, jedenfalls sah er so aus.

»So recht, der Herr?« fragte er grinsend, und ich entfloh, eine Haltestelle zu früh, aus dem Vehikel.

Die Nervenklinik lag mit ihren verstreuten Gebäuden und Pavillons still im Park, an dessen einem Ende, am steilen Seeufer, sich das Denkmal ihres Gründers, des Medizinalrates Carl Friedrich Flemming, erhebt, »gestiftet von seinen Freunden«, und an dessen jenseitiger Grenze ein kleiner Friedhof angelegt ist. Dort, unter hohen alten Linden und Kastanien, liegt Rudolf Tarnow begraben, der ein großer Verehrer Reuters gewesen ist, ein gewaltiger Kerl mit einem spiegelnden Glatzkopf und einem riesigen Bauch. Tarnow war *Inspektor der großherzoglichen Irrenanstalt auf dem Sachsenberge* und hat zu seiner Erholung eine Menge unsäglich komischer und ebenso unsäglich kaisertreuer Gedichte geschrieben. Jetzt aber galt mein Weg nicht ihm, sondern einem Patienten, der jedoch dieses Gelände nie betrat und der auch schon seit mehr als hundert Jahren unter der Erde liegt.

Eine Schwester führte einen alten Mann, der unter Schüttelungen grimassierte, langsam durch den Lindenschatten und redete leise und eindringlich auf ihn ein. Worüber redete sie mit ihm? Und wie? Vielleicht war es nur die Schüttellähmung, die ihn so »verrückt« aussehen ließ? Und er war sonst völlig »normal«? Vielleicht erzählte die Schwester von ihren Sorgen, weil er zuhörte?

Auf einer Terrasse in der Sonne saßen Spastiker in Rollstühlen und warfen sich, von einer blonden, sehr hübschen Therapeutin unterstützt, unter lautem Gelächter mit ihren fast grotesken Bewegungen einen schweren Medizinball zu. Sie fingen ihn sicher auf, warfen ihn sicher weiter, wahllos und fröhlich, und die Schwalben pfiffen durch den grünen Park.

Ein Wegweiser mit der Aufschrift »Station 15« wies nach rechts. Neben der Aufschrift hatte ein »Kunde« die Kratzinschrift »TH« angebracht, was nicht etwa »Technische Hochschule« bedeutet, sondern die im Milieu gängige Abkürzung für die früher übliche Bezeichnung »Trinkerheilanstalt« ist. Und dann, wieder hinter Bäumen, ein Gebäude, flach, mit weit offenen Fenstern und einer kleinen Freitreppe, auf der ein paar sehr unterschiedliche Männer saßen, alte und junge, einige adrett, beinahe akkurat gekleidet, andere unrasiert. Fast alle rauchten. Als ich auf sie zuging, stand einer, so ein Grauer, Graugesichtiger, auf, nahm die erloschene Zigarrenkippe aus dem Mund und sagte: »Der Doktor hat erst um drei Sprechstunde. Und jetzt isses zwei, und du mußt ooch warten.«

»Ich bin kein Patient, ich komme privat.«

»Det sagen se alle. Privat! Haha. Ick bin ooch privat hier!«

»Halt's Maul, Egon!« Ein dünner junger Mann machte mir Platz.

»Der Doktor ist drin. Bitte!«

Ich durchschritt die Reihe der Wartenden, betrat das Haus, eine Schwester führte mich durch einen langen, mit parkettartig gemustertem Linoleum ausgelegten Gang in einen kleinen, fensterlosen Warteraum.

»Kleinen Moment, bitte. Dr. K. wird gleich kommen.«

An der Wand strahlte in sattem, schönem Blau ein großformatiges Poster einer UNESCO-Kommission, darauf reckte eine auf einem Stuhl zusammengesackte stilisierte Menschengestalt mit sichtlich letzter Anstrengung den Arm zu einer bedrückenden Geste empor; der anderen, auf den Boden herabhängenden Hand war eine Flasche entglitten, und oben stand in dicken Lettern, Weiß auf Blau, das Wort HELP.

Ihm, dem Patienten, der schon seit mehr als hundert Jahren unter der Erde liegt und dessentwegen ich hier auf den Doktor wartete, war nicht mehr zu helfen. Nur ihn besser zu verstehen, das konnte erreicht werden.

Verehrter Herr Medizinalrat, geschätzter Herr Collega!

Ihr Brief erreichte mich inmitten einer unbeschreiblichen Unordnung; Sie wissen vielleicht, daß ich meine Praxis zu Eisenach seit Ostern aufgegeben habe. Die Anstrengungen unseres Berufes, die sich ständig vermehrenden Belastungen, die sich aus der Verantwortung eines Kreisphysikus ergeben, und ach, lieber Freund, auch das Alter waren die Ursachen, daß ich mich entschloß, jetzt nach mehr als vierzig Jahren ärztlichen Wirkens in meiner geliebten Vaterstadt das Stethoskop aus der Hand zu legen und meine Patienten jüngeren Händen anzuvertrauen. Und so hat eben mein Nachfolger im Amte, Herr Dr. Croy, ein geschickter Chirurg und allseits beliebter junger Arzt, Sohn des hiesigen Superintendenten und schon dadurch bestens eingeführt, statt meiner im Lehnstuhl meines Ordinationszimmers Platz genommen. Verstehen Sie meine Wehmütigkeit, trotz aller beruhigenden Aussichten auf ein wohlgeführtes Fortschreiten meiner Arbeit und auf einen behaglichen Ruhestand? Ja, Sie verstehen's, Sie besonders. War nicht Ihnen ebenso zumute, als Sie sich vom Sachsenberge zurückzogen, um Ihren Neigungen und Ihrer Familie zu leben? Es muß wohl aber so sein, wie es ist: mit Wehmut nehmen wir Abschied von den Dingen und den Pflichten, die uns ein Lebensalter hindurch umgaben.

Eben in jenen Tagen, als ich die rührende und schwierige Pflicht hatte, meine Angelegenheiten zu ordnen und meinem Nachfolger zu übergeben, als ich zum letzten Mal an meinem Schreibtische saß und durch die offenen Fenster hinüber auf die Stadt sah, rechts Reuters Haus am Hang, oben die Burg, als ich das emsige Ordnen von tausend Schriftstücken, Krankenakten, Gutachten und dergleichen für ein Weilchen unterbrach, um meine geliebte Zigarre zu schmauchen – übrigens der einzige Genuß, den ich als Arzt mir selbst noch gestatten darf –, eben in jener Stunde brachte mir mein alter Kruse Ihren Brief. Ich gestehe, daß ich ihn zunächst ungelesen beiseite legte – einesteils wollte ich verhindern, daß er in dem

Wust von Papier, der vor mir auf dem Tische ausgebreitet war, unterging, und andererseits schien mir ein Brief von Ihrer Hand zu wichtig zu sein, um ihn mitten in angestrengter Arbeit eilig zu überfliegen.

Je nun, verehrter Freund, ich habe ihn indessen gründlich gelesen und bin gar nicht überrascht! Mußte ich nicht eigentlich sogar mit solchen Anfragen rechnen, seit unser Reuter vor Jahresfrist seiner Krankheit erlag? Und so habe ich schon vor langen Monaten in meinen seltenen Mußestunden begonnen, meine Beobachtungen, die ich als Reuters Arzt seit 1863 machen konnte, aufzuzeichnen. Ich glaube, ich habe ihn sehr gut gekannt, ich bin elf Jahre in seinem Hause aus und ein gegangen, ich wußte um alle seine Leiden und alle seine Freuden, er war mir ein offenherziger und tapferer Patient, aber auch ein wohlwollender, menschlich fühlender Freund. Ich habe alle seine Freunde gekannt, viele von ihnen leben noch unter uns. Ich las alle seine Bücher, oft unter großen Mühen, denn Sie werden sich gewiß erinnern, daß ich selbst das thüringische Idiom spreche und das Plattdeutsche zunächst als Fremdsprache begreifen mußte – bis Reuter mich häufig zu sich lud, wenn er, was oft vorkam, Gästen und Freunden aus seinen Büchern vorlas. Ich glaube, lieber Freund, das waren Sternstunden, die ich erleben durfte: unser Reuter in seinem behaglichen Lehnstuhl, die immer wieder ausgehende Pfeife zwischen den Knien, über sich die leise zischende Lampe, vor sich die Blätter mit seiner schnellen Schrift. Wie er seine Gestalten leben ließ! Wie er manchmal, beim schönsten Lesen, sich unterbrach und ein Wort eilig durch ein anderes, nach seinem Begriffe besseres, ersetzte, wie er seine Handlungen vorspielte! Selbst, wenn er krank war: wenn er aus seinen Büchern vorlas, verwandelte er sich vollständig, die müden Augen bekamen einen heftigen Glanz, hektische Röte huschte zuzeiten über sein bärtiges Antlitz, die Brauen hob er wie ein junger Strom, und seine Arme, seine schwachen Hände hieben skandierend durch die Luft. Er las mit dem ganzen Körper, mit der ganzen Beweglichkeit seiner Physiognomie.

Oft hatte ich den Eindruck, daß die Begegnung mit den Gestalten, die er aus sich selbst heraus geschaffen hatte, ihm Kraft gab. Aber, es reißt mich schon hin! Sie sehen also, ich habe Stoff genug für die erbetenen Berichte. Ich will nur hoffen, daß meine Erinnerungsfrische mich noch recht lange nicht verläßt; wenn auch gelegentliche Gichtattacken und ein hartnäckiger Rheumatismus mich körperlich sehr angreifen, wenn auch mit meinem Magen nicht alles zum besten bestellt ist, so sind doch Kopf und Herz wohl frisch genug, und die Augen, gottlob, sind immer noch die des Jünglings. Zeit meines Lebens habe ich keine Gläser gebraucht. Reuter, der sehr kurzsichtig war und in seinen letzten Jahren, namentlich nach seinem Schlaganfall 1872, nur noch lesen konnte, wenn er bei hellstem Tageslicht die Blätter direkt unter die Augen führte, hat mich oft beneidet. Ich erinnere mich gut jener klaren Sommernächte, in denen ich über das Haintal hinweg, also gut eine halbe Meile weit, von meinem Hause aus mit bloßem Auge sehen konnte, ob Reuters noch auf oder bereits zu Bette gegangen waren, weil ich nämlich das Licht hinter den Fenstern des Hauses wahrnahm. Wir haben oft darüber gescherzt.

»Dr. Schwabe wacht sogar nachts über mich und kontrolliert, wann ich zu Bette gehe!« pflegte er zu sagen.

Nun ist unser Reuter schon ein Jahr lang unter der Erde. Wieviel mich mit ihm verband, vermag ich kaum zu sagen. Er war unter meinen Patienten der wohl bedeutendste Mensch.

Und wenn ich jetzt, nach seinem Tode noch, mich weiterhin als sein Arzt begreifen muß, so tue ich dies um so lieber, als daß die Nachwelt, wie ich fürchte, allzuschnell mit der Verklärung bei der Hand sein wird, mit jener Vergottung, die aus ach so vielen großen Geistern, die doch Menschen von Fleisch und Blut gewesen sind, geheiligte Titanen schuf, Götzenbilder einer sinnentleerten Verehrung. Nein und wieder nein!, lieber Freund, das kann und soll mit Fritz Reuter nicht geschehen, und was wir dagegen tun können, wollen wir tun! Wie sehr ihm selbst solche Heiligsprechung zuwider war, weiß ich; mehr als einmal rief er aus, daß die Leute ihn lesen und wieder lesen sollten, und still vergrub er sich in seiner Arbeitsstube, wenn die Besucher andrängten, ihn zu bestaunen wie ein Wundertier. Wohl, wohl, er wußte, was er wert war, und hat sich nicht gern die Elle anlegen lassen, aber er war doch ein Mensch! Ein Mensch!

Gewiß kann und will ich nichts mehr oder weniger, als meine Ansichten und meine Meinungen über sein Leben und Leiden, sein Streben und Weben niederschreiben. Dies aber aus vollem Herzen, als sein Arzt und als sein Freund.

Sie werden mir mein Alter und meine Zerstreutheit zugute halten, wenn ich in meinen Berichten nicht immer dem Zeitenlauf folge, wenn es mich zu Abschweifungen hinzieht, wenn ich Ihnen auch scheinbar Unwichtiges mitteile. Sie sollten die Güte haben, durch Fragen mich herauszufordern, sollten die Kreise abstecken, in denen ich mich mit meinen Erinnerungen und mit dem Nachlesen meiner Aufzeichnungen bewegen muß, damit Sie statt eines, wie ich hoffe, treulichen Bildes unseres toten Freundes nicht gar die Lebensbeichte eines alten Arztes unter die Augen bekommen. Sie und ich, lieber Flemming, haben die uns Menschen zugemessene Zeit ja eigentlich, vielleicht durch glückliche Umstände und eine gute Konstitution bedingt, schon überschritten, wir leben vielleicht mehr mit der Vergangenheit als mit der Gegenwart, und weil das so ist, sollten wir doch ein wenig für die Zukunft tun.

Uns wohl kaum, aber ihm wird die Zukunft sich wieder und wieder zuwenden; schon jetzt hat man begonnen, Denkmäler zu errichten, vergangene Woche erst ist auf dem hiesigen Friedhof mit rechtem Pomp das von dem Berliner Akademieprofessor Afinger entworfene und dem Baurat Kyllmann hergestellte Grabmal mit einer Büste des Toten von Afingers Hand geweiht worden, und ich hörte auch von Denkmalsplänen hier und da im Lande. Ja, ja, er soll sie haben, die Denkmäler, er hat sie verdient. Was aber soll die Nachwelt für ein Bild gewinnen von Reuter, wenn sie dieses Grabmal sieht? Diese toten Steinaugen mit starrem Ausdruck, umgeben von architektonischer Pracht modernsten Stils, von Rosetten und Pilastern, mit einem klassischen Architrav überwölbt – ich frage Sie, lieber Freund, was soll man dazu sagen? Ich war bei der Weihe zugegen; der Vater meines Nachfolgers, unser verehrter Superintendent Croy, sprach ein Gebet und ein paar Worte des Gedenkens, der Chor des hiesigen Gymnasiums sang Schondorfsche Lieder aus dem »Hanne Nüte« und auch das schöne Eikboom-Lied, und Frau Reuter, immer noch in tiefstem Schwarz, begleitet von ihrer Freundin, der Frau des Schloßhauptmanns von Arnswald, stand erhaben und ergriffen da. Eine Unmenge von Gaffern und Fremden konnte nur mit Mühe von den Friedhofsdienern im Hintergrund gehalten werden. Ich schwieg zu alledem und machte meinem alten Reuter heimlich ein Zeichen, als wollte ich ihm sagen: Lassen Sie es gut sein, lieber Freund, es kann Ihnen nichts anhaben!

Nein, das ist Reuter im Leben nicht gewesen, was er da nun im Tode darstellen muß. Ich könnte mir andere Denkmäler vorstellen, weniger weihe- und würdevoll ...

Lieber Flemming, wollen wir es für heute genug sein lassen. Sie haben mein Einverständnis; ich werde, sobald ich die letzten Formalitäten meines Amtsabschiedes hinter mich gebracht, meine Notizen aus dem Sekretär kramen und mein Gedächtnis und mein Herz befragen. Indessen leben Sie wohl, Verehrtester, grüßen Sie mir Ihre schöne Stadt, die ich vor sehr vielen Jahren zum letzten Mal sah und die wiederzusehen mir wohl kaum vergönnt sein wird, und grüßen Sie Ihre liebe Frau! Sagen Sie ihr, sie täte recht daran, ihrem Manne allzuviel Arbeit am Schreibtisch und allzu viele Zigarren zu untersagen!

Eisenach, den 19. Juli 18**   Ihr ergebener

Geehrter Herr Medizinalrat, lieber Freund!

Für ihre freundlichen Zeilen danke ich aufrichtig; mit Ihnen bin ich der Ansicht, daß wir uns hüten sollten, eine wertungsfreie Anamnese unseres toten Probanden, ein wissenschaftliches Spektakulum anzustellen. Überlassen wir das anderen. Nein, der ganze Mensch steht im Blickfeld unserer Nachforschung, und mit Sympathie und Liebe wollen wir uns unserem Gegenstande nähern. Ach ja, es wird uns manchmal sauer werden, fürchte ich, denn Freundesliebe und Achtung vor dem Toten, selbst Anstand und Taktgefühl dürfen es nicht verhindern, daß wir auch den Abgründen seiner Seele nachspüren! Wir müssen ehrlich sein, ehrlich und aufrichtig, sage ich, uns und ihm zuliebe!

Ich erinnere mich genau des Tages und der Stunde, als ich Reuter das erste Mal sah. Schon lange war die Rede in der Stadt davon, daß der gerühmte Dichter sein Vaterland Mecklenburg für eine kleine Spanne von zwei oder drei Jahren verlassen wolle, um in unserer heiteren Gegend, in den lieblichen Tälern unter der Wartburg, Wohnsitz zu nehmen. Ich erfuhr eigentlich fast zuletzt von diesem beabsichtigten Schritt Reuters; er selbst war mir fremd, seine Werke hatte ich nicht lesen können, mein Interesse für Literarisches war ohnehin gering, auch beschäftigten mich die Pflichten und Dienste meines ärztlichen Amtes zu sehr, als daß ich Neigung empfand, mich an städtischem Klatsch, an modischer Neuigkeitenkrämerei zu beteiligen. Erst Bankier Ziegler, ein honoriger, uns Eisenachern wegen seiner Kunstfreundlichkeit gut bekannter Mann, den ich seit langem wegen eines leichten Diabetes behandelte – übrigens ist er vor vier Jahren gestorben –, kam eines Tages in meine Ordination und berichtete mir begeistert, er sei durch seinen Geschäftsfreund Siemerling, Reuters Bankier in Neubrandenburg, gebeten worden, die Übersiedlung des Dichters nach hier vorzubereiten. Es sei vor allem die Gattin des Dichters, eine geborene Pfarrerstochter Kuntze aus dem Mecklenburgischen, die dies betrieben habe; Reuter sei in Neubrandenburg in zu viele

Geselligkeit verstrickt und dadurch oft vom Schreiben abgehalten, auch würde man von einer gewissen Neigung zu geistigen Getränken sprechen. Frau Reuter erhoffe vom Wechsel der Umwelt eine bessernde Wirkung auf diese krankhafte Neigung. Zudem leide der Dichter an gelegentlichen rheumatischen Erkrankungen, die das feuchte und neblichte Klima im Norden erheblich begünstige. Ziegler habe auf Bitten Siemerlings bereits eine Belletage mit Garten in dem kürzlich errichteten Schweizerhause am Weg zur Wartburg gemietet, dort schon die ersten aus Neubrandenburg eingetroffenen Möbel aufstellen lassen und wolle dem Dichter in seinem eigenen Hause so lange Wohnung bieten, bis jene Belletage den Bedürfnissen des Reuterschen Haushalts entsprechend hergerichtet sei.

Sein Bericht füllte mich augenblicklich mit Interesse, und vollends wurde ich neugierig, als Ziegler mich bat, als Arzt zur Verfügung zu stehen, falls der Erwartete in medizinischer Hinsicht bedürftig werden sollte. Ich sagte das sofort zu; mein ärztliches Interesse galt außergewöhnlichen Persönlichkeiten schon seit meiner Studentenzeit. So bereitete ich mich vor, versuchte, zunächst ohne Erfolg, plattdeutsche Dichtungen Reuters zu lesen, befragte unseren verehrten Landtagsvizepräsidenten, den alten Burschenschafter Julius Fischer, von dem ich wußte, daß er mit Reuter zu Jena studiert hatte, zog auch Erkundigungen in Schwerin ein – kurzum, als ich mit Reutern dann am 7. Juli 1863 bekannt gemacht wurde, wußte ich schon viel über diesen Mann und fand ihn tatsächlich fast so vor, wie ich ihn mir vorgestellt hatte. Der Dichter war dreiundfünfzig Jahre alt, also schon ein wenig über das sogenannte »beste Mannesalter« hinaus, Haar und Bart waren von kräftigem Wuchs, stellenweise grau, das Haupthaar jedoch noch dunkel und dicht. Die Nase fügte sich in ihren kräftigen Formen gut zu dem ganzen breitflächigen Gesicht durchaus wendischen Zuschnitts. Er trug bereits damals eine recht starke Brille, die er niemals ablegte – ich habe ihn in den nachfolgenden elf Jahren nie – doch! erst auf seinem Toten-

bette – ohne die Brille gesehen. Sein Gehör schien nicht das
beste zu sein, er legte manchmal die Hand hinters Ohr und
sprach auch selbst meist sehr laut, mit einem volltönenden,
etwas rauhen Organ in ziemlich tiefer Baßlage.

Seine Erscheinung war eher untersetzt, der Hals stark und
kurz, die Schultern breit und von kräftiger Ausbildung. Reuter
war von starkem Wuchs und äußerlich mit allen Anzeichen
einer strotzenden Gesundheit ausgestattet. Er hielt sich sehr
gerade, pflegte im Gespräch den Kopf schief zu halten und
die Hände auf dem Rücken zusammenzulegen. So, leicht
vornübergeneigt, zeigte er zumeist eine Miene höflichster
Aufmerksamkeit.

Verzeihen Sie, lieber Flemming, wenn ich Ihnen diese
Schilderungen von Reuters Habitus vielleicht ein wenig zu
genau ausführe; ich denke aber, daß der Blick des Arztes auf
den Habitus des Patienten – für mich jedenfalls – stets von
großer Wichtigkeit ist, und ich verhehle ja nicht, daß ich dem
mir völlig fremden Manne mit dem Interesse des Arztes an
einem neuen Patienten gegenübertrat und meine
Beobachtungen noch gar nicht unter dem Eindruck unserer
späteren Freundschaft standen. Lassen Sie mich deshalb fortfahren. Reuters Bewegungen waren heftig, manchmal ruckartig,
seine Mienen äußerst beweglich. Er drückte mir sehr kräftig
die Hand und hieß mich willkommen. »Diese Ärzte!« rief er
scherzend aus. »Kaum bin ich dem Hörrohr des lieben Brückner
in Neubrandenburg entronnen, so finde ich mich schon wieder
in den Fängen eines Medicus. Das ist Luisens Geschoß, wie
ich vermute!«

Sein Tonfall war sehr stark norddeutsch, indes sprach er
während der ganzen Unterhaltung nicht plattdeutsch, auch
nicht mit seiner Frau, nur gelegentlich streute er plattdeutsche
Wendungen in seine Rede. Er war witzig an diesem ersten
Tag unserer Bekanntschaft, drohte mir scherzhaft mit dem
Finger und sagte lachend: »Wenn ich Sie bitten darf, Herr
Doktor, heizen Sie Ihr Hörrohr ein wenig an, wenn Sie mich
nächstens in die Mangel nehmen. Vor nichts haben die

Patienten einen größeren Bammel als vor diesen kalten Dingern, besonders zwischen den Schulterblättern!« Und ich schied an diesem sommerlichen Vormittag aus Reuters Haus mit dem Gefühl, mit diesem Manne nicht allzuviel Arbeit erwarten zu müssen. Wie sehr ich mich täuschen sollte, haben die Jahre seither gezeigt.

    Schon ein langer Brief seines bisherigen Arztes, des Medizinalrates Dr. Ludwig Brückner in Neubrandenburg, dessen Auskünfte für Ihre Ermittlungen vielleicht ebenfalls von Bedeutung sein können, belehrte mich eines Besseren. Ich bedaure sehr, diesen Brief nicht aufbewahrt zu haben – er wäre heute sicher von großem Interesse für unsere Bemühungen. Ich weiß aber noch, daß Brückner mir seitenlang die Beschwerden Reuters beschrieb, daß er von gelegentlichen Wasserkuren in Stuer am Plauer See berichtete, die, wie ich mir denke, Reuters Leiden möglicherweise gemildert, dafür hingegen seine Gliederschmerzen befördert haben dürften. Ich will versuchen, mich auf den Inhalt dieses Schreibens genauer zu besinnen und Ihnen nähere Einzelheiten zu berichten. Heute abend indes fehlt mir dazu die Kraft, ich laboriere nun schon seit ein paar Tagen mit einer hartnäckigen Verschnupfung herum und muß mir reumütig das Geschimpfe meines alten, braven Kruse anhören, der mich eingefleischten Junggesellen seit mehr als dreißig Jahren aufs treueste bekocht und bewirtschaftet und der nun schon Miene macht, mir die Lampe vor der Nase auszulöschen und mich mit Gewalt in das Bett zu treiben. Ich beuge mich dieser Gewalt, zeige Gehorsam und empfehle mich Ihnen als

Eisenach, den 31. Juli 18**   Ihr ergebener

Verehrtester,

haben Sie Dank für Ihren tröstenden Brief; indes hat sich mein Schnupfen, wie ich es schon befürchten mußte, zu einer rechten Influenza ausgewachsen, ich habe gar mehrere Tage fiebrig zu Bett gelegen und meinen alten Kruse um Fliedertee in die Apotheke senden müssen. Es geht den Ärzten wie den Schustern, denen man nachsagt, sie hätten stets die löchrigsten Stiefel an. Was aber hilft uns beiden Alten das Jammern! Ihre schönen Gedichte haben mich indes wieder ermuntert, und wenn ich Sie bislang für einen vortrefflichen medizinischen Schriftsteller gehalten habe, kann ich Sie nun auch unter die Ritter des Pegasus einreihen. Vor Jahren schon hatte ich einmal in dem schönen Hobeinschen Almanach »Vom Ostseestrand« Verse von Ihnen gefunden. Ja, Sie haben recht:

> *... und neigt sich schon der Abend,*
> *so fehlt's doch an Verdruß.*
> *Ich mag! kannst du jetzt sagen*
> *und nimmermehr: Ich muß!*

So ist es wohl, so mag's wohl sein. Ich mag indes nun nicht mehr das Bett hüten, ich mag (!) nun aufstehen und die Spur unseres Freundes weiter verfolgen. Der Abend neigt sich, und ein kleines Wenig »Ich muß!« kann wohl auch uns aus der Reihe der Pflichtwilligen Ausgeschiedenen nicht schaden.

Also Brückners Brief! Ich habe meine Notizen aus diesen Jahren noch einmal durchgesehen, auch meine Anmerkungen, die ich auf Reuters Krankenblatt machte, und glaube nun einigermaßen zu wissen, was in dem Brief stand. Reuter, so schrieb Brückner, habe bereits in Neubrandenburg und schon viele Jahre zuvor eine starke Neigung zu geistigen Getränken gehabt. Er selbst, Reuter, habe mit allen Mitteln dagegen angekämpft, es sei jedoch, besonders in depressiven Phasen, immer wieder zu heftigen Attacken gekommen. Reuter sei, dank seiner starken Natur und seiner unbezähmbaren Arbeitswut, die ihn besonders nach solchen Gelagen befiel, stets sehr schnell wieder ernüchtert gewesen, habe sich mit Selbstvorwürfen überhäuft und wochenlang nur schwarzen Kaffee getrunken. Brückner habe daher diesen Erscheinungen keine so sehr große Bedeutung beigemessen, wichtiger sei es ihm immer erschienen, den Dichter zu einem überhaupt mäßigen Leben zu bewegen. Denn Reuter war ein gewaltiger Esser vor dem Herrn, und in jener Zeit, als er zu uns nach Eisenach zog, konnte er ohne Mühe auf einen Sitz seine fünf Täubchen verspeisen und war danach keineswegs abgeneigt, auf einen deftigen Apfelstrudel einzugehen oder sich zum Abgewöhnen, wie er es scherzhaft nannte, einen jener köstlichen Plumpuddings einzuverleiben, die das alte Mädchen Lisette, die »eiserne Jungfrau«, mit Frau Luisens Hilfe herzurichten verstand. Daß er diese Massen von Fleisch, Beilagen und Süßspeisen gern mit einem trockenen Roten oder mit leichten Weißweinen hinunterspült, war wohl mehr eine physische Notwendigkeit denn psychisches Abhängigsein. Die ausgedehnten Festtafeln im Hause Reuter, die sich nach dem Umzug in die Villa zu regelrechten Gastereien ausweiteten, haben ihm wohl auch ein wenig geschadet. Er war ja in den letzten gesunden Jahren, insbesondere bevor er die Probleme mit seinem Herzen bekam, von rechtem, wohlbeleibtem Umfange. Er war eben ein fröhlicher, mit allen Sinnen und Fibern lebender Mensch, mit dem wir es zu tun hatten, und er hat mir oft gesagt, er wolle sich das, was ihm in der Jugend und durch seinen Vater verweigert gewesen, im Alter reichlich gönnen.

Da nämlich liegt der Hase im Pfeffer, lieber Flemming. Sie kennen doch seine Lebensgeschichte, Sie wissen doch von jenen schrecklichen sieben Jahren, die man den jungen Mann durch die deutschen Festungen geschleift hat! Es waren immer wieder jene sieben Jahre, auf die er zu sprechen kam, und niemand von seinen vielen Freunden stand ihm so nahe wie die Männer, mit denen er dieses Schicksal geteilt hatte.

Welch ein Schicksal indessen! Flemming! Können Sie sich das vorstellen? Wir, die wir in unseren behaglichen Lehnstühlen sitzen, die wir das Pfeifchen bürgerlicher Sicherheit schmauchen, die wir zudem, durch unseren Beruf bedingt,

niemals einer politischen Sache, sondern immer nur dem
Menschen, wes Geistes Kind er auch sei, zu dienen hatten,
wir haben gut reden! Wohlhäbiges Herkommen ordnete unsere
Bahn, und langjährige Familientraditionen schrieben uns
unseren Beruf vor. Niemals hätte ich, während meiner Jahre
als Gymnasiast zu Schulpforta, mir etwas anderes denken
können, als eines Tages meines Vaters Ordination zu übernehmen. Sicher wie im Traum ging das alles zu; und wie
paukten wir den Galimathias der Anatomie! Wie gehorsam
büffelten wir die Lektionen unserer gestrengen Professoren!
Und dann abends, die Kneipen! Wissen Sie noch? Wie wir
durch die Straßen von Göttingen zogen, nicht um umstürz-
lerische Lieder zu singen, sondern um den wohlgeratenen
Töchtern des Pedells weinselige Ständchen zu bringen! Nein,
lieber Freund, mir war alles Politische unheimlich, brav
brachte ich meine Examina hinter mich, brav drückte ich zehn
Jahre später meinem toten Vater die Augen zu, und brav
übernahm ich seine Patienten, deren Schrullen und Leiden
und Honorarfähigkeit mir ja längst bekannt waren. Und 1848?
Da hatte ich anderes zu denken als Barrikadengeschrei, da
mußte ich dem Stellmachergesellen Susemihl, dem der
Gendarm Kurz eins mit dem Säbel verpaßt hatte, die Platz-
wunde nähen, und ich mußte dem Geheimrat Lindemann,
den die Brauerinnung weidlich verprügelt hatte, die Blessuren
kühlen. Und so ging mein Leben hin wie das Ihre: ärztlicher
Pflichterfüllung gewidmet, wohlanständig, brav und gut
eisenachisch oder gut mecklenburgisch.

Dagegen nun Reuter! Als ich ihn kennenlernte, war er ein
berühmter Mann, die Gaffer drängten sich, wo er auftrat, die
gute Gesellschaft zu Eisenach nahm ihn als einen der Ihren
auf, der thüringische Großherzog gar empfing ihn freund-
schaftlich und schenkte ihm ein Eckchen Land zu einem
Garten. Erst nach und nach erfuhr ich, wer dieser behäbige
Mann wirklich war.

Seine Anfänge glichen den unsrigen: Jurist sollte er werden
wie sein gestrenger Herr Vater, vielleicht auch eines Tages

Bürgermeister in Mecklenburg. Nur: er wollte nicht. Unwillig unterzog er sich flüchtigen Studien, trieb von Universität zu Universität, immer im Streit mit dem selbstgerechten und harten Vater. Und als dann in Jena das Feuer der Burschenschaften ihn umloderte, zog er mit, einem neuen Taumel hingegeben, in einen neuen Strudel gerissen, und immer, immer! im Streit mit dem Vater. Dann traf ihn der Donnerschlag unserer selbstgefälligen Justiz – jener Justiz, lieber Freund, die ich damals, ihm etwa gleichaltrig, als ganz in der Ordnung befand –, man sperrte ihn ein, man hielt ihn wie einen tollen Hund in unwürdiger Untersuchungshaft, man brachte ihm das Todesurteil. Denken Sie sich das, Flemming! Wie wäre Ihnen gewesen, man hätte Ihnen, nach dreijähriger öder Haft, einem siebenundzwanzigjährigen Manne, den Tod angekündigt? Wie ich einen solchen Spruch aufgenommen hätte – ich weiß es nicht. Und dann der Hohn der Gnade! Dreißig Jahre Festungshaft! Mir sträubt sich die Feder, diese Zahl niederzuschreiben, wenn ich mir vorstelle, wie sie auf den Gefangenen niederschlug, einem riesigen Hammer gleich, der ein Schicksal ausprägte ohne jede Hoffnung ... Nein, Flemming, wir urteilen vorschnell und allzu hoffärtig, wenn wir mit dem Finger auf ihn zeigen und sagen: dieser da ist ein haltloser Mensch gewesen, dieser da hat sich manchmal nicht beherrschen können ... Wie wäre es uns denn ergangen? Hätten wir, unserer völligen Unschuld uns bewußt oder doch mindestens so weit von Schuld entfernt, daß man uns höchstens Leichtsinn oder Jugendübermut hätte vorwerfen können, eine solche Strafe und eine solche Gnade überhaupt tragen können? Einen einzigen Tag leben können im Bewußtsein solcher Zukunft, ohne wahnsinnig zu werden? Sagen Sie doch, Flemming, der Sie ein Kenner und Zergliederer der menschlichen Seele sind und von dergleichen Dingen viel mehr verstehen als ich, kann eine solche Botschaft nicht einen Menschen zerstören? Aber: ihn hat es nicht zerstört! Er überstand es, vielleicht mit der ihm eigenen Robustheit, mit seiner Fähigkeit, Schlimmes zu erdulden. Und daß er in den langen Jahren der Haft, als menschliche Tröstung ihn nicht erreichen konnte, Trost und Vergessen im Wein suchte – das kann und will ich ihm nicht anlasten, das kann und will ich verstehen. Wie hat es ihn später gequält, wenn er nach langen Monaten scheinbar müheloser Enthaltsamkeit plötzlich, durch äußere Anlässe, große Freude oft oder auch tiefe Trauer, einem seiner Anfälle erlag, wenn die Flasche ihn mit unwiderstehlicher Gewalt ebenso anzog, wie ihn seine Frau, seine Freunde, seine Arbeit in solchen Momenten abstießen. Und wie gern hätte ich ihm geholfen, mit welcher Freude ging ich von ihm, wenn es mir hin und wieder gelang, ihm zu helfen ...

Lieber Freund, ich denke manchmal, wenn ich über meinen Aufzeichnungen sitze, an ein Wort meines längst verewigten Professors Ludewig, der – und er dachte an Luther dabei – zu sagen pflegte: »Lieber ein großer Mensch mit kleinen Schwächen als ein kleiner Mensch mit großen Schwächen«, und manchmal gebrauchte er statt des Wortes »Schwächen« das Wort »Laster« ...

Was wissen wir braven Bürger davon. Wir haben unsere Pflicht getan, wir haben den Pfad der Tugend nie verlassen, den Pfad dessen, was uns Bibel und Obrigkeit als Tugend vorschreiben. Vielleicht muß man achtzig Jahre alt werden, um eines Tages zu bedauern, daß man von diesem blumenreichen Pfad nicht hin und wieder doch abgewichen ist, in ein ungewisses Schicksal hinein, in Kampf und Sturm und Lust. Es sind ketzerische Gedanken, ich weiß, mein Freund. Ist nicht auch Faust erst in die Verklärung gelangt, nachdem er das Verbotene getan?

Ich gerate ins Philosophieren, dies wollte ich indes den Philosophen überlassen. Ich muß mich besinnen und bleibe

Eisenach, den 18. September 18**   Ihr ergebener

FRITZ REUTERS EHRENPROMOTION AN DER UNIVERSITÄT ROSTOCK wird bezeugt durch die erhalten gebliebene Ehrenpromotionsurkunde, ein etwa vierzig mal sechzig Zentimeter großes Blatt Papier, das in vollendeter Symmetrie und mit ausgewählt schönen Antiqualettern, gesetzt und gedruckt in der Adlerschen Offizin zu Rostock, in lateinischer Sprache verkündet:

Glück, Heil und Wohlergehen!
Zur Zeit der Regierung unseres erlauchtesten und gnädigsten Herrn, des Herrn FRIEDRICH FRANZ, Großherzogs von Mecklenburg, Fürsten zu Wenden, Schwerin und Ratzeburg, auch Grafen zu Schwerin und der Rostocker und Stargarder Lande Herrn, des allerfreigebigsten Schutzherren und hochherzigen Kanzlers dieser Universität der freien Künste,
und während des Rektorats Johann August Chr. Röpers, Doktors der Medizin und der Philosophie, ordentlichen öffentlichen Professors der Zoologie und Botanik,
erhielt der hochedle und hochberühmte Herr FRITZ REUTER aus Neubrandenburg auf Beschluß der philosophischen Fakultät das Ehrendoktorat der Philosophie und der freien Künste mit allen Ehrenrechten und Privilegien.
Er zeichnet sich aus durch die Pflege der heimatlichen Mundart und echte Heimatliebe; ihn lehrten die Grazien im Verein mit den Musen, Ernstes und Heiteres zu verbinden; neben anderen Werken aus seiner Feder lobt ganz Deutschland sein goldiges Buch »Olle Kamellen«.
Dies bekräftigt und bezeugt hiermit öffentlich Franz Volkmar Fritzsche, Promotor und Prokanzler, Dr. der Philosophie, ordentlicher öffentlicher Professor der Beredsamkeit und der Dichtkunst, Leiter des Philosophischen Seminars, Dekan der Philosophischen Fakultät, hierzu allergnädigst bestellt.
Rostock, unter dem Insiegel der philosophischen Fakultät, 10. März 1863.

Lieber Dr. Flemming!

Gerne erfülle ich Ihren Wunsch und komme noch einmal zurück auf jene in meinem ersten Brief geschilderte Vorlesung – ich kann mich sehr genau daran erinnern und bin ja auch sehr oft dabeigewesen, wenn Reuter vorlas. Dies geschah immer und ausschließlich in seinem Wohnzimmer, später, nach dem Umzug, im »Salon«, wie Frau Luise das prächtige Gemach zu nennen pflegte. Hier allerdings ging er dann schon nicht mehr so ungezwungen zu wie im Schweizerhaus, als Reuter mehrmals aus dem letzten Teil seiner »Stromtid« vorlas. Diese Vorlesungen waren sicher die schönsten, die stärksten und die heitersten; Reuter war noch im Vollbesitz seiner urwüchsigen Kraft.

Ich hatte stets Zugang zum Hause, sei es, daß ich nach dem Befinden der beiden Reuters zu sehen hatte, sei es auch, daß ich einfach auf ein Plauderstündchen ging, denn es war immer Interessantes zu hören, oder sei es schließlich, daß wohltätige Zwecke mich zu Reuter führten – ich hoffe, Sie erinnern mich nächstens, daß ich Ihnen mitteile, was ich aus den Kriegstagen und von Reuters freudiger Nächstenhilfe weiß und notiert habe. Zurück zu den Vorlesungen!

Es wird im Juli, vielleicht auch schon in den ersten Tagen des August 1864 gewesen sein, als Lisette mir eines schönen Mittags ein Billett von Reuters Hand brachte. Ich habe es aufgehoben; es liegt immer noch als Lesezeichen zwischen den Seiten der »Stromtid« und ist vom vielen Umblättern und Angreifen schon ganz brüchig und fast unleserlich geworden. »Lieber Doktor, heute habe ich den dicken Punkt gemacht, und morgen abend will ich Ihnen und ein paar Freunden vorlesen. Meine Frau freut sich, wenn Sie kommen, ebenso herzlich wie Ihr Fritz Reuter.« Natürlich folgte ich dieser Einladung sehr gern; hatte ich doch fast den ganzen letzten Teil des Buches aus seinem Munde vorlesen gehört, und nun war ich begierig zu erfahren, wie die Schicksale Hawermanns und Bräsigs wohl ausliefen, und ich war neugierig auf das Gespräch, das wir haben würden. Und neugierig war ich auch auf die »paar Freunde«. Ich richtete mich also auf einen langen Abend ein und ging gegen sieben gemächlich seinem Hause zu. Unterwegs traf ich Severus Ziegler; er winkte mir von weitem schon zu, wir schritten einträchtig, nach links und rechts grüßend und Hüte ziehend, über die Promenade. Ziegler war heiter und machte Witze. »Mich grüßen die Leute, weil sie Schulden bei mir haben!« – »Mich auch, Ziegler!« Wir langten unter solchen Scherzen natürlich, wie immer, eine Viertelstunde zu früh im Schweizerhause an.

Wir brauchten nicht zu schellen; Reuter selbst, in Hemdsärmeln und Weste, mit seinem Kragen in der Hand, öffnete uns lachenden Gesichts. Man sah ihm auf den ersten Blick an, welche Freude ihn erfüllte, wie es ihn froh machte, fertig zu sein, eine Arbeit abgeschlossen zu haben, die ihn seit Jahren immer wieder zu höchster Leistung gezwungen hatte. »Der Kragenknopf!« rief Reuter und schüttelte uns die Hände, der Bart sträubte sich im Gesicht. »Der Kragenknopf!« Reuter streckte uns das winzige, goldglänzende Ding mit spitzen Fingern entgegen. »Er will nicht hinein!«

Und auf der Treppe, bei noch offener Tür, fummelte Ziegler dem Freunde das Corpus delicti manchen Wutanfalls in die wirklich arg kleinen und zudem durch eifriges Stärken verklebten Löchelchen am hinteren Halsbündchen, und unter Witzeleien stiegen wir durch das enge Treppenhaus hinauf in die Belletage.

Luise empfing uns in strengem Schwarz; sie schien weniger in der Euphorie zu sein als ihr Fritz und tat empört, daß er Ziegler statt seine Frau um den Liebesdienst des Kragenanknöpfens gebeten hatte. »Treten Sie ein, meine Herren!« bat sie. – »Sind wir doch nicht wieder die ersten?« – »Gewiß, wie sonst? Fritz meint ja, Dr. Schwabe und Ziegler kämen immer deshalb zuerst, um sich die bequemsten Fauteuils auszusuchen!« – »Sie durchschauen uns, liebe gnädige Frau!«

Kurz nach uns kamen weitere Gäste, alles Herren. Julian Schmidt aus Berlin war dabei und Quandt, der Buchhändler, Gymnasialprofessor Koch und Friedrich Friedrich, ohne den

eine Lesung Reuters überhaupt undenkbar gewesen wäre.
Und später schellte es noch einmal, es erschien ein riesenhafter Mensch mit schütterem Haupthaar, der sich mit stark norddeutschem Tonfall vorstellte und dessen Namen ich nicht gleich verstand. Er und Reuter umarmten sich, was eines gewissen komischen Aspektes nicht entbehrte: dieser Riese, der seine sechseinhalb Fuß tüchtig niederbeugen mußte, um des Freundes Wange zu küssen, und der eher kurze Reuter, der zu dem Langen aufschaute wie zu einem herzlich geliebten Bruder ... Später erfuhr ich, daß es Reuters Freund Reinhard war, aus Coburg, wo er sich als Redakteur durchschlug, mit der Eisenbahn herübergekommen.

Nach einem heiteren Gespräch gingen wir in das große Zimmer hinüber, setzten uns auf unsere angestammten Plätze, ich in den alten Sessel am Ofen, der heute, in der Hitze des Sommerabends, die angenehme Kühle kalter Kacheln ausströmte, so daß es wohltat, die brennenden Wangen an die weißglasierten Steine zu legen. Von diesem Platz aus konnte ich die Szenerie gut übersehen. Reuter saß im erwähnten Lehnstuhl, ordnete seine Papiere, zupfte sich ein wenig nervös an den Bartspitzen und flüsterte mit seiner Frau, die sich ihm zur Seite auf einen niedrigen Hocker gesetzt hatte. Diese Sitzordnung des Ehepaares kam mir durchaus ein wenig theatralisch vor, ich hatte allerdings auch den Eindruck, daß das Arrangement eher von Luisens sorgender Hand gerichtet worden war denn von der seinen. Reuter räusperte sich, richtete noch einmal die Lampe und begann zu lesen.

Und wie er las von Hawermann und Bräsig und von dem alten Moses und von dem guten Ende, zu dem sich die verschlungene Geschichte schließlich wendet, da waren seine Augen manchmal ein wenig müde, und seine Stimme klang, als habe er seinen Frieden gemacht mit den bösen Mächten und den Wirrnissen der Zeit. Und wie er las von dem Versuche Axel von Rambows, sich im Walde das Leben zu nehmen, und von dem Versuche Bräsigs, demselben dasselbe zu retten, da waren seine Augen wieder voller Schalk, und mir ging dabei der Hintersinn dieser Geschichte auf als einer mecklenburgischen Donquichotterie, in der Bräsig einen trefflichen Sancho Pansa abgibt, der allerdings wohl auch ein Stückchen Ulenspiegel abbekommen hat . . . Mit Erleichterung las Reuter, mit dem glücklichen Ausdruck des Feierabends, und als er geendet hatte, schwiegen wir alle eine Weile. Und dann redeten wir alle eine Weile durcheinander, Schmidt klatschte in die Hände, Ziegler rief: »Bravo! Bravo!«, und Friedrich Friedrich – Fritz Fritz, wie Reuter ihn nannte – hob sein Glas und trank Reuter zu. »Auf dies schöne Buch, Fritz! Sollst leben!«

Nur der lange Mann aus Coburg schwieg zu alledem, sah Reutern von der Seite an und lächelte. Was mochte in ihm vorgehen? Reuter hat mir später erzählt, Reinhard habe ihn anderentags, unter vier Augen, getadelt wegen des versöhnlichen Schlusses seiner Dichtung, habe ihm klitzeklein auseinandergesetzt, daß da zuviel von Idylle sei und zuviel von Nachsicht mit dem alten Obotritien, wie er Mecklenburg zu nennen pflegte. Und dann habe er ihn an seine lange Brust gedrückt, habe gesagt: »Aber schön, Fritz, schön ist's doch!« und sei zurück nach Coburg gefahren. Reuter brauchte wohl jene liebevolle Zuwendung, die er von Reinhard erfuhr; die meisten der Eisenacher Bekannten, die im Schweizerhause aus und ein gingen, konnte er nicht ganz wirklich zu seinen Freunden zählen. Es waren zumeist würdige, auf ihre ehrsame Reputation bedachte Männer der besseren Stände, die eher sich selbst mit der Bekanntschaft des Dichters zierten als er sich mit der ihren. Viele von ihnen waren ihm aus ganz profanen Gründen nahegetreten: Ziegler, der über Geld und Kredit reichlich verfügte, Professor Koch, dessen verzweigte Verbindungen in der Stadt ihm manche Tür und manches Ohr öffnen konnten, Julian Schmidt, der ihm mit seinen Kritiken voranhalf und seinen Namen in den populärsten Blättern verbreitete. Freunde aber, solche Freunde, nach denen sich Reuter sehnte und denen er, auch durch seine mecklenburgische Herkunft, tiefinnerlich verbunden war, solche Freunde hatte er nur sehr wenige, und keiner von ihnen wohnte in Eisenach – Reinhard in Coburg, Schloepke, der Maler, in Schwerin, die Brüder Boll in Neubrandenburg, Fritz Peters in Thalberg ...

Ich habe mich manches Mal gefragt, woher es rührte, daß Reuter sich mit so hochgestellten Männern umgab, die wohl seine Achtung besitzen mochten, aber niemals sein Herz. Lieber Flemming: als er starb, begriff ich's. Es war seine Frau, die diesen Drang nach dem Höheren hatte. Er, in seiner stillen Gutmütigkeit, ließ sie gewähren. Als er starb und ich seine Witwe einige Tage nach seinem Tode besuchte, zeigte sie mir stolz einen Kasten voller Visitenkarten, die sie im Laufe der Eisenacher Jahre gesammelt hatte. An die tausend Karten waren es sicher; sie hatte sie sorgfältig geordnet, und es waren Freiherren, Grafen und Barone die Menge darunter, Kommerzien-, Geheim-, Konsistorial- und Legationsräte stapelweise, und zwischen den feinen Kärtchen, die mit Gold- und Büttenrand sich spreizten, dem glatten Karton edelster Herkunft, den feinsten englischen Papiersorten, fand sich, ordentlich unter »R«, ein flüchtig zurechtgestutzter Zettel im Visitformat, und darauf stand mit Bleistift »L. Reinhard. Schreiberling«. Ha! Flemming! Und sie hatte die Ironie nicht bemerkt, mit der jener lange Mann diese »Visitenkarte« angefertigt und abgegeben hatte. Der hatte sie längst durchschaut, und sie bewahrte dieses Abzeichen ihrer eigenen Eitelkeit auch noch auf.

Aber, lieber Freund, wir sollten es wohl für heute unterlassen, zu so später Stunde an eine Kritik der Frauenzimmer zu gehen. Ich, ohnehin, bin dazu ja nicht prädestiniert, obschon es wohl kaum ausbleiben kann, auch in die Seele von »Frau Dr. Luise Fritz Reuter« einen tiefen Blick zu werfen. Heben wir uns dies also auf, für eine Stunde, die uns einen klareren Kopf schenkt.

Es ist spät, lieber Flemming. Gute Nacht.

Eisenach, den 21. Sept. 18**

Verehrtester,

wie erschrak ich, als ich auf dem letzten Brief wohl Ihr Siegel, aber eine fremde Handschrift erblickte! Ich hoffe nur sehr, daß Ihre Angegriffenheit inzwischen der alten Frische gewichen ist! Sie sollten, wenn diese Zustände sich wiederholen, keinesfalls arbeiten; in unserem fortgeschrittenen Alter kann die leichteste Anstrengung nur zu schnell einen Schaden hervorrufen, von dem wir uns nicht wieder erholen können. Ja, fahren Sie zur Kur! Andere Luft, ein gutes Wasser, eine leichte Diät und Ruhe! Ruhe! Und danken Sie Ihrer lieben Frau, daß sie Ihnen die Hand lieh, an mich zu schreiben. Längst ist mir in meiner Klausur der Austausch mit Ihnen zum Bedürfnis geworden!

Sie befragen mich nach dem Interieur des »Schweizerhauses«, und Sie drängen mich damit auf den geraden Weg zurück ... Ich bin erst kürzlich wieder in diesem Hause gewesen, um einen Besuch bei der Familie des Baurates Dittmar zu machen. Ich fand es unverändert; man hat übrigens unter den Fenstern im ersten Stock, wo Reuters Arbeitsstube lag, eine Tafel aus schwarzem Stein mit vergoldeter Inschrift anbringen lassen, wozu wir im vergangenen Jahr unter den Freunden des Dichters eine Sammlung veranstaltet hatten. Hier, in diesem eher bescheidenen Hause mit seinen kleinen Zimmern, fühlte er sich sehr wohl. Das Haus lag an einem steinigen Hang am Schloßberge; Dittmar hatte es in den ersten sechziger Jahren sich und seiner Familie dort aufgerichtet. Die Anregung dazu empfing er bei einer Reise nach der Schweiz. Er hat später noch mehrere ähnliche Häuser in Eisenach gebaut. Als »Schweizerhaus«, mit diesem Namen versehen, gilt indes nur dieses bei den Bürgern der Stadt. Gleich hinter dem Predigerplatz gelegen, bildet es linkerhand des Weges den Anfang einer Reihe schöner Häuser, die sich den steilen Schloßberg hinaufziehen und den Wanderer, der die Burg ersteigen will, ein Weilchen bergauf begleiten. Die Lage muß auch für Reuter angenehm gewesen sein: liegt das Haus doch gleichsam auf der Scheide zwischen Stadt und Natur. Wenige Schritte abwärts, über den Platz und durch die Untere Predigergasse, gelangt man schnell auf den Marktplatz, und wenige Schritte bergan ist man schon mitten im schönsten und üppigsten Grün.

Das Haus selbst ist aus Fachwerk und farbigen Backsteinen errichtet und fügt sich mit seiner durchaus nicht fremden Architektur sehr gut in unsere liebliche Landschaft ein. Seine überdachten Giebel, seine geschnitzten kleinen Balkone und das glänzende Schieferdach geben ihm ein freundliches Aussehen, und ein schöner Garten von Naturgehölzen und einigen Obstbäumen windet einen grünen Rahmen darum.

Reuter bezog die erste, die »Belletage«, während der Baurat mit den Seinen das Erdgeschoß bewohnte. Unter dem Dach waren Zimmer für die dienstbaren Geister des Hauses untergebracht.

Man betrat das Haus von der Seite her und kam in ein freundliches, wenn auch enges Treppenhaus, das sich bis unter das Dach hinaufzog. Das Treppenhaus war der Anlaß für den ersten Ärger im neuen Heim: der Schreibtisch Reuters ließ sich beim besten Willen nicht die Treppe hinaufbringen – sie war zu schmal und dabei noch zu gewunden, als daß es den gewiß nicht ungeschickten Trägern gelingen konnte, das kolossale Möbel hindurchzuwuchten. Ich sehe die Szene noch vor mir, als wäre es gestern gewesen. Ich hatte nach der Frau des Baurates zu sehen, die ich einige Tage zuvor von ihrer ersten Tochter entbunden hatte, und kam gerade recht, um das Spektakel zu erleben. Frau Reuter hat später oft und bitter beklagt, wie ihre schönen Möbel bei diesem Umzuge gelitten hätten. Nur gut, daß sie nicht mit ansehen mußte, wie den guten Stücken hier geschah! Zunächst nämlich erwies sich mein Weggang als schier unmöglich, denn die Herren Packer hatten den Schreibtisch hochkant durch die recht schmale Haustür gedreht, was ja noch eben angegangen war. Nun stand also das Ding, wie gesagt, hochkant, in der kleinen Diele, von der aus es jetzt die Treppe hinauf sollte. Da war für mich kein Platz mehr, und so blieb ich in der offenen Wohnungstür des Baurates stehen, um der Sache zuzusehen und auf die Freigabe

des Ausgangs zu warten. Die indes verzögerte sich, denn es
war den Packern unmöglich, das Möbel wieder in die Quere
zu stellen: die Diele war eben zu eng. Die Männer fluchten
schier unflätig, der Baurat, der hinter mir stand, gab über
meine Schulter hinweg kluge Ratschläge, und der Schreibtisch
schwankte unter den verzweifelten Versuchen, ihn zu
bewältigen. Ja, Kuchen! Es krachte und knirschte, dann fiel
eines der Beine polternd zu Boden. Dies war das Signal für
die Erkenntnis: die Beine mußten ab, anders war dem Ding
nicht beizukommen. Und ehe man es verhindern konnte, hatte
einer der Packer, ein riesiger, schnauzbärtiger Thüringer, schon
einen Kuhfuß zur Hand und hebelte ritschratsch die Stand-
hölzer von dem Boden des Schreibtisches, und siehe! es ging.
Oben legten sie den Tisch fußlos auf die Dielen, warfen die
abgerupften Beine auf die polierte Platte und setzten sich
erst einmal auf die Treppe, um einigen Krügen Bieres auf
den Grund zu gehen. Reuter würde schon sehen, wie er an
einem solchen ramponierten Möbel schreiben könne. Es sei
ja eine Schande, überhaupt solche Klamotten zu haben. Ein
Dichter! Da habe man sich doch schon an ganz anderen
Einrichtungen versucht! So schnauften die Guten, packten
sodann, frisch gestärkt, wieder zu und schleppten schweiß-
triefend Kisten und Kasten, Stuhl und Schrank und Bett ins
Haus, wo sie die Sachen wahllos in die Zimmer stopften.
Ach ja, lieber Flemming, das Wort stimmt schon, das da
behauptet, umzuziehen sei ebenso schlimm wie abzubrennen.
Allerdings gelang es Frau Reuter sehr schnell und mit der
energischen Hilfe des von Ziegler vermittelten Faktotums
Lisette, aus dem Chaos eine wirkliche Wohnung zu machen.
Reuter war es zufrieden; er mischte sich kaum in die An-
ordnungen seiner Frau, bestand aber auf dem nach vorn
hinausgehenden ersten Zimmer, das er zu seiner Arbeitsstube
bestimmte. Es hatte zwei Fenster, die auf den Weg zur
Wartburg sahen, ein drittes, kleineres, ging auf den Giebel
hinaus und ermöglichte mit Hilfe eines kleinen Spiegels, die
an der Türe schellenden Besucher in Augenschein zu nehmen.

Diese praktische Vorrichtung hat ihm später ziemlich genützt, und mancher, der nur aus Neugier kam, um den großen Mann anzustaunen, schellte umsonst.

Zwischen den Fenstern stand der Schreibtisch, wieder mit seinen stützenden Löwenfüßen versehen und wieder im Vollbesitz seiner spiegelnd polierten Oberfläche. Ein Eisenacher Tischlermeister hatte die Wunden, die der Umzug dem guten Stück geschlagen, kenntnisreich geheilt. Hier also würden die besten Sätze geschrieben werden, die ihm in Eisenach noch gelingen sollten, hier wandelten Lining und Mining einträchtig auf dem Schreibpapier umher, hier stolzierte Bräsig mit seinen gelben Stulpen und den gestreiften Hosen aus dem Kopf seines geistigen Vaters heraus, und hier seufzte wohl auch Jochen Nüßler sein ewiges »Je, 't is all so, as dat Ledder is!«. Wenn Reuter den Kopf hob, sah er über das Tal hinweg den Turm der Georgenkirche und das goldene Kreuz auf dem Dach der Friedhofskapelle, sah die Menschen, die hinauf zur Burg zogen, und schimpfte wohl vor sich hin, denn er war der merkwürdigen und ihm durch nichts auszuredenden Meinung, die vielen Besucher würden die Lebensmittelpreise in Eisenach in die Höhe treiben. Darüber wurde immer wieder gestritten. Besonders Ziegler versuchte es oft, und ich glaube fast, er machte sich einen Spaß daraus, Reuter in dieses Thema zu verwickeln. Prompt raufte er sich den Bart und zählte dem ernsthaft lauschenden Ziegler die Preise für Wein und Gänsebraten und Butter her. »Aber, lieber Freund«, sagte Ziegler, »die Gäste bringen doch Geld in die Stadt! Sie wollen hier etwas erleben, die Burg besichtigen, in einem guten Hotel schlafen, sie mieten sich Dienstmänner, um ihre Koffer tragen zu lassen, sie geben Trinkgelder! Es kommt doch Geld herein!« – »Ja, Ziegler, da haben Sie recht! Es kommt Geld herein – in Ihre Bank. Aber die Gastwirte fragen nicht, ob ich ansässiger Bürger bin oder Herr Kommerzienrat Großmaul aus Berlin! Der Liter Wein kostet ja schon fast einen halben Taler! Mann Gottes!« – »Für einen halben Taler kann sich in Neubrandenburg jeder Kutscher einen Rausch kaufen, der für eine Woche langt!« Luisens Einwurf mochte Reuter gar nicht. Vom Rausch zu reden, das war eine Sache, die ihm nicht lag. Dann pflegte er böse zu gucken, bis Luise ihm den Arm um die Schultern legte. »Ist ja gut, Fritz, ist ja gut. Wir wechseln das Thema.« Wenn Ziegler sein Ziel erreicht hatte, Reuter zum Schimpfen zu bringen, freute er sich diebisch und war ebenfalls geneigt, sich anderen Gegenständen zuzuwenden. Ich gestehe, lieber Flemming, daß ich Zieglers Spiel ganz hübsch fand, denn es gelang ihm fast immer, Reutern zu einer ganzen Flut plattdeutscher Injurien zu inspirieren. Solche fröhlichen Scharmützel fanden meist in Reuters Arbeitsstube statt. Hier bewegte er sich ungezwungen, nahm keinerlei Rücksicht auf anwesende Besucher, hier war er er selbst, brauchte niemandem einen Reuter vorzuspielen, wie ihn die Mitwelt nur allzugern sehen wollte: einen würdigen Herrn, einen gerühmten Dichterfürsten, einen vornehmen, eleganten Gesellschafter ...

Flemming, Sie hätten ihn sehen sollen, wenn er hier, in der Gesellschaft seiner langen Pfeife hinter einem dampfenden Kaffeetopf hockend, bei der Arbeit war, den Rock an den Kleiderstock gehängt, die Weste offen, kragenlos, Haar und Bart wirr, in der schönsten Rage der Schaffenslust! Wie der arbeiten konnte! Wie er auf seinem Stuhl saß, als wolle er jeden Moment aufspringen – so hockte er auf der vordersten Kante, vorgebeugt lag er fast auf dem Tisch, stieß die Feder in die Tinte und redete laut seine Sätze vor sich hin, ehe er sie niederschrieb. Er duldete keine Störung; stundenlang konnte er so hocken und schreiben und murmeln, nichts interessierte ihn dann als seine Arbeit, unbarmherzig schmiß er Lisette hinaus, wenn sie die Fertigstellung des Mittagessens melden wollte. Lisette rächte sich, indem sie ihren Herrn ebenso kurzerhand aus der Küche warf, wenn er gelegentlich die Töpfe inspizieren wollte.

Ich bin sicher, daß Reuter zufrieden war. Wenn ihm auch Mecklenburg, wenn ihm auch seine Neubrandenburger Freunde und der Stammtisch im »Goldenen Knop« fehlten – er war noch so voll von Arbeitswut, daß er es in den ersten beiden Jahren seines Eisenacher Aufenthalts wohl leicht verwand. Und Mecklenburg trug er im Herzen, die Arbeit an der »Stromtid« füllte ihn ganz aus. Ruhe hatte er, Ablenkungen hielten Luise und Lisette von ihm fern. Ich allerdings hatte stets Zutritt; Frau Reuter hatte schnell Vertrauen zu mir gefaßt und glaubte wohl, ich würde einen guten Einfluß auf ihren Mann ausüben.

»Haben Sie Skylla und Charybdis glücklich umschifft, Doktor?« so begrüßte er mich oft. »Meine beiden Hausdrachen haben mir wieder einmal strenge Einzelhaft aufdiktiert. Und ich habe tatsächlich heute morgen schon einen halben Bogen zusammengeschmiert. Allerdings werde ich den halben Bogen wohl wieder wegwerfen, denn es gefällt mir noch nicht so recht. Ich glaube, ich kann es noch besser machen!« Er las mir vor, und ich fand nichts zu tadeln. »Was wollen Sie daran nun noch besser machen? Es ist doch alles gut?« – »Das sagen Sie, mein lieber Medicus! Warten wir ab, was Julian Schmidt sagt! Oder der lange Reinhard!« Und in übermütigster Laune knüllte er den Bogen zusammen, warf mit der Papierkugel zielsicher nach dem Bastkorb in der Ecke, lachte und schlug mir auf die Schulter. »Wollen Sie mich wieder abhorchen?« – »Heute nicht, ich sehe ja, es geht Ihnen gut. Was macht die Frau Gemahlin?« Reuter setzte ein sorgenvolles Gesicht auf, wiegte den Kopf hin und her und sagte: »Sie will bauen!«

Da war es heraus: bauen. Ich habe es immer bedauert, daß Reuter sich überreden ließ, seiner Frau jenen Feenpalast zu bescheren, den sie sich sehnlichst wünschte. Ich schließe die Augen und denke an die beiden so verschiedenartigen Männer, die doch beide derselbe Reuter waren: erst dieser strotzende starke Kerl, dem die Augen blitzten und der mit klarem Kopf und unglaublichem Fleiß in seiner Stube im Schweizerhaus hockte und arbeitete wie ein Berserker, und dann der schmale, graue, leidende Mann, dem nichts Rechtes mehr gelingen wollte und der in seinem Schloß saß und pausenlos Besuche empfangen mußte ... Wäre er im Schweizerhause geblieben, vielleicht wäre alles anders gekommen mit ihm. Aber, mein Freund, das sind müßige Betrachtungen.

Ich habe Ihnen eine Photographie des Schweizerhauses beigefügt, auf der Sie auch die bewußte Gedenktafel erkennen können.

Grüßen Sie Ihre liebe Frau und, vor allem, werden Sie nur recht bald wieder gesund! Sollten wir uns in Wiesbaden sehen?

Fast bekomme ich Lust, auch einmal auszuprobieren, was ich meinen Patienten (und Reuter nicht ausgenommen) so oft verordnet habe: die heilende Kraft des Wassers.

Adieu!

Eisenach, den 1. Okt. 18** Ihr ergebener

Das Schweizerhaus zu Eisenach hat sein anmutiges Äußere infolge notwendig gewordener, für meinen Geschmack indes unklug ausgeführter Baumaßnahmen erheblich verändert. Die Balkone, die auf den alten Abbildungen noch an der linken Giebelseite und im Mittelteil des Gebäudes sichtbar sind, sowie die untere mittlere Terrassentür sind verschwunden. Der Ziergiebel, von Baurat Dittmar aus Gründen der Symmetrie über den rechten Seitentrakt gesetzt, fehlt völlig. Der ähnliche, jedoch stärker betonte Giebel links ist seiner Vorhangblenden und Schmuckteile beraubt und zum bloßen Dachträger degradiert worden. Neu eingesetzte Fenster mit modernen, großflächigen Scheiben haben zwar die Lichtverhältnisse im Innern des Hauses verbessert, dafür die vom Architekten beabsichtigte Ästhetik beeinträchtigt. Trotzdem ist noch manches aus Reuters Tagen vorhanden: das enge, gewendelte Treppenhaus mit dem Abtritt auf halber Etage, die farbigen bleiverglasten Oberlichter der Korridortüren im Erdgeschoß und im ersten Stock, und – kaum zu glauben – die schönen, schweren, sechskantigen Messingtürklinken, alle auf Hochglanz geputzt. Wohnt wer im Haus, der des Hauses Geschichte kennt?

Ja, oben, in der Belletage, die vor mehr als hundert Jahren dem Reuterschen Ehepaar zur Wohnung diente, lebt Frau D. Sie erinnert sich lebhaft an die Töchter des Baurates Dittmar, die hier im Hause geboren sind und ihre Kinderzeit zu Reuters Jahren im Schweizerhaus verbracht haben. Manches wird vorstellbarer, wenn man das Haus sieht, in dem ein Dichter gelebt hat. Und noch mehr, wenn dieses Haus kein Museum geworden, sondern ein Wohnhaus geblieben ist, mit vorstellbaren Raummaßen, mit Küchengerüchen, mit Geräuscheindrücken, mit Atmosphäre, wie sie nur ein bewohntes Haus erzeugt. Also diesen Blick aus dem Fenster hatte er, wenn er den Kopf hob. Kleine Zimmer, hier konnte man nicht nachdenkend herummarschieren wie später in der Villa, hier war man mit drei Schritten von der Tür zum Fenster. In dieser Küche hat Luise herumgewirtschaftet. Unter den Fenstern des einstigen Arbeitszimmers immer noch die Tafel, die golden auf Schwarz an die Jahre Reuters in diesem Hause erinnert.

Wer das Schweizerhaus sucht und sich nur nach der alten Abbildung orientiert, wird es nicht leicht haben. Ein Trafohäuschen am Schloßberg versperrt die Sicht auf die Front, die Tafel wird man nur für ein paar Schritte gewahr, dann schiebt sich schon das Dach eines Nebengebäudes ins Blickfeld. Eine kleine Treppe mit eisernem Geländer führt im Zickzack von der Straße zum Haus. Es sieht alles so klein aus. Reuter an Gustav Lierow, am 1. November 1863: *Ich bewohne in einem ganz neuen, sehr geschmackvollen Hause die belle étage, deren Räume für mich und meine Bedürfnisse eigens erbaut zu sein scheinen.*

Das ist das Schweizerhaus? Diese Fensterchen da oben, das ist die belle étage? Hier dieser Besucherverkehr? Wo haben hier die Forstschüler Aufstellung genommen, wenn sie ihm eins sangen?

Ich vermutete erst, das Nebenhaus, ein prächtig-mächtiger Gründerbau, sei das gesuchte Schweizerhaus. Ich fand dann aber doch zuwenig Schweizerisches daran, und erst als ich mehrfach an den Gebäuden, die hier die linke Seite des steilen Schloßberges flankieren, herumgestrichen war, fand ich per Zufall die Tafel.

So mäßig waren seine Ansprüche? In den ersten Jahren seines Eisenacher Aufenthalts hat er sich häufig in seinen Briefen recht befriedigt geäußert, später, nach dem Umzug in die Villa, treten andere Töne hinzu ... *es ist mir schrecklich widerstrebend, so teuer zu wohnen; ich, der ich glücklich und zufrieden bei Färber Mentz in Treptow für 40 Taler jährlich wohnte, komme nun auf 750 Taler ...*

Das ist allerdings ein Unterschied, fast eine Verzwanzigfachung der Wohnkosten. Freilich, auch seine Einnahmen haben sich verzwanzigfacht, mindestens. So wachsen die Bedürfnisse und mit ihnen wieder die Ansprüche. Vorerst war auch Frau Luise glücklich in dem neuen Heim. *Ich aber sage von unserer Wohnung, nachdem ich eben die Gardinen auf-*

gehängt, daß das Paradies nicht im »großen Bäbelin« gewesen, sondern hier bei uns . . .

Gewiß, wenn auch ästhetische Rücksichten verletzt wurden, die Wohnverhältnisse im Hause sind heute angenehmer. Frau D. zeigt ihre Wohnstube; man hat die mittlere Trennwand entfernt und so ein geräumiges Zimmer entstehen lassen, das Licht von zwei Seiten hat und eine beneidenswerte Aussicht. Nach hinten zu eine alte Tür mit spitzen Angeln. War das die Mädchenkammer, hat dort Lisette gehaust? Es gab keine Hausbücher in jener Zeit. Die Überlieferung schweigt, da muß die Vermutung beginnen.

Geschätzter Herr Doktor,
                             hier sitze ich nun in Wiesbaden, und
doch ohne Sie! Und zudem haben wir heuer einen so
regnerischen und neblichten November, der einem schier die
Lust zu leben nimmt. Was meine Kur hier angeht, so lassen
Sie mich davon schweigen – es schlägt nichts an, ich bin eben
ein alter, abgenutzter Kerl. So wandere ich mißmutig und
hinkend durch diese merkwürdige Stadt, denke mir, wie schön
es wäre, Sie jetzt hier zu haben und mit Ihnen reden zu
können, und sehne mich nebenbei herzlich nach meiner
Studierstube im lieben Eisenach. Vor meiner Abreise, an
Reuters Geburtstag, war ich, wie in jedem Jahr seit seinem
Tode, auf den Friedhof hinaufgegangen, den gleichen Weg,
den damals der Leichenzug genommen, durch die innere Stadt,
dann über die springende Hörsel den Weg am Wartenberge
hinauf. Ich war außer Atem, als ich die Stille des Friedhofs
erreichte. Es waren schon etliche Besucher vor mir am Grabe
gewesen, ich fand einen Lorbeerkranz hinter Afingers
scheußliche Büste gehängt, umwunden mit den mecklenburgischen Farben, was einen so rührend komischen Eindruck
machte, daß ich fast lachen mußte. Mein Reuter, dachte ich,
was haben sie nur mit dir gemacht! Viele Blumensträuße; ein
großer, wunderschöner Kranz mit herrlichen gelben und roten
Rosen zierte die Mitte des Hügels. Seine Frau wird ihn dort
niedergelegt haben. Ich habe sie lange nicht gesehen, sie ist
mir doch ein wenig fremd geworden, und die Leute reden
Wunderliches. Lassen wir das.

Forststudenten kamen mit gezogenen Hüten den Weg herab
auf das Grab zu, grüßten artig, als sie meiner ansichtig
wurden, traten um das Gitter der Einfassung unter den
schönen alten Lebensbaum, der vom Nebengrab herüberragt,
und schwiegen. Als ich meine stille Minute beendet hatte und,
mich abwendend, meinen Weg fortsetzte, hoben sie hinter mir
leise zu singen an. Was sie sangen? Was sie immer an seinem
Grabe singen: »Ick weit einen Eikboom«. Schondorfs schöne
Harmonien hüllten mich mit ihrer Nachdenklichkeit ein und

verklangen zu einem fernen Summen, das hinter mir zurückblieb.

An jenem Weg, also ganz in Reuters Nähe, hat inzwischen auch der letzte Thüna seinen Platz gefunden, der die Geschichte mit den blanken Talern ersonnen hat. Sie kennen sie nicht: ich will sie Ihnen gern erzählen, nur glauben dürfen Sie sie nicht, denn Freiherr von Thüna war ein rechter Münchhausen. Er saß oft in der »Bohlei«, dieser schummerigen Weinstube in der inneren Stadt, und erzählte dort in trauter Gemeinsamkeit mit dem Oberlehrer Möller und ein paar anderen Honoratioren die aberwitzigsten Geschichten. Eines Tages, wohl in den letzten Wintertagen siebenundsechzig, sei Reuter in bester Laune in der »Bohlei« erschienen und habe aus seinen Taschen mit beiden Händen einen Riesenberg blanker runder Dukaten auf den Tisch gehäuft. Er hatte damals den Tiedge-Preis für die »Stromtid« bekommen, hundert Dukaten, in schönstem geprägtem Golde, das Stück zu deieinviertel Talern. Denken Sie sich einen solchen Haufen Geld! Thüna also erzählte mit dem ernsthaftesten Gesicht der Welt, Reuter habe sodann in großer Geste die Arme ausgebreitet und die Herren zum Zulangen ermuntert. Daraufhin soll sich jeder der Anwesenden einen Dukaten genommen und Reuter den Rest wieder eingesackt haben. Und solch einen hanebüchenen Unsinn glauben die Leute! Solche albernen Anekdoten verweben sich zu dem Leichtuch des Nachruhms, die Leute bekommen einen großsprecherischen Prahlhans vorgeführt statt eines bescheidenen Mannes. Ich weiß es besser, lieber Flemming! Als Reuter nämlich den Preis bekommen hatte, machte er sich augenblicklich daran, das Geld für wohltätige Zwecke zu verteilen. Und nicht etwa am runden Stammtisch in der »Bohlei« oder im »Löwen«. Seine Frau hätte wohl gerne die Zechinen in ihre Obhut genommen und – man befand sich mittendrin im schönsten Schloßbau – für irgendwelche neue Samtportieren oder eingelegte Nähkästchen oder Westminsteruhren verwendet. Nichts da! Reuter sandte Geld an den Doktor Liebmann in Stavenhagen, einen jüdischen Jugendfreund, der Mittel für die Errichtung eines Krankenhauses sammelte, er unterstützte einen blindgeschossenen Mann in Wittenberg, und er gab den Rest für einen Aussichtsturm auf dem Thüringer Wald und verbat sich dabei energisch, daß der Turm auf ihn getauft werde.

Thüna, der Münchhausen aus der »Bohlei«, liegt jetzt auch hier begraben, ein paar Schritte von Reutern entfernt.

Ich indes wandelte durch die Reihen der Gräber, und hinter mir verklang das Lied.

Können Sie sich eine Stimmung vorstellen, die melancholischer wäre? Und noch dazu November, ein grieser Himmel, Nebelschwaden zwischen Taxushecken, Lebensbäumen und verwelkten Kränzen, und der abgestandene Geruch verwester Blätter und Blüten, dieser Friedhofsgeruch! Ich machte mich davon, hinkte nach Hause, hieß meinen alten Kruse die Koffer packen und reiste anderen Tags hierher, wo ich nun nichts Besseres zu tun habe, als im Nebel umherzuspazieren und meine alten Knochen zu verfluchen.

Lieber Flemming, verzeihen Sie mir meine Grobheit, aber was kann einer sonst machen gegen die Melancholie des Alters, die hinterhältigen Angriffe des Rheumatismus und die allgemeine Müdigkeit? Auch Reuter hat solche Stunden gekannt, und je älter ich werde, um so besser kann ich ihn verstehen. War es Flucht? Vor der Wirklichkeit, vor dem Ruhm, vor der Pflicht? Was mich betrifft, so habe ich weder Ruhm noch Pflicht und brauche vor beiden nicht zu fliehen. Trotzdem werde ich mich jetzt dem Trunk ergeben. Der freundliche Badewärter hat nämlich schon zwei große Becher erwärmten Brunnenwassers vor mich hingestellt, und die wollen niedergemacht sein. Prosit, mein Lieber, möge es nützen. Nehmen Sie den herzlichen Gruß Ihres melancholischen

Wiesbaden, 15. Nov. 18**

Lieber, verehrtester Dr. Flemming,
                          nein, Wiesbaden hat mir
gar nicht genützt, nichts mit dem Prosit, und nichts mit den
dampfenden Brunnenwassern! Krummer als vorher und
ächzend stieg ich aus dem Zuge, mußte die mitfühlsame Hilfe
des Kondukteurs in Anspruch nehmen und kehrte elend und
arg angegriffen in mein Heim zurück. Und auch die Eisenacher
Naturszenerie ist gar nicht dazu angetan, mein Herz zu
erfreuen. Es hat mittlerweile ein wenig zu schneien begonnen,
indes ist der Boden noch so voller Wärme, daß sich alles, was
da so vom Himmel herabschwebt, sogleich in eine schwarze,
zähe Suppe verwandelt, die Wege und Stege bedeckt und
schier unpassierbar macht. So wird es wohl eine Weile bleiben,
und Sie können sich denken, daß meine Stimmung sich
dadurch keineswegs bessert.

Wie soll das nur werden! Ich fürchte fast, ich bin wirklich
langsam ein alter »Quergel« geworden, wie meine Leute hier
die knurrigen, unverträglichen alten Männer nennen. Ich hätte
niemals gedacht, daß es mir je geschehen könnte, so einer zu
werden. Das liegt wohl in der menschlichen Natur: die
anderen werden alt, und die *anderen* werden krank. Mein
lieber Freund und Kollege: dies ist eben einer der großen
Irrtümer, die das Leben für die Angehörigen unserer Gattung,
sofern sie zu denken verstehen, bereithält.

Was jammere ich Ihnen da wieder vor! Hätte ich nicht trotz
der Querelen des Alters allen Grund, fröhlichere Töne
anzuschlagen? Bin ich nicht, sind Sie nicht über Gebühr alt
geworden, verschont geblieben von unseren Todfeinden
Cholera und Schwindsucht und Schwachsinn des Alters? Ist
es nicht unser unwürdig, über den unvermeidlichen Rheumatismus und die neblichten Tage zu klagen? Ich bekenne frei-
mütig, daß ich wieder einmal verabsäumt habe, dem alten Ego
die kalte Schulter zu zeigen. Aber Sie werden Verständnis
für mich aufbringen – nicht nur, daß diese obskure Kur in
Wiesbaden eigentlich nutzlos gewesen wäre – das hätte ich
wohl noch ohne zu klagen verwunden. Aber das Schlimmere

kommt noch. Kaum war ich wieder in Eisenach eingetroffen, befielen mich mit elementarer Gewalt die scheußlichsten Zahnschmerzen. Meine letzten, mit ganzer Sorgfalt gehüteten vorderen Schneidezähne begannen auf eine solch impertinente Weise an ihre Existenz zu erinnern, daß ich fast verzweifelt wäre. Hinzu kommt, daß der Dentist Schappus, dem ich mich sonst in solchen Fällen anzuvertrauen pflege, wegen des bevorstehenden Weihnachtsfestes zu einem Besuche seiner Kinder nach Leipzig aufgebrochen war. So stand ich also mit den bittersten Wehtümern da, barmte um mein Schicksal und wäre sicher vor Schmerzen verrückt geworden, wenn mich nicht mein alter Kruse gerettet hätte. Er nämlich schleppte mich zu einem geschickten Chirurgus, einem Freunde meines Amtsnachfolgers, der mir kurzerhand die schönen Zähne aus dem Kiefer riß, die Löcher mit Kampferspiritus betäubte und mir maßnahm zu einer Prothese, wie sie seit kurzem von amerikanischen Dentisten hier verfertigt werden. »Zähne werden Sie haben, wie Sie sie nie zuvor hatten!« rief er aus, während ich noch das böse Brennen in meinem Zahnfleische verbiß (welche Vokabel, ohne Zähne!!). Nun also muß ich das schöne weiße Fest mit den eingefallenen Wangen des Greises zubringen und habe das Gefühl, ja niemals und auf keinen Fall das schützende Haus verlassen zu dürfen ...

Was red' ich nur zusammen. Ich wollte Ihnen ganz etwas anderes erzählen. Verzeihen Sie mir also, darum bitte ich von Herzen, meine Abschweifungen.

Ich wollte erzählen von den Vorbereitungen und den Fährnissen der seltsamen Reise, die das Reutersche Ehepaar in den Monaten März bis Mai 1864 nach Konstantinopel unternahm, ein – und ich hatte nicht wenig gewarnt! – für meine Begriffe höchst obskures Unternehmen, zu dem Frau Luise drängte und zu dem sich Herr Fritz nur zu gern drängen ließ. Meine Bedenken waren rein medizinischer Natur; eben erst hatte Reuter den klimatischen Wechsel vom rauhen Mecklenburg ins milde Thüringen verkraftet, hatte sich gerade ein gutes halbes Jahr lang eingewöhnt. Sicher konnte seiner kräftigen Statur ein solcher Wechsel nicht allzuviel anhaben. Immerhin aber war es ja auch ein Wechsel seelischer Natur – er, der mit allen Sinnen und Fasern an der mecklenburgischen Heimat hing, hatte sich eigentlich nur unter dem Zwang angestrengtester Arbeit des Heimwehs entledigen können. Davon schrieb ich Ihnen schon!

Nun aber, eben gewöhnt an die Wohnlichkeit des Schweizerhauses, mußte gereist sein. Ich frage Sie, lieber Flemming: was wollte Reuter im Orient? Jaja, lachen Sie nur, Sie denken, ich müßte doch diese Frage am ehesten beantworten können. Nein, ich kann es nicht, es ist mir bis heute schleierhaft. Neuer Eindrücke wegen wird er es schwerlich getan haben, auch wenn er's mir mehrmals versicherte. »Ich muß einmal hinaus, Doktor, glauben Sie mir! Ich muß einmal die freie Luft der See atmen und den freien Wind des lieblichen Mittelmeers in den Haaren haben. Kommen Sie doch mit, lieber Schwabe!« – Der liebe Schwabe hustete ihm was; ich verspürte weder Neigung noch Begierde, die Gegend Ithakas und die Küsten der Muselmanen kennenzulernen. Dringend riet ich zu anderen Reiserichtungen, schlug Schweden vor oder Norwegen, die klaren nördlichen Lüfte und Wässer zu probieren und die heimatliche See, die Ostsee, wenn es denn schon auf Seefahrt hinauslaufen sollte. Nichts fruchtete, es mußte nach Süden gehen! Eine Gesellschaft hatte sich dazu aufgetan, allerlei aristokratisches und bürgerliches Blut bunt gemischt, Leute mit Geld und Titeln und vieler Langeweile. Auf zum Sultan! Am 18. März 1864 ging die Reise ab, und Reuter war in den letzten Tagen kribbelig wie selten. Was reizte ihn nur so sehr? War es die Aussicht, die Schauplätze gymnasialer Quälereien wirklich und wahrhaftig zu sehen? Ich weiß es nicht, ich weiß es nicht.

Jedenfalls wurde gewaltig gepackt, es wurden zweckmäßige Reisegarderoben bestellt, probiert und geliefert, schottisches Gewöll und krempige Hüte, die aus meinem Reuter einen rechten Andreas Hofer fabrizierten und aus der Frau Luise eine Donna Clara spanischster Sorte. Dazwischen fuhrwerkte

Lisette herum, polierte die Schrankkoffer und die Stiefel und
die lederne Packtasche ihres Herrn, brachte die silbernen
Buchstaben »F. R.« darauf mit Hilfe von Salmiakgeist zum
Glänzen, wienerte, was zu wienern war, und redete pausenlos
in ihrem putzigen Halbfranzösisch »Mais oui! Monk tieuh!« auf
Luisen ein, die zwischen Kleiderbergen unentschlossen herum-
wühlte. So vollzog sich endlich die Abreise, für fast zwei
Monate war der Kreisphysikus Schwabe dieses seines
Patienten ledig und konnte nichts tun als abwarten. Aus
Venedig und Smyrna sandte Reuter mir kurze Briefe, in denen
er sich allerdings mehr mit den Küchenverhältnissen in Italien
und in der Türkei beschäftigte als mit seinem und seiner Frau
gesundheitlichem Befinden. Nun gut, dachte ich mir, er wird
mich nicht auch noch auf der Reise konsultieren wollen, er hat
Takt und will mich schonen. Aber wenn er schon mit einem
scheußlichen Rheumatismus, einem herzhaften Hexenschuß
abgereist war, so kam er mit allen Zeichen körperlicher
Erschöpfung zurück, schüttelte am ersten Abend, als ich ihn
wiedersah und nach den Eindrücken der Reise befragte, nur
unwillig den Kopf und wies stumm auf seinen Schreibtisch,
der von einem schier ungeheuerlichen Briefberg überquoll.
»Da karrjohlt man in der Weltgeschichte umher, guckt den
Ithakern in die Kochtöpfe, wird seekrank, sieht sich den
Sultan an und schlägt die Mücken tot, und hier liegt die Arbeit
und schreit!« sagte er, und fügte, plattdeutsch, hinzu: »Ost
un West, to Hus am best!« Nein, froh gestimmt war er nicht,
und ich wußte, daß ich ihn an diesem Abend kaum zum
Erzählen würde bewegen können. Und auch später hat er
meist geschwiegen, wenn seine Frau von den Fährnissen der
Reise und von ihren mittelmeerischen Abenteuern berichtete.
Erst viele Jahre danach begann er plötzlich die Erlebnisse der
Reise in einem Buch zu verarbeiten. Vielleicht war ihm
Besseres nicht eingefallen, und das Buch wurde auch danach.

Er widmete es seinem Freunde Gisbert von Vincke mit
einem launigen Gedichtchen, worin er Vincke als eine Art
Seelendoktor an sein Krankenbett treten läßt und er durch

dessen Freundlichkeit seinen Hexenschuß nicht mehr spürt. *Das* hatte er doch nicht vergessen, daß er krumm und lahm abgereist war, daß die Schmerzen in seinem Rücken ihn marterten und daß er, um seiner Frau die Freude nicht zu verderben, wohl die »Tähnen« zusammenbiß, so wie ich Zahnloser die meinen in den letzten Tagen, und Vincke wird sich gewundert haben über diese merkwürdige, wenn auch nicht unfreundliche Widmung. Sei's drum! Jedenfalls erfuhr ich nach und nach die Geschichte der Reise, und nach und nach begriff ich, warum Reuter so verstimmt zurückgekehrt war. Frau Luise erzählte uns eines Abends, auch Koch war dabei und ein Gast aus Mecklenburg, dessen Namen ich vergessen habe, von der schrecklichen Seefahrt durch die Adria, wo das Schiff in einen entsetzlichen Sturm geraten und beinahe gekentert sei. »Man lernte beten!« rief sie aus und malte uns mit der ihr eigenen anschaulichen Beredsamkeit die Beinahe-Katastrophe aus, in die sie geraten waren. Das Wasser sei in die Kabinen eingebrochen, Sturzseen hätten Mast und Segel entführt, und der mutige Kapitän habe nur unter ärgster Not das Schiff in den Nothafen Gravosa gebracht, von wo aus man am nächsten Tage, nach den nötigsten Reparaturen, erneut in die stürmische See ausgelaufen sei. Ja, ich kann mir denken, wie das Heulen und Zähneklappern bei den braven Reisenden grassierte, und wie die ehrenwerten Kommerzienräte und ihre noch ehrenwerteren Damen sich die Wäsche beschmutzten. Warum nur machte Reuter diese Reise? Der einzige Grund, den ich gelten lassen könnte, ist der: es war der Rausch der endlichen Freiheit. Er, der ehemalige Festungsgefangene, der mittellose Landmann, der zäh arbeitende Hauslehrer, der sich kaum eine Reise je leisten konnte, war nun endlich frei, fern von Geldsorgen, frei, frei!

Sollte es eine Reise in die Unabhängigkeit, der Sog des Ruhmes sein? Mit welchen Gefühlen stand Reuter, der bärtige Kerl aus dem »Phäakenlande Mecklenburg und Pommern«, dieser plattdeutsche Odysseus, als welchen er sich gern sah, mit welchen Gefühlen also stand er zwischen den Säulen der Akropolis? Was spürte er im Herzen, als er die Hagia Sophia betrachtete? Und wie war ihm zu Venedig auf dem Dogenplatz, unter der Säule des heiligen Markus? Nie hat er davon gesprochen, auch in seinem Buche nicht, *davon* nicht.

Flemming, wir müssen sein Leben so nehmen, wie es wirklich war. Und diese Reise hat er ja wirklich gemacht. Und als er heimkam nach Eisenach, aus dem attischen Frühling in den thüringischen, aus der großen Welt in die kleine, da wischte er sich über die Brillengläser, schüttelte seinen Rock aus und setzte sich an seinen Tisch, um nun endlich die »Stromtid« zu Ende zu bringen. Er wischte also das Mittelmeer weg, warf Sturm und Akropolis und Hagia Sophia und die Dogen samt dem heiligen Markus aus seinem Kopf, tauchte die Feder in die Tinte und kehrte zurück zu Hawermann und Bräsig. Und nicht eine Zeile dieses Werkes läßt erkennen, welche Reise den Text unterbrach – so, als hätte er sie niemals unternommen.

Und dann der Krieg, lieber Freund! Als er abreiste, hatte gerade am Tage zuvor das Seegefecht bei Jasmund stattgefunden, als er in Athen weilte, waren die Düppeler Schanzen erstürmt, und als er wiederkehrte, hatte die Seeschlacht bei Helgoland gerade einigen hundert tapferen Seeleuten den Hals gekostet. Es scherte ihn nicht, für ihn fand dieser Krieg nicht statt. Wie anders zwei Jahre später! Davon will ich Ihnen ein anderes Mal berichten. Dieser Krieg aber: Reuter reiste in die Türkei, als hinten, fern in Schleswig-Holstein, die Völker aufeinanderschlugen. Eine Umkehrung des Goetheschen Bildes, das ich immer für sehr zutreffend hielt und immer noch halte – es kommt auf dasselbe heraus. Ja, noch zwei Monate vor der Reise hatte er böse auf die Dänen geschimpft, ich habe mir das Gedicht noch einmal hervorgeholt, das er damals schrieb, und die Sätze, ein grober Keil auf einen groben Klotz, lauten: »Herut mit de Dänen ut 't Land! Doll Hunn' sleiht einer mit Knüppel ok dot . . .«, und nicht viel anders waren seine Worte, als er im Dezember zuvor bei einem Wohltätigkeitskonzert zugunsten Schleswig-Holsteins eine Rede gehalten hatte, vom Köpfe-Abschlagen war da das Sagen, von nichtswürdiger Aristokratenbrut ... Ja, so brach's aus ihm hervor, und dann, als es hervorgebrochen war, kaufte er sich die Billetts und fuhr nach Konstantinopel. Lehr mich einer meinen Reuter kennen!

Für heute, lieber Flemming, lassen Sie mich schließen, ich will nun doch noch, mit hochgeschlagenem Kragen und mummendem Shawl, ein paar Schritte vor die Türe tun. Sonst halte ich mich selbst noch für einen alten Mann. Leben Sie sehr wohl und nehmen Sie meine herzlichen Wünsche zum Neuen Jahre hin!

Eisenach, den 31. 12. 18**

Lieber Freund,

ja, so muß ich Sie wohl nennen! Welche Freude haben Sie mir mit Ihrer Zusendung gemacht! Und mit welcher großen Freundlichkeit haben Sie sich nach meinem Befinden und meiner gottlob tüchtig fortschreitenden Erholung erkundigt! Habe ich Sie mit meinem Brief wohl sehr erschreckt? Malte ich nicht doch meine Leiden schwärzer aus, als sie es wirklich waren? Nun, wie dem auch sei, Sie haben mit Ihrem Brief und mit dem schönen Bilde mein Herz erfreut, und wenn es dem Herzen wohl geht, so geht es dem ganzen Menschen wohl! Jaja, auch meine Zahnquerelen sind fast vergessen, das Essen schmeckt mir wieder; ja, die Sonne scheint auf unsere weißverschneiten Berge, und vor meinem Hause findet die allerschönste Schneeballschlacht statt. Sie sehen also, es ist kein Grund zur Sorge!

Ach, das Bild! Ich habe es, lieber Flemming, bei meinem Schreibtische aufgehängt; wenn ich den Blick vom Papier hebe, sehe ich es vor mir in seinem schönen Rahmen. Ich besaß bislang nur eine Photographie Reuters mit seiner Widmung. Nun aber hängt unser Reuter, vom Hofmaler Schloepke en miniature gemalt, an meiner Wand, und Sie haben mich in den Besitz dieser kleinen Kostbarkeit gebracht! Wenn ich nicht irre, daß Schloepke dieses Bildchen mehrfach gemalt und für Reuter auch die ovalen kleinen goldenen Rähmchen besorgt hat, dann müßte wohl auch sein Freund Peters ein genau gleiches besessen haben. Welch ein Glück für mich, daß Sie, der Sie sonst eine solche Abneigung gegen Kramläden und Trödler haben, wegen einer gänzlich anderen Sache den Kunsthändler aufsuchten und just dies Bild bei ihm fanden! Nun sollen Sie aber auch meinen wärmsten Dank dafür haben und meine herzlichste Versicherung, Ihnen nach Kräften mitzuteilen, was nur der Mitteilung wert sein mag.

Ich kenne auch das schöne Bild, das Schloepke für die Galerie des Großherzogs in Schwerin gemalt hat, denn, lieber Flemming, ich war dabei, als es gemalt wurde! Ja! Schloepke kam nach Eisenach, quartierte sich bei Reuters im Schweizerhaus ein und baute seine Staffelei in Reuters Arbeitszimmer auf. Dann umschlich er den Dichter mit seinen gewandten Bewegungen, hielt, als wolle er Maß zu einer neuen Nase nehmen, den von sich gestreckten Daumen seinem Modell vors Gesicht, packte schließlich ungeniert den Kopf Reuters mit beiden Händen, zerrte ihn ans Fenster, drehte den behaarten Dichterschädel nach links, nach rechts, drückte das Kinn hoch und wieder herab, das alles stumm, mit zugekniffenen Lippen. Dann ließ er los, nahm Kreide zur Hand und machte Skizzen. Reuter, etwas verwirrt, sah mich an, tippte mit dem Finger an die Stirn und sagte, fragend: »Ich denke, er soll meine Visage abschreiben? Statt dessen fängt er an, mir ein neues Kinn und ein besseres Halsstück zu kneten. Wie finden Sie das, Doktor?« – »Hat alles seine Wissenschaft, Fritz Reuter. Du setz dich da in den Stuhl und halt still und vor allem das Maul!« krähte Schloepke aus der Ecke, wo er hinter seinen Skizzen hockte, ehe ich etwas

antworten konnte. »Das Maul soll ich halten? Wieso denn
das? Kommt die Stimme sonst mang die Farbe?« – »Wieso,
wieso! Weil dein Bart wackelt, wenn du redest! Wie soll ich
deinen Bart skizzieren, wenn das Ding dauernd auf- und
niederhüpft!« – Reuter tat, wie ihm geheißen, setzte sich in
den ans Fenster gerückten Lehnstuhl und schwieg. Allerdings
hielt er das nicht lange aus, und während Schloepke mit
fahrigen Bewegungen auf seinem Skizzenblock herumfuhr,
trommelte er schon mit den Fingern auf die hölzerne Sessel-
lehne. »Stillsitzen! Laß das Getrommel!« – »Wie, was? De
Hänn'n sall'n doch up dat Bild gor nich mit 'rup?« – »Du
machst mich nervös, Reuter. Sitz still! Wirst doch wohl mal
zwei Stunden stillsitzen können!« – »Zwei Stunden?« Reuter
sprang auf, eilte schräg durch das Zimmer, schaute dem Maler
auf die Hände und auf das mit Skizzenköpfen bedeckte
Papier, marschierte zurück, warf sich wieder in den Stuhl und
lachte. »Zwei Stunden stillsitzen! Damit du da Männerchen
hinstrichelst, Schloepke! Gibt's so was!« – »Ja, Reuter, hat
alles seine Wissenschaft. Erst machen wir die Skizzen, denn
wir müssen ja herausfinden, wie wir dich am besten ins Bild
setzen. Sollst doch auch ähnlich werden, damit S.K.H. dich
erkennt! Sonst hätt' ich dich ja nach dem Gedächtnis malen
können oder nach 'ner Fotografie. So. Und morgen wieder
zwei Stunden, da legen wir das Ganze an, ich denke, wir
machen es en face, aus einer leichten Linksdrehung heraus,
so wie du da jetzt sitzt. Übermorgen bist du frei, da mach'
ich die Stellen, die ich auch ohne dich kann: also die Kleider,
den Hintergrund. Am Sonntag, da geht's weiter, wieder zwei
Stunden, mit Arresterleichterung: du darfst reden, denn da
mache ich die Augen. Und dann noch mal eine Sitzung für
den Rest. So. Den Kopf bitte etwas mehr zu mir. Kinn hoch.
Und glotz nicht so wie ein gestochenes Kalb!« – »Du meinst
also, ich soll für meinen hochverehrten Landesherrn fünfmal
zwei Stunden sitzen?« – »Hast doch für den König von
Preußen noch viel länger gesessen!« – »Das stimmt. Und jetzt
wünschen die Fürstlichkeiten Abbilder von mir zu besitzen.

So ändern sich die Zeiten.« – »Oder die Menschen, Reuter. Du hast dich geändert!« – »Ich?« – »Laß das Kinn oben, so, ja. Du hast dich geändert. Bist Dichter, bist ein Doktor gar. Frei nach Goethe.« – »Aber der Reuter bin ich noch immer.« – »Etwas drehen, bitte.« – So gingen die Reden; ich kann mich sehr gut erinnern, wie sie miteinander sprachen, der Dichter und der Maler, und wie sie, während ich still auf Reuters Sofa saß und zuhörte, ihre Ansichten austauschten. Reuter war offensichtlich geschmeichelt, daß der mecklenburgische Großherzog ihm die große goldene Medaille für Kunst und Wissenschaft verliehen und seinen Hofmaler Schloepke eigens nach Eisenach befohlen hatte, ihn zu malen. Zwar spürte er auch, daß manche seiner Freunde und Bekannten ihn merkwürdig ansahen, wenn er ihnen die Widmung vorlas, mit welcher er seinen eben erschienenen »Dörchläuchting« an den Großherzog gesandt hatte. Ihm aber schien es eher ein Beweis eigener Kraft und Bewährung zu sein als ein Anbiedern bei den hohen Herrschaften. Schloepke wußte das, er hütete sich, an diese Sache zu rühren. Ich aber, der stille Beobachter, zog meine Schlüsse.

Als ich Sonntag wieder ins Schweizerhaus kam, hatte sich auf Schloepkes Staffelei einiges verändert. Man sah nun schon den ovalen Umriß des Bildes, die Schultern, die Konturen des Kopfes. Das Gesicht selbst war noch ein weißer Fleck, in den schwarze Kohlestriche gesetzt waren. Auch Luise Reuter war im Zimmer, als Lisette mich einließ. »Meinen Sie nicht, Doktor, Reuter sollte etwas lachen auf dem Bild?« – »Warum das, liebe Frau Reuter?« – »Wird der Großherzog nicht das Bild eines heiteren Mannes erwarten? Reuter hat ihm doch das fröhliche Dörchläuchting-Buch gesandt, und wir wissen aus guter Quelle, daß Königliche Hoheit besonders auch die Läuschen schätzen! Wird er nun nicht enttäuscht sein, wenn Meister Schloepke ihm einen so ernsten Reuter präsentiert?« – Wieder ließ mich Schloepke gar nicht zur Antwort kommen; er lachte und schlug sich auf die Schenkel. »Wie soll ich denn das nun machen? Soll ich ihn durch seinen

Bart grinsen lassen? Soll er vielleicht die Zähne zeigen?« –
»Schweig von meinen Zähnen! Male, Künstler, schwätze nicht!
Gelacht wird nicht! Ich bin doch kein Hofnarr!«

Luise war also mit ihrer Forderung nach einem heiteren
Dichter aus dem Felde geschlagen und versuchte nur noch,
eine letzte Stütze bei mir zu finden. »Nun sagen Sie doch auch
etwas, lieber Herr Doktor! Was meinen Sie?« – »Liebe,
verehrte Frau Reuter, Sie müssen doch . . .« – »Wenn Sie Ihre
Meinung schon mit Komplimenten anfangen, dann sind Sie
wohl auch für ›ernst‹. Da gebe ich mich geschlagen, räume das
Feld und sorge für den Tee!«

Damit ließ sie uns allein. Reuter setzte sich wieder in seinen
Fensterstuhl, schlug die Beine übereinander und blickte ruhig
in die Ecke, wo Schloepke posto gefaßt hatte und mit merkwürdigen, vogelhaften Bewegungen jeweils nach zwei, drei
Pinselstrichen den Kopf hinter der Staffelei vorstreckte. Dies
erheiterte Reuter zusehends, eben noch völlig ernst und jeder
heiteren Miene streng abhold, begann er zu lachen, anfangs
leise, dann immer lauter, sein Bart hüpfte im Gesicht auf und
nieder, sein Körper schütterte im Rhythmus seines Lachens,
und seine Augen strahlten und sprühten förmlich. Schloepke,
schweigend, ließ ihn lachen und starrte hinter seiner Staffelei
hervor, wie gebannt, immer wieder in diese Augen. Er wirkte
bei seiner Arbeit so konzentriert und besessen, wie ich es
genauso bei Reuter beobachtet habe, wenn er an seinem
Arbeitstisch saß und schrieb. Reuters Lachen beruhigte sich
nach und nach wieder, er machte mir eine stumme Geste, als
wolle er mich auf das Komische in Schloepkes Bewegungen
hinweisen. Ich nickte. »Was habt Ihr denn da zu lachen?«
fragte Schloepke, während er einen Moment den Pinsel
weglegte, um eine Farbe zu suchen. »Was ist denn bloß so
komisch?« – »Du, Theodor, du bist komisch!« – »Ich?«
Schloepke hatte das gesuchte Fläschchen gefunden, träufelte
ein wenig Blaues auf seine Palette, verrührte, griff wieder
zum Pinsel. »Ja, du. Wenn du malst, scheinst du irgendwie
nicht da zu sein, und dein Kopf, Theo, der geht wie der vom

Specht. Es ist wirklich komisch.« – »Kann sein, Fritz, ich habe mich beim Malen noch nicht beobachtet. Bei dir ist das anders. Du spazierst durch die Welt und sperrst die Ohren auf. Du lebst. Hier und da. Jahr und Tag. Alles speichert sich in deinem Kopf. Manches vergißt du, aber das meiste bleibt dir. Eines Tages fällt dir dann eine Geschichte ein. Dann setzt du dich an deinen Tisch, sperrst die Tür ab und schreibst sie auf. Dann steht sie da. Es ist ein langer Weg, den deine Geschichten gehen. Sie kommen aus der Welt, gehen in deinen Kopf oder dein Herz, was dasselbe ist, dort nisten sie sich ein, und schließlich wandern sie durch Hand und Feder aufs Papier. Wann warst du Strom in Mecklenburg? Und wann hast du die ‚Stromtid' geschrieben? Na, siehst du! Fast zwanzig Jahre!«

Reuter hörte stumm zu. Er saß da auf seinem Stuhl, blickte gelöst in die Ecke, ernst jetzt wieder, ruhig. Es war einer jener seltenen Momente, lieber Flemming, wo ich diesen Mann tiefinnerlich verstand, wo er mir nahe war wie selten. Und seine Augen! Er hatte, unter buschigen Brauen, große, blaue Augen, die das ganze Gesicht beherrschten. Und diese Augen mußte Schloepke auf die Leinwand bringen! Der fuhr nun fort. »Bei dir, Fritz, geht das eben so. Und bei mir? Bei mir ist es anders. Ich erzähle keine Geschichten, ich kann nur immer einen einzigen Moment aus der Welt nehmen, kann dich nur so malen, wie du jetzt bist, jetzt, in diesem Augenblick. Bei mir muß das also ganz schnell gehen: sehen, begreifen, malen, sehen, begreifen, malen. So, und so!«

Schloepke trat einen Schritt zurück von seinem Bild. »Fritz, du kannst mir nicht mehr entwischen. Schauen Sie, Doktor!«

Ich trat hinter ihn und sah tatsächlich Fritz Reuter genauso, wie ich ihn gerade in seinem Stuhl hatte sitzen sehen, sah also nicht nur das physische Abbild in treuer Anatomie, nicht nur die sterbliche Hülle dieses Mannes, ich sah ihn als den ganzen Reuter: die Güte seiner Augen, die hohe, freie, schöne Stirn, die Klugheit und Größe verriet, die etwas plumpe, fast bäurische Nase, die einen schalkhaften Zug in das Gesicht brachte, den breiten, melierten Bart, der eine Spur von den geschlossenen Lippen sehen ließ. Es war ein ganz und gar ernstes Bild geworden, entgegen den Vorstellungen von Frau Luise. Würde der hohe Auftraggeber alles herauslesen können, was Schloepke aus Reuters Gesicht herausgelesen hatte und was mich an dem Bild so stark berührte? Die leise Wehmut des Blicks, die Menschenliebe, die aus diesen Augen sprach? Aber auch die Resignation? Ganz recht schien mir Schloepke mit seinen Ausführungen über die Malerei doch nicht zu haben, denn wohl war es *Reuter in diesem Augenblick,* und doch war es der *ganze* Reuter, die Summe seiner Erfahrungen, seiner Erfolge und Niederlagen, seiner Freuden und Leiden, der vergangenen und der gegenwärtigen, ein leidender und liebender Mensch, im Kampfe mit sich selbst. Ja, auch dies, Flemming! Sollten Sie nächstens Gelegenheit haben, das Bild zu sehen, so schärfen Sie Ihren Blick dafür. Auch sein Leiden, sein »böser Feind«, ist in diesem Bild. Ob Schloepke in seinem Malrausch, während er seinen spähenden Kopf, ganz Auge, wie ein Raubvogel wieder und wieder hinter der Staffelei hervorstieß, um sein Objekt ganz und gar zu erfassen und im gleichen Moment wiederzugeben, ob Schloepke überhaupt wissen konnte, *wie* das ging? Und auch Reuter – wenn er an seinem Tische saß und murmelnd seine Geschichten aus sich herauspreßte –, wußte er, *wie* das ging? Gibt es so etwas wie eine Physik des Künstlerischen? Sie haben sich mit diesen Fragen doch mehr beschäftigt als ich, helfen Sie mir, lieber Flemming, dies zu verstehen. Gibt es eine Technik, eine Mechanik dieses Prozesses? *Wie* geht das? Ich meine nämlich, daß hier auch Unbewußtes im Spiele sein muß, ein Funke, vielleicht etwas Metaphysisches, will nicht sagen: Göttliches. Denn, so glaube ich, wenn die Medizin in der Lage ist, die seelischen Prozesse des Künstlertums bloßzulegen, den Ablauf eines künstlerischen Vorganges, also des Malens, des Dichtens, bis in seine Einzelheiten zu sezieren, jeden Schritt, jede Funktion zu eruieren, herauszufinden, wie Physis und Psyche zusammenspielen müssen, um ein Kunstwerk entstehen zu lassen, wenn die Medizin, sage ich, dazu in der Lage ist, dann wäre es umgekehrt doch auch möglich, aus der analytischen Erkenntnis wieder einen synthetischen Prozess zu gewinnen, mit anderen Worten: Kunst zu lernen. Nun habe ich viele Worte darum gemacht und wollte doch nur sagen: Talent und Genie können nicht lernbar sein, sonst wären sie nicht Talent und Genie. Ich bin weit davon entfernt, dem Hofmaler Schloepke »Genie« im Sinne Goethes zuzusprechen, lieber Flemming, sicher war er ein tüchtiger, talentierter Maler, der tüchtige, talentierte Bilder und Zeichnungen aufs Papier gebracht hat. Aber als er Reuter malte, dessen Werk er sehr genau kannte, dem er sich durch Herkunft und gemeinsame Interessen verbunden fühlte, mit dem er sich brüderlich duzte und von dem er sich mit verzeihendem Gleichmut auch ausgewachsene Grobheiten an den Kopf werfen ließ, als er diesen seinen Freund malte, muß auch etwas von Genie in ihm gewesen sein. Wissen Sie, was ich glaube? Daß dieses Bild des Dichters Fritz Reuter den Namen seines Schöpfers Theodor Schloepke für die Zukunft erhalten wird.

Dieser Brief ist mir nun doch über Gebühr lang geworden, aber ich wollte Ihnen eine Revanche für das schöne kleine Gegenstück zum großen Reuterbild geben: da haben Sie sie.

Nehmen Sie zum Schluß einen freundschaftlichen Gruß Ihres von Herzen frohen

Eisenach, den 22. Jan. 18**

Notabene: An jenem Abend, als Schloepke Reuters Bild fertiggestellt hatte, leistete sich R. eine fürchterliche Sauferei, die fast eine Woche unsäglicher Leiden über ihn und seine Frau brachte. Das kann und mag ich Ihnen heute nicht mehr beschreiben. Lassen Sie mich nächstens fortfahren!   d. O.

Lieber Flemming!

Sie sollen wissen, daß dieser Brief mich manchen Tropfen sauren Schweißes gekostet hat. Ich war mehrfach versucht, meine Notizen zu verbrennen, habe mehrere Anläufe genommen und hoffe, daß ich mich nun wieder soweit meinem ärztlichen Standpunkt genähert habe, daß es mir gelingt, ganz nüchtern zu berichten, was an jenem Abend – und zum wiederholten Male! – geschah.

Ich hatte Reuters gegen neun Uhr abends verlassen. Als ich mich verabschiedete, saßen Reuter und Schloepke im Arbeitszimmer und sprachen über allerlei Weltendinge. Frau Luise hatte gegen sieben Uhr ein kleines Essen gerichtet. Reuter langte wenig zu, leerte aber eine ganze Flasche trockenen Moselweins, während Schloepke sich mit Fachinger Wasser begnügte. Ich selbst hatte ein kleines Glas Mosel mit etwas Wasser verlängert, dann aber doch lieber ein schönes kühles Eisenacher Bier getrunken, von dem Reuter nichts hielt – es sei ihm zu süß, war seine ständige Meinung. Sie wissen vielleicht, daß auch im »Löwen«, an seinem Stammtisch, stets ein eigenes Deckelglas für ihn bereitgehalten wurde, aus dem er jedoch niemals Bier, sondern stets nur Wein trank. Der Löwenwirt hat mir gerade vor wenigen Tagen, als ich mich wieder einmal zu einem Tarock mit ein paar alten Freunden aufgerafft hatte, stolz das Glas gezeigt. Zurück zu jenem Abend! – Reuter und Schloepke im Gespräch zurücklassend, verabschiedete ich mich, wie gesagt, gegen neun Uhr, ging langsam nach Hause und setzte mich an meinen Schreibtisch, um liegengebliebene Arbeiten zu erledigen. Ich hatte vielleicht bis gegen elf Uhr gearbeitet, als Kruse in mein Zimmer kam, um mir mitzuteilen, Reuters hätten nach mir geschickt. Ich erschrak, ergriff Mantel und Tasche und stieg in den vor dem Hause wartenden Fiaker, der mich schnell zurück an den Schloßberg brachte. Schon beim Aussteigen sah ich, daß irgend etwas geschehen sein mußte, denn in allen Fenstern der Reuterschen Wohnung brannte Licht. Luise begrüßte mich flüchtig, zog mich am Ärmel ins Haus und schloß schnell die

Tür hinter mir. Schloepke stand ratlos auf der Treppe, mit einem hilflosen Gesicht, während aus Reuters Schlafzimmer dumpfe Geräusche, lautes Stöhnen und Gepolter zu hören waren. »Kommen Sie, Doktor, kommen Sie doch!« rief Luise und rannte die Treppe hinauf. Ich sah Schloepke an, der hob die Schultern und breitete die Arme aus. Ich wußte genug, ich wußte, daß meine Anwesenheit nichts ausrichten konnte, jetzt, in diesem Stadium. Trotzdem trat ich schnell ins Zimmer. Reuter, noch fast vollständig bekleidet, hockte mit stumpfem Gesichtsausdruck auf der Bettkante, hob, als ich eintrat, den Kopf und fing an zu lachen. Es war ein anderes Lachen als jenes, das ich morgens noch von ihm während der Malsitzung vernommen hatte, kein fröhliches Lachen, ein Lachen ohne jede Heiterkeit. Reuter hatte eine Weißweinflasche, halb geleert, in der Hand, ein halbes Dutzend leerer Flaschen stand neben seinem Bett auf dem Boden. Nein, Flemming, es war wahrhaftig keine heitere Situation. Ich kannte diesen Zustand: nichts und niemand würde imstande sein, ihn jetzt vom Trinken abzuhalten. Noch artikulierte Reuter völlig normal, und ich habe mich manchmal gefragt, wie es überhaupt physisch möglich sei, daß ein Patient solche Trinkmengen bewältigen kann. Ich verspreche mir Aufklärung von einem Buche, an dem mein Tübinger Freund und Kollege Baer arbeitet und das demnächst erscheinen soll. Noch also waren die motorischen Funktionen scheinbar ungestört, nur das abgestumpfte Auge und eine gewisse stoßweise Sprechart verrieten den Grad der bereits stattgehabten Alkoholzufuhr. Mich allerdings beruhigte zunächst der Gedanke, daß der Alkoholgehalt dieses leichten Moselweines relativ gering war. Schädigungen am Herzen und an den Nieren, auch Magenschäden allerdings konnten auf die Dauer gar nicht ausbleiben. Das aber waren sekundäre Gesichtspunkte – zunächst bewegte mich die Frage, wodurch das Trinken ausgelöst worden war. Reuter lachte, als er mich sah, hob die Flasche und rief: »Prosit, lieber Doktor! Hat sie Sie geholt?« Er schüttelte den Kopf, äugte mit schiefem Kopf

nach dem Pegelstand in der Flasche, setzte an und ließ den
Rest, vielleicht einen Viertelliter, wie Wasser in den Hals
laufen. Er warf die Flasche auf den Teppich, stützte sich
rückwärts auf, schaute mich mit dem bübischen Gesicht eines
Verschwörers nickend an und sagte: »Und nun möchten Sie
wissen, warum der liebe Reuter wieder mal das Saufen
gekriegt hat, wie?« – »Ja, Reuter, das möchte ich wissen!« –
»Fragen Sie den da, den Großherzoglich-mecklenburgischen
Hofmaler, Wohlgeboren Professor Theodor Schloepke . . .«,
und Reuter machte eine schlenkernde Handbewegung in
Richtung Zimmertür, hinter der er irgendwo den Maler
vermuten mochte. »Fragen Sie den Herrn Professor Pinsel-
knecht!« – »Hatten Sie Streit?« – »Streit? Neihn!« sagte
Reuter gedehnt und griff sich eine neue Flasche, die,
zusammen mit einer ganzen Batterie weiterer, schon geöffnet
im Korb stand. Frau Luise wußte, was geschehen würde,
wenn sie Reuter den Wein verweigern oder ihn ungeöffnet
hinstellen würde. »Streit? Neihn!« wiederholte er. »Da, das
ist des Pudels Kern!« schrie er plötzlich auf und warf mir
irgendwoher ein Buch zu, das, sich aufblätternd, raschelnd zu
Boden fiel. »Glagau, das Schwein Glagau!« Ich kannte das
Buch, es war Otto Glagaus ein Jahr zuvor erschienenes
Machwerk »Fritz Reuter und seine Dichtungen«, über das sich
Reuter schon mehrmals, auch in Briefen an Freunde und im
Gespräch, erregt hatte, doch niemals so sehr, daß es einen
solchen Trinkanfall ausgelöst hätte. Hatte etwa Schloepke
unbekümmert das Gespräch auf Glagau gebracht? »›Willst
du, Schloepke, nicht ›Kein Hüsung‹ illustrieren?‹ hab' ich ihn
gefragt, und der Mensch antwortet: ›Damit mich Glagau
beschimpft? Lieber nicht!‹ und lacht. Lacht!« Reuter stand
auf, begann, etwas schwankend zwar, aber zielsicher, im
Zimmer auf- und abzugehen, schlug sich die Faust in die
hohle Hand und packte mich plötzlich bei den Schultern. »Da
soll man nicht das Saufen kriegen! Wissen Sie, Doktor, was
mich das gekostet hat, alles in mich hineinzuwürgen, nur
immer schön brav zu sein und still, nur keinen Skandal zu

machen? Wegen der Leute vielleicht? Das ist mir scheißegal!«
Die Tür ging auf, Luises ängstliches Gesicht erschien, sie sah
uns fragend an. Ich schob sie schnell aus dem Zimmer, flüsterte
irgend etwas Beruhigendes, schloß die Tür hinter ihr und
wandte mich wieder meinem Patienten zu. »Weiter, Reuter!«
– »Weiter, ja, weiter, zum Deibel!« Er ließ sich nun doch
wieder auf den Bettrand nieder, griff nach der Flasche, trank
aber nicht. Ich hätte ihn allerdings in diesem Stadium auch
gar nicht hindern können, nicht hindern wollen. Setzte man
ihm jetzt Widerstand entgegen, machte man ihm jetzt Vor-
haltungen, würde sein zwanghafter Wunsch, sich zu offen-
baren, in Wut umschlagen. Ich hatte in einer Heilanstalt, im
Borsdorfer Diakoniehaus für trunksüchtige Frauen, eine
Dipsomanin gesehen, die, selbst eine schwache, kleine Person,
im Rausch solche Tobsuchtsanfälle entwickelte, daß drei, ja
mitunter vier kräftige, starke Schwestern nötig waren, die
Kranke zu bändigen. Was erst sollte geschehen, wenn dieser
breitschultrige Mann in einen solchen Zustand käme! So hatte
ich es schon mehrfach versucht – und meist mit Erfolg –,
Reuter durch Gewährenlassen und ständiges Gespräch
langsam, aber sicher bis zu dem früher oder später unweigerlich eintretenden narkotischen Zustand zu geleiten, der in
einen tiefen Schlaf überging und immer das Ende des Anfalls
bedeutete – wenn auch die nachfolgenden Tage alles andere
als angenehm für den Kranken waren. Dazu später. »Es ist
mir wirklich scheißegal, was die Leute sagen. Dau, wat du
willst, de Lüd' snacken doch. Aber dieser Glagau, Doktor,
der hat mir das Herz abgedrückt!« Ich nickte, hob das Buch
vom Boden auf und legte es auf den Waschtisch. »Kritik hat
mich nie so besonders geärgert, Doktor. Alles Gewäsch!
Interessiert mich auch alles nicht! Tintenkulis, allesamt.« Er
setzte ein pfiffiges Gesicht auf, verdrehte die Augen und
fistelte, eine blaustrümpfige Kritikerin nachahmend: »,Der
Düchter hat hür, wü es scheint, etwas zu tüf ün den Topf der
Melancholü gegrüffen', so ein Stuß. Davon vertrage ich viel:
ich les' es einmal oder gar nicht, und hab's schon vergessen.

Aber dieser Glagau ... Erst lobt er mich, schmiert mir fingerdick Honig ums Maul, verbreitet sentimentale Lügen, die mir mehr schaden als nützen!« Er griff nach dem Buch, begann darin zu blättern – ich beobachtete, daß nun doch das Zittern einzusetzen begann –, und las mit schwerer gewordener Zunge, während er sich das Buch dicht vor die Augen hielt, und mit überbetontem Ausdruck vor. »Fritz Reuter ist die Tagesparole für das lesende Publikum, und seine Bücher sind eine allgemein begehrte Ware; in den Leihbibliotheken sind sie stets ausgeliehen, in den Buchläden, namentlich um die Weihnachtszeit, häufig vergriffen. Diese Bücher« – und Reuter hob jetzt den zitternden Zeigefinger – »werfen ihm eine Rente ab, wie sie in den Annalen des deutschen Schriftstellertums bisher unerhört war, ein Einkommen, das sich getrost neben dem der englischen Autoren sehen lassen kann!« Reuter klappte das Buch zu und warf es angewidert auf den Waschtisch. Er trank wieder, schüttelte sich, schwieg eine Weile. »Sie haben nichts gegen Glagau unternommen?« – »Unternommen! Haha! Was wollen Sie denn da unternehmen, Sie gutes Doktorchen? Pillen verschreiben nützt da nichts. Und prozessieren, ein Verbot erwirken? Haben Sie die Geduld für einen Prozeß, der ein Jahr und länger dauern kann, und inzwischen verkauft dieser Rotzbengel drei Auflagen? Warum kaufen denn die Leute solches Geschreibsel? Doch nicht wegen Herrn Glagau! Weil mein Name auf dem Titel steht! Mein guter, ehrlicher Name!« Reuter erregte sich zusehends, ich mußte versuchen, ihn zu beruhigen. »Sie haben recht, Reuter, es ginge wohl nicht. Und wenn Sie's einfach ignorierten?« Doch damit hatte ich nun das Falscheste gesagt, was ich hätte sagen können, denn nun sprang Reuter wieder auf, stark torkelnd stand er da, die Flasche, in der der Wein schwappte, beim Hals gepackt, und hielt sich mit der freien Hand an meinem Mantel fest. »Jaaa, ignorieren!« schrie er. »Ignorieren! Das habe ich ja ein Jahr lang gemacht, seit dieses verfluchte Buch erschien! Das Maul habe ich gehalten, während meine Frau mich – mich – sie zackerierte herum:

‚Nichts gefallen lassen, Fritz!' Ach, ach!« Seine Rede wurde zunehmend wirr. Er schwankte stärker, schüttelte mich, trank, und dann: »Alles habe ich ertragen, Doktor, alles. Aber was dieser Schweinehund über mein bestes Buch geschrieben hat ... Da sind sie wieder, die Büttel! Nieder mit Reuter, er ist ein Demokrat! Und die Gutsbesitzer sind alles wahre Engelein! Poetische Schmonzettchen soll ich schreiben! Lachen sollen die Leute über mich! Mein Johann Schütt wird ein Mörder genannt, ein Mörder also, der ruft: ‚Fri sall hei sin!'« Reuter ließ mich los, seine Hand fiel schwer an ihm herab, er warf die halbvolle Flasche gegen die Wand, daß es krachte, und brüllte, während er mit den Fäusten gegen die Türfüllung drosch, nahezu unartikuliert seinen aufgestauten Zorn heraus: »Es ist genug, es ist genug! Ich habe keine Lust mehr! Halunken! Aufhängen sollte man sie alle! Lesen Sie's doch! Lesen Sie 's doch! Unbehagen und Ekel mach' ich ihnen, ich laß die Bösewichter dem Henkerbeile entlaufen! Fratzenhaft! Abgeschmackt!« Ich wußte, was er meinte, und ich ahnte, wie ihn diese vernichtende, ungerechte, ja beleidigende Kritik Glagaus an seiner Dichtung »Kein Hüsung« getroffen hatte.

Bis zu seinem Tode hielt er das vielgeschmähte Buch für sein bestes, in ihm schien er sich selbst am tiefsten verwirklicht zu haben; die Schicksale Johann Schütts und seines Mariken waren im Herzen erdacht, ihre Figuren lebten für ihn wirklich, und dieses Buch, so ahnte er, würde seinen Namen durch kommende Zeiten tragen. Dieses Buch, Flemming, war ihm, dem Kinderlosen, das liebste Kind. Wie schwer mußte ihn da das Gegeifer dieses Herrn Glagau treffen! »‚Kein Hüsung' ist die verfehlteste Dichtung von der Welt«, hatte Glagau geschrieben, er hatte die gesellschaftlichen Voraussetzungen der Reuterschen Dichtung angezweifelt und einem Gutsbesitzer die geschilderte Haltung überhaupt abgesprochen, er hatte aus dem edlen, ganz dem Volke entnommenen Helden Johann Schütt, dem Selbsthelfer, einen gemeinen Mörder gemacht. Aber Sie werden das Buch und besonders jene Passage über »Kein Hüsung« kennen, so kann ich mir weitere

Anmerkungen dazu ersparen. Das also war dieses Mal der auslösende Anlaß für Reuters Anfall gewesen. Ich begriff ihn jetzt sehr gut, verstand mehr und mehr seine Lage und wußte, daß jetzt nichts mehr zu tun war. Morgen würde er mich brauchen, morgen, wenn er aus dem schweren, traumlosen, bleiernen Rausch erwachte, wenn die schrecklichen Würgekrämpfe einsetzten, wenn er hilflos, völlig krank, voller Selbstekel, bleich und von Kopfschmerz zermartert, auf seinem Bett liegen würde. Jetzt war nichts mehr zu tun. Reuter taumelte durchs Zimmer, ließ sich schief in einen Stuhl fallen, griff nach der nächsten Flasche und trank glucksend, wobei ihm der Wein durch den Bart rann und auf die Weste tropfte. Dann fiel ihm der Kopf auf die Brust, minutenlang saß er so schweigend und schnaufend, ein Schütteln lief durch seinen Körper, er hob wieder den Kopf, trank, schon mühselig, noch einmal. Dann, endgültig, fiel die Flasche zu Boden.

Ach, Flemming, wie tief berührte mich der schmerzvolle Anblick dieses großen Mannes, der da vor mir im Stuhl saß, jetzt mit allen Anzeichen eines schweren Rausches. Wie dauerte er mich! Wie nur, wie sollte man ihm helfen! Ich wußte, daß er wochenlang, monatelang völlig normal lebte, wie wir alle, ja, daß er oft auch, in Gesellschaft zum Beispiel, am Stammtisch, beim Essen, gemächlich seinen halben Liter Wein trank, seine Pfeife dazu rauchte und wie wir alle erheitert und erfrischt heimging. Warum sollte er auch nicht! Er war sogar in der Lage, wochenlang – einmal behandelte ich eine hartnäckige Gastritis – überhaupt keinen Alkohol zu trinken und sich schimpfend mit Lindenblütentee zufriedenzugeben. Immer wieder aber gab es Anlässe, die dieses unauffällige Bild zerstörten, dann durchbrach er in einem solchen Exzeß alle Schranken der Selbstzucht und betrank sich so fürchterlich, wie ich es an jenem Abend erlebt hatte und Ihnen zu beschreiben versuchte. Anlässe! Ja, ein konkreter Anlaß mußte diesen Trieb auslösen, keine unterbewußt ablaufende Mechanik, nicht das sture Quartalssaufen eines Eckenstehers, nein – ein konkreter Anlaß. Zorn vielleicht, Trauer oft,

Freude manchmal. Und je weiter er sich zeitlich von seinem mecklenburgischen Vaterland entfernte, je mehr seine Kraft, die er einst so überreichlich besessen, abnahm, je weniger ihm Dichtungen von Tiefe und Wirkung gelangen, je stärker er sich aber auch in die Zwänge der guten Gesellschaft gedrängt sah, desto häufiger kamen die Anfälle. Das konnte nicht gut gehen, das mußte, früher oder später, den schwächer werdenden Körper zerstören. Wie nur hätte man diesen mörderischen Prozeß aufhalten können?

An jenem Abend war nichts mehr zu tun. Ich legte dem Schlafenden die Hand auf die Schulter, nahm meine Tasche und verließ das Zimmer. Im Wohnzimmer saß Frau Luise weinend im Sessel, Schloepke war nicht zu sehen. Sicher hatte er sich bereits in das Gästezimmer zurückgezogen. Als ich eintrat, hob Frau Reuter den Kopf und sah mich fragend an. »Er schläft. Vielleicht bringen Sie ihn mit Lisettes Hilfe zu Bett. Ich komme morgen nach ihm sehen!« – »Oh, Doktor, wie soll das enden? Wie soll das werden?« – »Beruhigen Sie sich, liebe Frau Reuter. Es wird sich wieder geben. Gute Nacht!«

Ich ging. Den Fiaker schickte ich weg. Ich wollte nachdenken. Müde war ich nicht, ich war traurig und niedergeschlagen. Ich hatte kein Rezept für meinen Patienten. Er kämpfte mit sich selbst, mit seinem Leben. Dämonen sind es nicht, lieber Flemming, auch wenn man jetzt häufig vom »Dämon Alkohol« sprechen hört. Nein, keine Dämonen. Eher glaube ich, daß sein Leben zu schwer war für seine gute Seele. Das ist natürlich nicht medizinisch, sondern eher theologisch ausgedrückt, und ehe ich mich auf die Seite der Schwarzröcke schlage, will ich lieber zu Bette gehen. Es ist spät.

Eisenach, den 28. Jan. 18**   Der Ihre:

Mein lieber Freund!

Ostern steht vor der Tür, aber der Winter will uns noch nicht in den Frühling entlassen; die Eisenacher Kinder befürchten schon, ihr Wahlei im Schnee rollen zu müssen. Es ist just jenes Spätwinterwetter, das wieder einmal unsere Neigung zu Rheumatismus und Gicht hofiert. Da will ich lieber an meinen Schreibtisch gehen und Ihnen eine Epistel zukommen lassen, daß Sie eine Freude haben in Ihrem nebligen Norden und ich die meine im zugigen Süden.

Ja, gewiß, lieber Flemming, es gab lange Perioden, in denen Reuter keine Anfälle erlitt und nicht die leiseste Neigung zum Trunk verspürte. Das war zumeist der Fall, wenn äußere Zwänge auf ihn einwirkten, wenn Vorgänge, besonders der Tagespolitik, ihn fesselten, wenn seine eigene Person betroffen und gefordert war. Achtzehnhundertsechsundsechzig ... das war so ein Jahr! Reuter hatte eben seinen »Dörchläuchting« fertig gedruckt in den Händen und das erste Exemplar mit einem heiteren Brief an seinen einstigen Landesherrn, den Großherzog Friedrich Franz von Mecklenburg, gesandt, was bei seinen Freunden nicht wenig Verwunderung auslöste. Ziegler schüttelte den Kopf und sagte: »Ich denke, du bist Demokrat?! Oder willst du den hohen Herrn vergackeiern?« – »Nimm's, wie du willst!« sagte Reuter. Wir saßen beim Tarock im »Löwen«, die Stimmung war ruhig, und Reuter zeigte augenscheinlich keine Lust, sich auf das Glatteis des Politisierens zu begeben. Statt dessen zog er den etwas wunderlichen Kaufmann Voppel auf. Holen Sie sich »De Reis' nah Konstantinopel« vom Bücherbrett, und suchen Sie sich da den Herrn Schwofel heraus: da haben Sie Voppeln, wie er leibte und lebte.

Und die fabelhafte Geschichte mit Voppels Lieblingsredensart »Mit unserer Maaacht ist nichts getan«, die Reuter ihm verdreherisch ins Lateinische übersetzte (»Cum nostra ancilla nihil factum est«), die hat er nicht erfunden, ich bin sein Zeuge. An jenem Abend also im »Löwen« warf Reuter plötzlich die Karten auf den Tisch, schob seine Weinkanne beiseite,

holte ein gefaltetes Stück Papier aus der Tasche und fragte:
»Was meint ihr denn dazu?«

Das Papier war der Entwurf zu einem Kaufvertrag: er betraf ein Grundstück bei den Hainteichen, nahe dem großherzoglichen Park unterhalb der Wartburg, es war von 900 Talern die Rede. »Na?« Ziegler, als Fachmann, zog den Akt zu sich über den Tisch, klemmte den Kneifer auf die Nase und studierte die Klauseln. »Teuer, Fritz! Ein ganz schönes Geld, wenn du's auf die Quadratrute umrechnest. Und wozu? Bauen?«

Reuter hob die Schultern, sah uns fragend an, schwieg. Dann, nach einer kleinen Weile des Nachdenkens, erhob er sich und steckte das Papier wieder weg. »Ich muß heim. Quandt kommt heute.« Er nahm seinen Hut und ging. Der Weinkrug blieb, noch zur Hälfte gefüllt, zurück.

Ja, auch in der Politik war unser Reuter im Zwiespalt. Einerseits war ihm die Kleinstaaterei im deutschen Vaterlande zuwider, andererseits schien ihm Preußen zu sehr nach der Vorrangstellung zu schielen. Ich erinnere mich gut, wie er einmal ausrief, er würde den Bismarck am liebsten auf eine brennende Teertonne setzen und ihn fragen, ob ihm das nicht schön warm vorkomme, damit er einen Begriff kriege, wie die Nesseln brennten, in die er Preußen gesetzt habe. Dann blitzten seine Augen, und er schimpfte mit seinen Lieblingsausdrücken wie »Aristokratenbrut!« und »Preußische Wirtschaft!« vor sich hin. Nein, auf die Preußen war er gar nicht gut zu sprechen! Und in seiner manchmal recht kindlichen Auffassung von Recht und Unrecht hat er vielleicht auch den huldigenden Brief an seinen mecklenburgischen Landesvater, Ihren hochfürstlichen Großherzog, geschrieben – könnte das nicht so sein, lieber Freund? Meinte er gar, indem er an Friedrich Franz schriebe, würde er Bismarck schneiden? Das tollste aber ist, daß er im gleichen Jahre noch, nach dem Sieg Preußens über Österreich, sich eines anderen besann und auch an Bismarck, den er eben noch auf einer brennenden Teertonne sitzend gewünscht hatte, einen Brief sandte unter

Beischluß seiner gerade bei Hinstorff erschienenen »Sämtlichen Werke«! Das lehr mich einer begreifen ... Dazwischen aber, lieber Flemming, dazwischen aber war Krieg, und Reuter nahm an diesem Geschehen, das uns ja hier im Thüringischen besonders hart betraf, den regsten Anteil. Ich habe mich schon daran gemacht, alles zusammenzutragen, was ich von seinem Wirken und Streben in diesen Monaten weiß, und will Ihnen in den nächsten Tagen einen Bericht davon geben. Und weil das wohl eine lange Epistel werden wird, so gönnen Sie mir für heute eine kurze.

Eisenach, den 3. März 18** Ergebenst

Min leiwen Landslüd' un gauden Frün'n! Ji hewwt mi oftmals seggt, dat Ji Spaß an min Schrieweri hatt hewwt; ditmal kam ick nich mit Spaß an Jug heran, ditmal is dat de allerbitterste Iernst, de mi tau Jug driwwt.

De Not is grot hier tau Lan'n. Blaud is hier flaten, vel Blaud, un dütsches Blaud. In Langensalza liggen Preußen un Hannoveraner an de 1500 up ehren Smerzenslager; in Dermbach un Salzungen liggen Preußen un Bayern an de 600, in Eisenach 100.

Dermbach un Wiesenthal, wo dat letzte Gefecht tüschen Preußen un Bayern föll, is de armste Gegend in den armen Thüringer Wald, de Lüd' dor herüm hewwen nicks, kein Fleisch un kein Brod, kein Solt un kein Smolt – wi hewwen von Eisenach al Solt henschicken müßt; de Kranken liden Not an't Notwendigste.

In Leipzig is't nich anners. So'n Elend as in Thüringen is't twors nich, de armen Verwundten finden hier gaude Upnam un Pleg; äwer hier kamen s' ümmer frisch von'n Slachtfeld ut Böhmen an, Preußen, Österreicher un Sachsen dörchenanner, alle Dag' frischen Nahschub – un wie känen s' nu all nah Dusenden tellen. Hir möt noch väl, sihr väl hulpen warden.

Son'n Jammer gegenäwer is nich de Räd von Partei un Partei, nich von Fründ un Find, dütsche Landslüd' sünd't allerwegen. Un so hewwen wi twei Meckelnbörger so dacht, wi wullen unsere leiwen Landslüd' up dit Elend henwisen un wullen in alle Gaudheit un Bescheidenheit sei bidden, dat sei ehre millgäwerne Hän'n updeden un uns Giwwt un Gawen inschickten, en jeder nah sinen Kräften. – Süll de ein oder de anner von de Herren, an de wi dat Schriwen richten, nich in'n Stan'n dortau sin, 'ne Sammlung tau veranstalten, so bidden wi fründlichst, sei dörch annere brave Lüd in den Swung tau setten.

Wi dachten uns, dat de ein Hälft von de Gawen in Eisenach, de anner Hälft in Leipzig verwendt warden süll. – Tägert nich tau lang', leiwen Landslüd'. Wenn Ji dit Elend segt, würd'

Jug noch wat anners in die Ogen blänkern as blotes Mitled. –
Gott mag't Jug lohnen!

Eisenach   Fritz Reuter
          am 10. Juli 1866
Leipzig   Erhard Quandt

Mit Rücksicht auf die Entfernung und die Steuerverhältnisse müssen wir einige sonst wünschenswerte Gegenstände von der Sammlung ausschließen. Wir beschränken daher unsere Bitte um Gaben auf
1) bares Geld
2) Leinwand (alte und neue) zum Verbinden.

Wortlaut des von Reuter verfaßten Aufrufes an seine mecklenburgischen Landsleute

Mein lieber Dr. Flemming,

ja, uns rückte da plötzlich im Sommer sechsundsechzig die Kriegsfurie auf den Hals; unser friedliches Thüringen verwandelte sich unter den fortwährenden Durchmärschen der Hannoveraner und Österreicher in einen Kriegsschauplatz – nie hätten wir das gedacht. Kriege – die waren doch immer so weit weg gewesen, so entfernt? Und nun auf einmal saßen wir mittendrin im »Schlamassel«, wir »hukten nu mit de Näs in'n Dreck«, so nannte es Reuter. Heute, nachdem es dem Fürsten Bismarck gottlob gelungen ist, uns arme zerstrittene Deutsche unter dem Reich zu einigen, können wir wohl nur noch mit Scham daran denken, daß Landsleute aufeinander schlugen, daß Deutsche aus Hannover und Deutsche aus Preußen und Deutsche aus Sachsen aufeinander loshieben, grad, wes Brot sie aßen, des Lied mußten sie singen. Armes Deutschland!

Reuter hatte eigentlich immer auf die Preußen geschimpft, das wissen Sie wohl, und ich schrieb Ihnen davon, aber nun begann er zu schwanken. Er hoffte inständig, daß es gelingen möge, die Bruderkriege zu beenden. Er war schon 1856 dem Nationalverein beigetreten, Schulze-Delitzsch und Bennigsen und Ludwig Reinhard hatten, wenn sie, was häufig geschah, in seinem Hause Quartier nahmen, versucht, ihn von ihren Zielen zu überzeugen, und seine alten Demokratenneigungen öffneten ihm das Ohr für ihre Ansichten. Sie meinten nämlich, es sei preußisches Vormachtstreben im Gange; man würde bei einer Einigung des Reiches von oben, durch den schnauzbärtigen Fuchs in Berlin gar, den mecklenburgischen und thüringischen und hannöverschen und bayerischen Despotismus gegen einen preußischen Despotismus eintauschen – nein, man müsse das Reich einigen, jedoch durch Wahlen, durch die Einberufung einer neuen Nationalversammlung, man müsse die verlorengegangenen Ideale von 1848 wieder hervorziehen unter dem Schutt der Geschichte! Dann nickte Reuter, es gefiel ihm wohl und behagte ihm doch wieder nicht – er schwankte, wie gesagt. Und offen gestanden, lieber Freund, ich konnte ihm da nicht raten, ich verstand nur die Hälfte von den hitzigen politischen Debatten, die da im Schweizerhaus geführt wurden, wiewohl ich oft dabeisaß, wenn sie sich fuchtelnd zu überzeugen versuchten. Ich war ja immer der leidigen Ansicht gewesen, mich als Arzt habe die Politik nicht zu interessieren ... Aber er? Hatte er wirklichen politischen Verstand? Ich wage das zu bezweifeln. Bei Reuter kam alles aus dem Gefühl; seine »Aktionen waren emotionell motiviert«, so nennt Ihr Seelenzergliederer das ja wohl. Ihn rührte des Menschen Schicksal, nicht irgendwelche imaginären Ideale, sondern immer des einzelnen oder eines einzelnen Volkes Schicksal. So konnte es geschehen, daß er sich oft politisch verrannte, im Wirtshaus und gar auf öffentlichen Versammlungen Reden schwang, die ihn in den Augen der Zuhörer, besonders der Damen aus der besseren Eisenacher Gesellschaft, als einen Fürstenfresser erscheinen ließen. Und anderentags bat ihn unser gnädiger Landesherr Carl Alexander zu einem Diner auf die Wartburg, und Reuter fuhr, mit der Angströhre auf dem Kopf und in den Schwarzen gezwängt, in der ihm zugesandten Hofequipage hochherrschaftlich hinauf. »Der Herr Doktor Reuter, Wohlgeboren!« rief der Hofmarschall, und Fritz Reuter, den Zylinder in der Hand, den Hals in den Vatermörder gezwängt, verbeugte sich vor seinem leutseligen Nachbarn ... Keine Angst, lieber Flemming, ich rede mich nicht in Zorn. Nur, gewundert habe ich mich allezeit darüber, denn ich kannte ihn doch auch anders, ich kannte den wirklichen Reuter, den, den ich Ihnen heute schildern will. Aber wir müssen auch wissen, daß es jenen anderen gab, jenen, der er war, wenn er zur Hofgala auf die Burg fuhr, der er war, wenn er seinem mecklenburgischen Fürsten untertänigste Briefe schrieb.

Aber zur Sache nun, lieber Freund, es war, wie gesagt, der Krieg über uns gekommen in diesem heißen und trockenen Sommer 1866, als die Bäche, die von unseren Bergen herabfallen, bis auf den Grund ausgetrocknet waren, als sich auch unsere Hörsel in ein kümmerliches und stinkendes Rinnsal verwandelt hatte, aus dem nicht einmal die Pferde saufen mochten. Jeden Tag waren Soldaten in der Stadt, sie trugen alle nur denkbaren Farben; niemand vermochte mehr zu sagen, ob sie Freund oder Feind waren.

Die Hannoveraner hatten Fröttstedt nehmen wollen, es war ihnen nicht gelungen, und anderentags, ich glaube, es war der 27. oder 28. Juni, wandten sich die preußischen Regimenter unter Manteuffel, die sich gerade bei Berka blutig mit den Bayern geschlagen hatten, zurück gegen die Hannoveraner, um sie bei Langensalza nach hartem Kampf mit Mühe zu bezwingen. Und immer hin und her, durch unsere Stadt! Alle Hospitäler waren voll mit Verwundeten, manche lagen auf den bloßen Dielenbrettern, weil nicht einmal mehr genügend Stroh aufzutreiben war in der Stadt; auch das Gymnasium und die Klöster waren mit Blessierten überfüllt, überall ein Bild des Jammers. Es gab keinen Regen, die Brunnen waren leer, das Wasser floß in kleinfingerdicken Rinnsalen aus den Pumpen. Nahrung, Verbandszeug, Tabak oder Wein waren kaum noch zu haben, und wenn die dicken Bauernweiber aus dem flachen Land versuchten, ihre Butter zu Wucherpreisen anzubieten, konnte es passieren, daß ein erboster Soldat ihnen den Butterklumpen an den Kopf warf. Das waren Tage, lieber Flemming, wie ich sie nicht wieder erleben möchte.

Mein Amt als Kreisphysikus verschaffte mir nicht nur Tag und Nacht ununterbrochene Arbeit, es verschaffte mir auch den Überblick über die Ausmaße des Elends, das über die Stadt hereingebrochen war.

Auf dem Marktplatz traf ich Reuter, als ich gerade das Rathaus verließ. Er kommandierte zwei Packknechte des Kaufmannes Voppel, die zwei polternde Handkarren mit großen eisenbeschlagenen Rädern vor sich her schoben. Beide Karren waren mit Kisten und Ballen hochbeladen. Reuter winkte mir zu, der Schweiß lief ihm über das Gesicht in den offenen Hemdkragen, den Rock hatte er an eine Karrenrunge gehängt, die Hemdsärmel hochgekrempelt. Er wirkte völlig verändert, packte mich am Arm und rief: »Mensch, Doktor, ich habe sechs Ballen Leinwand und Scharpie und zwei Fässer Franzbranntwein aus Kassel kommen lassen, denken Sie, es ist alles gut durchgekommen, die Bahn fährt wieder ... Schnell, wohin damit? Was meinen Sie?« – Ich hatte keine Zeit, lange Fragen zu stellen, ich setzte mich an die Spitze der Karawane und dirigierte sie ins nahe Spital, wo an die hundert schwerverwundete Hannoveraner lagen.

Während Reuter und die Packer die Ballen und Kisten in die Vorhalle schleppten, begann ich mit Hilfe von zwei katholischen Schwestern, die nach Mainz hatten reisen wollen und in Eisenach hängengeblieben waren und die seitdem, ohne daß man ihnen Erschöpfung oder Ermüdung anmerkte, mit mütterlicher Güte die Blessierten pflegten, die vereiterten und durchgebluteten Verbände zu wechseln. Ach, Flemming, Sie können sich den Jammer des Chirurgen vorstellen, wenn er ohne einen Fetzen Leinwand, ohne Desinfektionsmittel schwerste Wunden, Durchschüsse, zersplitterte Brüche behandeln soll, vielleicht gar amputieren muß! Und da kam Reuter wie ein Engel mit seinen Packknechten dahergerollt und brachte das Nötigste! Und ich sage nicht zuviel: in seinem Drange zu helfen, Not zu lindern, hat er mit seinen Karren und seinen Scharpieballen und seinem Franzbranntwein ein paar Dutzend Männern das Leben gerettet! – Während ich noch einem bewußtlosen hannöverschen Kürassier Knochensplitter aus einer tiefen Hüftwunde grub und die eine der beiden Schwestern – eine Ursulinerin namens Agneta – mir geschickt assistierte, kam Reuter mit den letzten Ballen in den hitzebrodelnden, stinkenden Saal, sah mir eine Weile zu und sagte: »Ich wundere mich selbst, daß ich hier stehen kann und Ihnen zusehen, ohne daß mir dabei übel wird. Sie müssen mich heute noch aufsuchen, Doktor, ich habe einen Brief von Quandt aus Leipzig erhalten, wir wollen eine Sammlung veranstalten unter unseren mecklenburgischen Landsleuten ... Wenn Sie noch können, kommen Sie bitte. Ich erwarte Sie, ich glaube, wir können noch mehr helfen!«

Dann verschwand er, und ich war dank seiner Packladungen instand gesetzt, mit Hilfe meiner beiden guten Engel, wo es am nötigsten war, frisch zu verbinden. Die meisten Soldaten waren sehr abgefallen, mager und hohlwangig lagen sie auf ihren Strohschütten. Erst am Abend wieder würden die Primaner des Gymnasiums, die sich freiwillig zur Verfügung gestellt hatten, mit Verpflegung und Getränken kommen. Jeder brachte mit, was zu Hause erübrigt werden konnte, und es war bisher niemandem eingefallen, einen der Verwundeten zu fragen, ob er Freund oder Feind sei.

Spätabends stieg ich die Stufen zum Schweizerhaus hinauf. Die Tür stand weit offen, in Reuters Wohnung brannte Licht, und schon auf der Treppe hörte ich seine Stimme.

»Selbstverständlich, Luise, Hofrat Floerke in Grabow! Und der olle Rose! Der sitzt auch im Fett und kann was rausrücken!« Frau Reuter saß, etwas blaß und übernächtig, am Schreibtisch ihres Mannes und schrieb die Namen, die er ihr zurief, auf eine Liste. Er, immer noch in Hemdsärmeln, immer noch schwitzend in der schwülen Julinacht, wirtschaftete an dem großen Eßtisch im Salon herum. Lisette faltete Briefbogen zurecht, und ein verwundeter österreichischer, noch dazu katholischer Schullehrer, den Reuters in ihr Haus aufgenommen hatten, mußte mit seiner heilen linken Hand die Siegellackstangen in die Kerzenflamme halten. »Der Dämelack tropft mich auf die Finger!« schrie Lisette, und er: »Heißt dös nicht Siegel-Lack?« Es war ein komplettes Büro, das sich da über die ganze Reutersche Wohnung erstreckte und in dem der Bürovorsteher Fritz Reuter kragenlos mit nachschleifenden Hosenträgern herumfuhrwerkte. »Und Siemerling nicht vergessen!« rief er gerade, als ich eintrat. – »Fritz, deine Hosenträger!« – »Ja, Ja!« Er wies auf einen Stuhl, ich ließ mich erschöpft nieder, er blieb stehen. »Lisette, einen Krug Wein für den Doktor. Und ein Schinkenbrot. Der sieht ja aus wie das Leiden Christi;« – »Sie auch einen Wein, Monsieur le Reuter?« – »Für mich einen Eimer kaltes

Brunnenwasser, mein gutes Kind!« – »Ich bin nicht ihre gute Kind, ich bin Mademoiselle Lisette, fi donk!« – Wie gesagt, ein Wirbel!

»So, Doktor, zur Sache! Ich habe mit Quandt einen Aufruf an meine mecklenburgischen Landsleute verfaßt, in plattdeutscher Sprache. Quandt hat den Aufruf lithographieren lassen in seiner Firma, jetzt geht's ans Versenden. Wir wollen Geld und Leinwand, das andere nützt nichts, die Lebensmittel verderben uns unterwegs ... Fritz Peters hat Butter geschickt, Butter!! Bi dei Hitt!« Reuter lachte und goß sich ein großes Glas Wasser, das von außen vor Kälte beschlug, mit einem Zug in den Hals. »Ah! Das tut gut! Weiter. Wir bilden hier ein Komitee, und dafür brauch' ich Sie. Voppel auch, und Ziegler natürlich und noch ein paar Herren. Für das einlaufende Geld, das wir zur Hälfte für Leipzig – ja, da sieht's, wie Quandt schreibt, ebenso schlimm aus – und zur Hälfte für Eisenach verwenden, muß jeder der Komitee-Herren auf seinem Gebiet und mit seinen Verbindungen heranschaffen, was gebraucht wird. Ich werde nach Frankfurt reisen und dort besorgen, was Sie als Kreisphysikus besonders dringlich benötigen. Machen Sie schon immer eine Liste ... Ach, ich kommandiere hier herum und frage gar nicht erst, ob Sie mitmachen wollen?«

Ich stand auf, umarmte Reuter und nickte. »Ich bin Ihr Mann, das wissen Sie!« – »Ja, ich weiß es. Und informieren Sie bitte Ziegler und den Postdirektor, wegen des einlaufenden Geldes? Ziegler soll sich mit dem Zollinspektor ins Benehmen setzen, daß wir nicht vielleicht noch Zoll zahlen müssen für die Einfuhr der Waren ... Ach, noch was: machen Sie meiner Frau klar, daß ich mich wohl fühle wie ein Fisch im Wasser und stark wie ein junger Bengel. Sie liegt mir dauernd in den Ohren: ‚Fritz, schone dich. Fritz, übernimm dich nicht. Fritz, du schläfst zuwenig!' Ja?«

Ich nickte, ich wußte: dem ging es jetzt wirklich gut, seine selbstgestellte Aufgabe hatte ihn dermaßen gepackt, daß er jetzt alles um sich vergaß, und ich beneidete ihn fast um diese

Kraft. Nach Mitternacht ging ich. Über der Stadt lag noch immer die dumpfe Hitze des vergangenen Tages, und auch der kommende würde keine Linderung bringen. Noch in der Tür hörte ich seine Stimme: »Demmler und Hobein nicht vergessen, Luise!«

Ich wußte, daß das, was er tat, nützlich und gut war, auch für ihn selbst. Ich ahnte nicht, welches Echo sein Aufruf haben würde, wie sich seine Beliebtheit in Mecklenburg auszahlen würde für die armen Männer, die der Krieg hier in Eisenach auf ihr Lager geworfen hatte ...

Lassen Sie mich bis morgen pausieren, lieber Freund! Ich bin müde.

7.

Nach erquickendem Schlaf und erfrischendem Frühstück und nach einem kurzen Morgengang bei plötzlich aufgekommenen schönsten Sonnenstrahlen fahre ich fort, lieber Freund.

Unser Reuter hatte tatsächlich, immer im besten Einvernehmen mit seinem Freunde Quandt – dem erst vierunddreißigjährigen Buchhändler aus Berlin, der aus Goldberg in Mecklenburg stammte –, den Aufruf an eine lange Reihe von mecklenburgischen Persönlichkeiten senden lassen oder selbst gesandt. Lisette war mit einem Tragekorb voller Briefe zur Post geschickt worden, und Luise Reuter war vom Adressieren und Siegeln der Post erschöpft. Reuter indessen war keine Ermattung anzumerken. Auch in den folgenden Tagen hielt seine euphorische Stimmung unvermindert an. Hunderte von Geldsendungen kamen an, seine Freunde in Mecklenburg hatten Sammelstellen gebildet, selbst erheblich in die Tasche gegriffen und andere dazu ermuntert. Es war nun an Reuter, die reichlich fließenden Gaben so schnell wie möglich ihrem Verwendungszwecke zuzuführen. Was mich am meisten erstaunte, war neben seinem plötzlich hervorbrechenden

kaufmännischen Geschick seine Genauigkeit, eine Art
Pedanterie, die ich vorher an ihm nie wahrgenommen hatte.
Jeder Beitrag wurde auf Heller und Pfennig verbucht, und
noch spätabends saß er hinter einem großen Kassenbuch und
rechnete ab. Zwischendurch schrieb er Briefe, hastete zum
Bahnhof, um ankommende Sendungen in Empfang zu nehmen,
verhandelte mit Landräten und Amtsvorstehern, kurz: befand
sich in voller Tätigkeit. Schon zehn Tage nach seinem Aufruf
zeigte er mir stolz sein Kassenbuch und die darin dick unterstrichene Summe von runden tausend Talern, die er bereits
zusammen hatte.

Nach den heißen Julitagen, die Truppen zogen langsam ab,
das Land beruhigte sich, und die letzten Verwundeten, bis
auf eine kleine Gruppe Augenverletzter, hatten Eisenach
wieder verlassen, saßen wir in der Eisenacher Kreisdirektion
zusammen und zogen Bilanz. Es war ein schier unglaublich
schwüler Tag, die Sonne »zog Wasser«, wie wir es hier nennen,
und es war am Vormittag schon zu ahnen, daß sich ein
Gewitter ereignen würde. In dem dämmerigen Sitzungszimmer des Landrates indes war es einigermaßen kühl, denn
die schweren Gewölbe und dicken Mauern des Gebäudes
hielten die Hitze ab. Reuter, wieder in korrektem Habitus,
saß am Kopfende des Tisches, neben ihm hatte Landgerichtsrat
Julius Fischer Platz genommen, und unser Gymnasialdirektor
Prof. Friedrich Koch saß ihm gegenüber. Ziegler und ich
machten die Runde voll. Reuter gab kurzen Bericht, nannte
Zahlen: wie viele Zentner Graupen und Kartoffeln, wie viele
Schweine, wie viele Flaschen Wein und Branntwein, wie viele
Zigarren gekauft und an die Notleidenden ausgegeben worden
waren, wie viele Ballen Leinwand und Scharpie, wieviel Obst,
wie viele Faß Lauchstädter Brunnen ... Es waren erhebliche
Mengen! Er erklärte seine Absicht, den Herren Karl Prosch
und Georg Adolph Demmler nach Schwerin seine Abrechnung
zuzusenden, und schlug vor, man solle den noch verbliebenen
Betrag – es handelte sich, wie ich in meinem alten Taschenbuch notiert habe, um 369 Taler, 19 Silbergroschen und

6 Pfennige – unter den Augenverletzten, die sich noch in dem zum Spital umgewandelten Eisenacher Zechenhaus befanden, zur ersten Unterstützung in barem Gelde verteilen. Dem wurde Zustimmung erteilt, und Fischer, der den erkrankten Landrat vertrat, erhob sich, schüttelte Reuter die Hand und dankte ihm. »Sie haben sich um unser deutsches Vaterland verdient gemacht, lieber Herr Doktor!« – »Lassen Sie die großen Worte, verehrter Freund, wollen wir froh sein, daß wir's hinter uns haben. Lassen Sie uns noch auf ein Stündchen in die ‚Bohlei' gehen, der Wirt, dieser Knickstiebel, soll noch einen recht guten Johannisberg in seinem Keller haben. Ich lade Sie ein, meine Herren!« Dies schien auch mir ein akzeptabler Vorschlag, man war von der Hitze und dem Staub der letzten Wochen und von all den physischen Anstrengungen des Amtes und der Pflichten wohl doch ein wenig herabgekommen, so verließen wir die dämmerige Ratsstube und wollten gerade aus dem gewölbten Torbogen des Schlosses auf den Platz hinaustreten, als mit einem Donnerschlag das lange erwartete Gewitter losschlug. Ein Platzregen fegte den Markt in wenigen Augenblicken menschenleer, das Wasser sammelte sich schnell in den Rinnsteinen und bildete Pfützen auf dem glänzenden Pflaster. Nur ein paar Bengels machten sich ein Vergnügen daraus, in den Brunnen zu steigen und dort im rauschenden Regen, lauthals singend und bis zu den Knien im Wasser, herumzustolzieren. Wir hielten uns im schützenden Torbogen zurück, atmeten die frische, belebende Luft in tiefen Zügen ein und lauschten auf den Donner, der zwischen den Bergen rollte. »Sehen Sie sich die Jungs an, Doktor!« sagte Reuter und stieß mich an. »Das blüht mir auch wieder, so eine Wasserkur. Luise drängt schon. Aber dit Johr nich, Schwabe, erst im Frühjahr. Und dann nicht wieder Laubach, dieses langweilige Nest!«

»Wie wär's mit Liebenstein? Ich kenne da den Kurdirektor. Und es ist nur ein Stündchen Reise.« – »Wollen sehen, Dokting, wollen sehen!«

Der Regen ließ nach, die Sonne brach hinter den Wolken

hervor und tauchte den Marktplatz von Eisenach in einem Augenblick in Gold und Glanz. Die Leute kamen aus den schützenden Türen und Toren wieder hervor, die Marktfrauen schoben ihre Karren unter den Bäumen entlang auf den Platz, und die Jungs sprangen aus dem Brunnen, denn mit gewichtigem Schritt und dräuender Miene erschien der Gendarmeriewachtmeister Kloßmehl auf der Szene. Er salutierte, als er uns sah, wandte sich um, ließ die Hand gleich oben, jedoch jetzt zur Faust geballt, und drohte und schimpfte hinter den flüchtenden Bengels her.

Wir bogen in die Gasse, stiegen die Stufen zur Kellerwirtschaft hinab und begrüßten den dienernden Bohlei-Wirt. »Nehmen Sie Platz, meine Herren, bitte sehr! Ihre Hüte, meine Herren! Jonas, bring Gläser! Ich habe da einen vorzüglichen Hessen hereingekriegt...« – »Nix da, Dicker!« rief Reuter. »Den supen S' man sülben! Wi will'n nu den Johannisberger an'ne Jack kriegen!« – »Was sagt der Herr Doktor Reuter? Ich kann immer nichts verstehen, wenn Herr Doktor plattdeutsch reden!« – »Lieber Herr Professor, Sie sind doch sprachkundig, nicht wahr? Übersetzen Sie doch mal: Johannisberger!« Reuter lachte, er setzte sich auf seinen Stammplatz, stützte die Arme breit auf die Tischplatte und schüttelte den Kopf in gespieltem Zorn. Koch zog den Wirt an einem Knopf seiner weißen Jacke zu sich heran und artikulierte: »Jo - han - nis - ber - ger! Capito, mon amigo?« – »Nun sprechen Sie auch noch Italienisch, Herr Professor. Ich kapituliere schon. Es sind aber nur noch sechs Flaschen da!« – »Das haben Sie uns das letzte Mal auch schon erzählt, Sie Schelm. Sechs sind für uns fünf geradenwegs genug! Allons!«

Reuter, mein lieber Flemming, war an diesem Abend heiter, indes mäßig. Seine Frau empfing ihn mit sichtlicher Freude; sie umarmte ihn und bat mich, der ich ihn bis an den Schloßberg begleitet hatte, da ich hier noch einen Kranken besuchen wollte, auf einen Moment ins Haus. Ich mochte die Bitte nicht abschlagen. So saßen wir eine Weile auf dem Balkon des Wohnzimmers, lauschten dem fern abziehenden

Gewitter nach und beobachteten das Wetterleuchten, das über den sich abendlich verdunkelnden Himmel huschte. Luise saß neben Reuter, hatte sich an ihn gelehnt und hielt seine Hand in der ihren. »Ich bin stolz auf meinen Fritz, lieber Herr Doktor«, sagte sie, und fuhr, als ich schwieg, fort: »Kann doch mehr als Bücherschreiben, der Mann!« Reuter lachte darüber, legte ihr den Arm um die Schulter und sagte, mehr zu mir als zu ihr: »Wer weiß, wer weiß, ob ich nicht gut daran täte, die Schreiberei ganz zu lassen!« – »Wie das? fällt Ihnen nichts mehr ein?« – »Doch, doch. Und Hinstorff drängt mich, dieser Schlawiner! Kaum habe ich den guten ‚Dörchläuchting' fertig gedruckt in Händen, soll ich schon wieder was Neues schreiben!« – »Tust du doch auch, Fritz! Schreibst doch schon an der Konstantinopel-Geschichte!« – »Alles Kram, Backbeerenkram, Luise, nichts Halbes, nichts Ganzes. Wissen Sie, Doktor, ich finde keinen rechten Anfang. Ich möchte gern die Eisenacher alle drin haben, stellen Sie sich Voppeln vor zu Besuch beim Sultan!« Ich mußte lachen, das hatte schon etwas Verlockendes. »Nur . . .« – Reuter strich sich den Bart – »ich bin noch nicht so recht dran. Ob das denn geht, die guten Eisenacher auf plattdeutsch nach Konstantinopel schicken?« – »Du wirst es schon schaffen, Fritz! Und die Talerchen, die sind auch nicht zu verachten!« – »Talerchen, du gutes Kind! Talerchen! Weißt doch, was das alles kostet, das Grundstück, dann der Bau, der Garten muß angelegt werden, wir brauchen einen Architekten . . .« – »Hab' ich schon, Fritz! Frau Hofrat Fischer hat da einen vorzüglichen Mann an der Hand, einen Professor Bohnstedt, einen ganz exzellenten Architekten. Er soll in Riga sehr geschmackvolle Bauten für die deutsche Handelskompagnie errichtet haben.« – »Bohnstedt? Luise, der ist zu teuer! Ich soll mir wohl die Seele aus dem Halse schreiben?« – »Sollst du, Fritz, sollst du! Oder willst du ohne Seele schreiben?«

Reuter lachte wieder, schüttelte den Kopf und sah mich an. »So ist sie, mein lieber Doktor, so ist meine gute Luise. Geheiratet habe ich eine sanftmütige Pfarrerstochter, und so peu à peu entpuppt sie sich als grande Dame! Seien Sie froh, daß Sie Junggeselle sind!« – »Das sagt er zu Reinhard auch immer, der dreht dann den Spieß um und meinte neulich, Reuter brauche bloß ein Sterbenswörtchen zu sagen, und er nähme mich mit! Unbesehen!« – »Jaja, Schnickschnack! Ich denke immer noch ans Geld, Frau! Stell dir mal das Haus vor, wenn's fertig ist! Vielleicht vierzehn Fenster oder zwanzig! Zwanzig! Und die sind so hoch, daß unsere Vorhänge hier im Schweizerhaus nicht passen! Also neue Gardinen! Und neue Lüster und überhaupt der ganze Lampenkram! Ich seh' schon, ich muß bei Ziegler pumpen gehen!« – »Nun übertreiben Sie aber doch, mein Guter! Ihr Einkommen – eigentlich geht's mich ja nichts an, aber wir sind ja unter Freunden –, Ihr Einkommen ist doch besser und besser geworden. Wenn schon dieser Gla-«. Ich schlug mir auf den Mund, an den hatte ich ihn nicht erinnern wollen. Aber Reuters Stimmung war immer noch glänzend. »Glagau! Sprechen Sie's ruhig aus!« Reuter spuckte wie ein Straßenjunge in hohem Bogen über die Balkonbrüstung. »Der! Wenn nur Hinstorff ein besserer Zahler wäre! Statt dessen ist er ein Halsabschneider. Mit flotter Hand reißt er mir meine Manuskripte unter der Feder weg, kaum daß die Tinte trocken ist. Aber wenn es ans Zahlen geht: ‚Lieber Reuter, ich bin leider erst zu Martini flüssig, da habe ich auch noch das Deinem Wunsche entsprechende Papier kaufen müssen, welches sehr viel höher liegt als das bisher verwendete, so sehe ich mich gezwungen, Dich um die Einsicht bitten zu müssen, daß wir die Abrechnung der zweiten Auflage des ‚Dörchläuchting' eben werden nicht vor Martini vornehmen können', et cetera p. p., so oder ähnlich in jedem Brief! Der Mann macht mich verrückt, Doktor. Jede tausend Taler muß man ihm aus der Nase ziehen. Und was sind tausend Taler, wenn ich an Lowisings Traumschloß denke und an die Architektenrechnung des Herrn Bohnstedt!«

Luise erhob sich, ging ins dunkle Zimmer und kam mit einem Likörglase zurück. »Nu brauch' ich aber 'n Säuten!«

sagte sie und setzte zu einer Verteidigung Hinstorffs an. »Er ist doch ein guter Geschäftsmann. Er läßt die Zechinen eben so lange auf Wechseln laufen, das spart ihm die Zinsen, und er kann inzwischen damit wirtschaften. Guck dir den Betrieb an, Fritz!« Sie wandte sich an mich, denn ihr Fritz kannte die Geschichte; behaglich in seinem Korbstuhl liegend, die Füße auf dem Rande eines Blumenkübels, brannte er sich in aller Ruhe eine Pfeife an. »In Ludwigslust hatte er eine Druckerei, Herr Doktor. Die hat er an seinen Schwiegersohn verkauft. Dann hat er sich in Rostock groß angekauft, in Wismar firmiert er unter ‚Hinstorffsche Rats- und Hofbuchdruckerei‘. Alle nasenlang gründet er eine neue Zeitung, mal konservativ, mal liberal, wie's grade gebraucht wird. Dann hat er sich auch den Verlag der Raabeschen Gesetzessammlung unter den Nagel gerissen, sechs dicke Bände, jeder Band fünf Taler und in Leder sieben, und unter Leder macht's doch kein Advokat im Lande Mecklenburg! Und dann die Gerichte und die Kollegien und die Ämter! Wer die Gesetze druckt, hat nicht zu darben!«

»Nun sehen Sie sich mein Lowising an, Doktor! Alleweil kriege ich zu hören: Fritz, laß die Finger von der Politik. Und was macht sie? Hält Reden wie ein Landtagsabgeordneter!« Reuter pustete Tabakswolken in den sanften Abend. »Aber recht hat sie ja. Alles auf meine Kosten! Keine Zeile ‚Konstantinopel‘ werd' ich ihm liefern, ehe er nicht meinen ‚Dörchläuchten‘ auf Heller und Pfennig bezahlt hat. Stellen Sie sich vor, Doktor, zu Ostern schreibt er mir, er wolle die beiden Läuschen-Teile wieder auflegen, da sein Vorrat gänzlich aufgebraucht sei. Na, ich freu' mich, schreib' ihm, er soll man sehen, daß er bis Weihnachten damit zu Stuhl kommt, denn dann hätte ich wieder Belegexemplare zum Verschenken, meine sind auch alle. Er antwortet gar nicht darauf. Na, denk' ich, lat em. Un nu kümmt dat dick' Enn' nah!«

Reuter klatschte die Flachhand auf den Balkontisch. »Ich krieg' einen Brief von Luten Reinhard, der sich in Hamburg von seiner Coburger Zeitungsbude verholt, und der schreibt mir, er habe im Ladengeschäft von Hoffmann & Campe die ‚Läuschen' aufgestapelt liegen gesehen, frisch aus der Druckerei. Das ist Hinstorff, wie er leibt und lebt! Verkauft, kassiert, kauft sich an und baut sich aus – mit meinem Geld! Na, Doktor, was soll man davon halten?« – »Und wenn Sie wechselten?« – »Brockhaus war ja hier, Herr Doktor. Er würde Fritz liebend gern in seinem Verlag haben, aber Fritz will nicht!«

»Nein, Lowising, ich will nicht. Und du weißt auch, warum. Ich füge mich nicht gern in den Wechsel. Du weißt, wie schwer mir schon der Umzug fiel. Und nun noch den Verleger wechseln – nee. Ich bin seine Milchkuh, die kann er nicht schlachten. Un hei is min Fauderknecht – sall'k em woll up de Hürn'n nehmen? Nee, lat't all, as dat is.«

Reuter klopfte seine Pfeife aus, kratzte mit seinem Federmesser darin herum und murmelte in die Dunkelheit der Sommernacht einen Satz, der für seine nächsten Jahre nicht ohne Folgen bleiben würde. »Frag doch mal die Frau Hofrat, ob sie die Anschrift von Bohnstedt hat, Luise!«

Luise sprang auf, umarmte und küßte ihren Fritz, nahm meine Hand und sagte mit dem ganzen Stolz einer Frau, die ihren Wert kennt: »Er ist doch der beste Mensch von der Welt, lieber Herr Doktor!«

Soweit, mein lieber Flemming, meine Erinnerungen an diese Episode. Zu leicht gerate ich immer wieder vom Pfade des braven Berichts ins ausschmückende Erzählen – oder sollte das ein Zeichen für die zunehmende Vertrautheit zwischen uns beiden Alten sein? Wenn ich die Feder eintauche, um Ihnen zu schreiben, schaue ich mir immer Ihre Lithographie an, die neben Reuters Bild an meiner Stubenwand hängt, und dann erzähle ich eben so, als wären Sie gegenwärtig. Diesen Sommer will ich nun aber doch noch einmal den alten Gesangbuchvers des Liederdichters Gottfried Arnold anstimmen:

*Ach erheb die matten Kräfte,
sich einmal zu reißen los ...*

und zu Ihnen reisen. Sollten Sie mir wohl einen Vorschlag machen wollen, was den Monat angeht?

Unterdessen bin ich Ihr Ihnen herzlich verbundener

Eisenach, 28sten März 18**

Lieber Freund,

Ihre Antwort hat mich von Herzen erfreut, und sie traf zudem noch mit dem allerschönsten Frühling hier ein. Ja, gern will ich im Juni reisen; ich freue mich schon jetzt darauf, und gleich morgen werde ich zu Schneidermeister Schaffler gehen und mir für die obotritische Expedition eine rechte Ausstattung anmessen lassen. »Wasserstiebeln« wie Bräsigs werden doch aber nicht vonnöten sein? Ich bringe Ihnen dann meine Aufzeichnungen, Reuters Kuren betreffend, mit; es wird noch einiges dauern, bis ich alles herausgesucht habe. Soviel kann ich jetzt schon sagen: in jenem für ihn in jeder Hinsicht so besonderen Jahr 1866 hat er die Kur nicht gebraucht. Ich hatte ihn im August 1865 nach Laubach bei Koblenz geschickt, wo er sich bis in den Winter aufhielt und recht gestärkt zurückkam, obwohl ihm die Gesellschaft dort nicht besonders behagt hatte. Er schrieb mir gelegentlich von abscheulich alten Hutzelweibern und tratschsüchtigen pensionierten Obristen, von allerlei »Kurlöwen«, die sich nur allzugern seine Bekanntschaft erschleichen wollten und bei denen er, weil er ihnen wohl doch hin und wieder eine Abfuhr erteilte, nach und nach in den Ruf eines groben Kerls gekommen sei. Nun, das focht ihn wohl nicht an. Der Badearzt schrieb mir von Fortschritten, es habe sich durch den

Gebrauch der Trinkkur – vorzüglich wurde ein entschlackender Brunnen gereicht sowie Sauermilch – eine allgemeinere Besserung des Gesamtzustandes meines Patienten hergestellt, er habe guten Appetit und müsse schon ein wenig auf Diät gesetzt werden, er habe begonnen, trotz seiner immer noch anhaltenden Beschwerden in den Beinen, längere Spaziergänge zu machen und arbeite täglich mehrere Stunden in seinem Zimmer. Dr. O. hielt den zeitweisen gleichzeitigen Aufenthalt von Frau Reuter ebenfalls für förderlich, da dem Patienten so seine gewohnte Ordnung erhalten bleibe und zudem auch eine gewisse moralische Stärkung dadurch gegeben sei. Immerhin! Geistige Getränke wurden in der Wasserheilanstalt Laubach grundsätzlich nicht gereicht, und – abgesehen von einem Empfang beim Anlasse des 50. Geburtstages von Dr. O., für den man Reuter als »Kommissar für schwere Getränke« gewählt hatte – hat er während dieses Aufenthalts keinerlei Alcoholica zu sich genommen, höchstens in so bescheidenen Mengen, wie wir alle es im normalen Leben tun. Es war ihm, trotz der ungemütlichen Umstände in Laubach, ein rechter Kurerfolg beschieden. So »ausgerüstet«, konnte er dieses Jahr 1866 angehen und durchstehen, mit jener Kraft, die ihm noch einmal bewußt wurde und die er mit fast jugendlicher Frische nutzte.

Die nächste Kur wurde erst im April oder Mai 1867 angetreten; seine Beschwerden hatten sich schon im Herbst 1866 wieder gezeigt, und besonders nach einer Erkältung, die er sich bei einer novemberlich-kalten Begehung seiner »Baustelle« mit Jühlke und Bohnstedt – davon will ich später noch berichten – geholt hatte, verstärkten sie sich. Zugleich hatte ich Anzeichen einer beginnenden Herzerkrankung feststellen müssen, er klagte über ziehende Schmerzen in der Herzgegend, über gelegentliche Atemnot, über ein Druckgefühl in der Brust. So hielt ich es im Frühjahr 1867 für angezeigt, ihn allein schon dieser Anzeichen wegen nach Liebenstein zu schicken, was zugleich den Vorteil hatte, daß ich selbst ab und an die kleine Reise dorthin machen und nach ihm sehen

konnte. Ich hoffte, es könnte gelingen, seine nach der
Laubacher Kur und während des hitzigen sechsundsechziger
Jahres zu verzeichnende relative Abstinenz festigen zu können.
Er reiste dann auch, dieses Mal ohne Frau Luise, die glaubte,
sich wegen der beginnenden Bauerei nicht von Eisenach
entfernen zu können, und blieb mit einer kurzen Unterbrechung bis in den Juli hinein am Ort. Auch dort ging es
ihm recht wohl, und Luise kam gelegentlich herüber, um ihn
über den Stand der Bauarbeiten und der Anlage des Gartens
zu unterrichten. Was mich damals schon stutzig machte, war,
daß er nur sehr wenig las, sich nur in geringem Maße mit
neuesten literarischen Erscheinungen befaßte, ja, daß ihm
manches auf der Szenerie der Literatur herzlich egal war.
Hatte er anfangs noch mit Begeisterung von Problemen des
Plattdeutschen, von seiner Übersetzbarkeit oder Nichtübersetzbarkeit ins Hochdeutsche, von anderen, ähnlichen Dingen
gesprochen, so ließ ihn solcher Stoff zunehmend unberührt.
Um so mehr war es die Tagespolitik, der er seine Aufmerksamkeit zuwandte und die ihn erregte. Ich sehe ihn noch
schimpfend im Liebensteiner Kurgarten umherlaufen, mir
immer einen oder zwei Schritte voraus, und die Lenker der
thüringischen Politik verdammend, die im Mai siebenundsechzig auf die hanebüchene Idee gekommen waren, die
Landesuniversität Jena wegen Geldmangels zu schließen.
»Winkelpotentaten!« rief er, hieb mit seinem Stock durch die
Luft, daß es pfiff, und drehte sich zu mir um. »Die Universität
schließen! Warum schließen sie nicht ein paar Kürassierkasernen? Das ist die verfluchte deutsche Gartenzaunpolitik
und Kleinstaaterei, da muß man wirklich wünschen, Bismarck
würde sich durchsetzen!« – »Meinen Sie, die Preußen wären
anders?« – »Aber sicher, lieber Doktor! Diese Ländchen,
die bequem von ein paar preußischen Landräten in Schlafrock
und Pantoffeln regiert werden könnten, haben einen
Regierungsapparat und Hofstaat, der für ein ganzes Reich
genügen würde!« Er schwenkte einen Brief an Vincke vor
meiner Nase umher. »Genauso habe ich es an Vincke

geschrieben, Doktor. Wort für Wort. Der ist ein Preuße, wie ich ihn mir vorstelle, ein gebildeter und scharfsichtiger Mann. Der oder ‚Kammer-Vincke', sein Bruder, ein rechter Liberaler, die würden dieses miesepetrige Thüringen mit der linken Hand regieren. Universitäten schließen! Das kennt man doch! Immer mit dem Knüppel des Militärs auf den geistigen Kopf des Landes. Das habe ich alles hinter mir!« – »Sie sollten sich nicht so erregen, mein Lieber. Es schadet Ihnen!« – »Keine Angst, Schwabe. Es tut mir gut!« Er ließ sich auf einer Parkbank nieder, stellte den Stock zwischen die Knie und stützte das Kinn auf die Krücke. »Ich bin eigentlich jetzt doch ganz froh, daß der Bismarck im letzten September mit dieser vertrackten Idemnitätsvorlage im preußischen Landtag die Liberalen, wie zum Beispiel meine Vinckes, auf seine Seite gebracht hat. Das hat die Adelspartei zurückgedrängt, das gibt dem Fortschritt mehr Spielraum. Und«, Reuter hob den Krückstock und zielte damit auf meinen Bauch, »so einer wie der wird gebraucht im deutschen Vaterland. Ohne so einen wird's nie ein einiges Deutschland geben. Nur so einer wie der, vorausgesetzt, er hat die Liberalen hinter sich, kann mit den Winkelpotentaten fertig werden. Ratzputz!« Er hieb den Stock ins Gebüsch, daß die Blätter stoben, stand auf und marschierte weiter. An der Wegekreuzung kam uns ein sehr eleganter, vielleicht vierzigjähriger hochgewachsener Herr entgegen, der sich in Begleitung einer nicht minder eleganten Dame befand und, als er Reuters ansichtig wurde, stehenblieb, der Dame seinen Arm entzog, die Hände theatralisch und beschwörend auf Reuter zu ausstreckte und mit verzücktem Gesicht ausrief: »Welch eine Fügung, liebste Clementine (er sprach ‚Klamangtien'), dies ist der Herr Doktor Fritz Reuter, der große Fritz Reuter, den ich dir hiermit vorstelle – lieber Reuter, dies ist Madame von François, die Erste Liebhaberin des Meininger Hoftheaters!« Reuter zuckte zusammen, fing sich schnell, verneigte sich artig, küßte gar der Dame die Hand und brummte etwas in seinen Bart, was wohl eine freudige Begrüßung oder ähnliches darstellen sollte, dann, nachdem er mich als seinen »Freund Dr. Schwabe aus Eisenach« vorgestellt hatte, erkundigte er sich bei dem Herrn, wie es ihn denn nach Liebenstein verschlagen habe und ob er gedenke, hier eine Vorstellung zu geben. »Dies, Dokting, ist nämlich der große Emil Palleske, der Shakespeare-Rezitator!« Dabei ahmte er, ohne daß »Klamangtien« oder Palleske selbst es bemerkten, die theatralische Redeweise des Schauspielers nach. »Wir sind beinahe Landsleute, Palleske ist nämlich eine echte Pomeranze! Sagen Sie, Palleske, wie geht es denn Ihrem lieben Vetter? Ich hörte lange nichts von ihm. Ist er noch in Stralsund mit der Lehrerei befaßt?« – »Gewiß, lieber Reuter, gewiß!« Palleske schien jetzt doch zu bemerken, daß Reuter ihn zu uzen versuchte, auch die Bezeichnung »Pomeranze« war ihm sichtlich peinlich, und seine elegante Begleiterin trat schon von einem Fuß auf den anderen. So verabschiedete man sich schnell voneinander. Reuter, kaum war das Paar um eine Ecke gebogen, platzte auch schon mit einem Lachanfall heraus. »Ha! Klamangtien! Erste Liebhaberin – am Meininger Hoftheater! Der sollte ich wieder vorgeführt werden wie ein dressierter Affe, dabei hat diese Dame noch nie eine Zeile von mir gelesen! Ach, Schwabe, manchmal habe ich diesen Rummel satt. Aber was kann einer tun gegen diesen tötenden Ruhm?«

Seine glänzende Laune, in die ihn politisches Schwadronieren immer versetzte, war verflogen. Er war wieder an diesen Punkt gekommen, der ihn schmerzte, der ihn lähmte, an dem er sich selbst nicht begriff. Er hatte sein Leben lang um die Anerkennung der Mitwelt gerungen; jetzt, da er sie in überreichlichem Maße gewonnen hatte, war sie ihm zuwider und verletzte ihn. Denn diese Mitwelt, von den Freunden und Kennern seiner Schriften abgesehen, hatte er, wie er meinte, nicht durch seine literarische und politische Tätigkeit selbst für sich eingenommen, sondern durch die Reputation, die der literarische Erfolg mit sich brachte. Man bewunderte an ihm, daß der einstige Festungsgefangene den höchsten deutschen Literaturpreis errungen hatte, aber man machte sich in den besseren Kreisen nicht die Mühe, das Werk, das dahinterstand, zu lesen. Man riß die Augen auf, als man erfuhr, daß der ehemalige Landwirtschaftseleve sich daran machte, eines der teuersten Häuser von Eisenach zu errichten. Man erstarb vor Ehrfurcht, daß der schlichte Bürger Reuter in der Hofequipage auf die Wartburg rollte. Die gute Gesellschaft sog ihn in ihren Strudel, und dieser Sog, dem sich seine Frau Luise nur allzu willig hingab, wurde stärker von Jahr zu Jahr.

»Wenn ich erst das Haus habe, Doktor, werden mich die Leute endgültig für einen Großkotz halten!«

Reuter verschwand im Brunnenhaus, kam mit einem Becher Sprudel wieder zum Vorschein und trank das Gefäß mit allen Anzeichen äußersten Ekels bis auf den Grund leer. »So geht es. Man muß den Becher bis auf den Grund leermachen, wenn es auch bitter ist.« – »Sie müssen wieder nach Hause, Reuter, Sie müssen arbeiten, damit Ihnen nicht solche verqueren Gedanken in den Kopf kommen!« – »Ich reise Sonntag ab. Sie haben recht, es sind die Öde und die Langeweile, die einem hier zu schaffen machen.«

So verließ ich ihn. Ich ahnte, daß die Kur für dieses Mal wenig Nutzen haben würde. Ich spürte die Resignation, und ich befürchtete den kommenden Verfall.

Manchmal glaubte ich, daß er wußte, wie wenige Jahre ihm noch zugemessen waren, und so schwankte seine Seele zwischen dem Willen, die Zeit zu nutzen, und zwischen der Ergebenheit in ein Schicksal, dem er nicht mehr entrinnen konnte. Er war ein Gezeichneter und ahnte es. Er war sechsundfünfzig Jahre alt, stand auf der Höhe seines Ruhmes und seines Erfolges als Schriftsteller und sah von dieser Höhe nicht auf die Ebene besonnten, genußreichen Daseins, sondern hinab in ein dunkles Tal voller ungewisser Schründe, in dem die Angst wohnte.

Nun will ich aber meine Melancholie mit dem Papier zusammen in die Lade legen und Ihnen mit meinen Betrachtungen nicht den Frühling versauern! Leben Sie wohl, lieber Freund, und seien Sie gewiß, daß ich unserer endlichen

Begegnung im Juni mit großer Erwartung entgegensehe.
Fidelitas ante portas!

Eisenach, den 16. April 18**   Herzlich

Das Jahr 1866 war für Reuter besonders erfolgreich, was den Absatz seiner Bücher und seine Honorareinnahmen betrifft. Die Biographen behaupten vielfach, Reuter sei während seiner Eisenacher Jahre und noch nach seinem Tode der meistgelesene deutsche Autor gewesen. Wieweit diese Behauptung zutrifft, kann nicht nachgeprüft werden; dazu müßten Statistiken zum Absatz der Bücher zum Beispiel Gustav Freytags, Theodor Fontanes oder Wilhelm Raabes herangezogen werden. Aber auch ohne solche ohnehin wenig aussagekräftigen Rechenexempel ist Reuters Erfolg während der Eisenacher Jahre für heutige Begriffe verblüffend und phänomenal.

Die Erfolgsbilanz läßt sich am einfachsten mit Hilfe des 1881 aus Anlaß des 50. Gründungsjubiläums der Hinstorffschen Verlagsbuchhandlung erschienenen Verlagsverzeichnisses herstellen. Die bibliographische Genauigkeit dieses Hilfsmittels ist verbürgt; schon aus Reklamegründen und um die im härtesten Konkurrenzkampf der Verlage notwendige Solvenz, Kulanz und Prosperität des Hauses Hinstorff nachzuweisen, ließ der 1881 noch amtierende Gründer des Verlages, Reuters Verleger Detloff Carl Hinstorff, von allen in seinem Verlage je erschienenen Schriften sämtliche einzelnen Auflagen angeben, selbst von solchen Titeln, die inzwischen nicht mehr lieferbar waren. So können wir getrost auch Reuters Bestandteil am Hinstorffschen Verlagsprogramm als sehr bedeutend, genauer: als von grundlegender Bedeutung einschätzen. Mit anderen, weniger dürren Worten hat Reuter selbst sich häufig als Hinstorffs Milchkuh bezeichnet, der man nicht den Hals abschneiden dürfe. Denken wir uns Reuters Werk aus dem Verlag D. C. Hinstorff weg, so bleibt nicht sehr viel von übergreifender Bedeutung, und man muß zwangsläufig zu dem Schluß gelangen, daß die Verbindung Fritz Reuters und Detloff Carl Hinstorffs dem Verlag erst zu seiner zukunftsträchtigen Perspektive verhalf. Das soll nicht die Geschäftstüchtigkeit Hinstorffs schmälern – im Gegenteil. Denn daß er sich Reuters als Hausautor annahm, zögernd zunächst, dann jedoch mit dem vollen Einsatz seiner verlegerischen Mittel, zeugt von editorischer Weitsicht und gesundem Merkantilismus. Ja, es war ein Geschäft ohnegleichen für den ewig lamentierenden Verleger! Es war aber auch für den Autor kein schlechtes Abschneiden, wenn Reuter auch in zahlreichen Briefen und immer neuen Variationen seinem »lieben Hinstorff« vorrechnet, daß er, Reuter, ständig den kürzeren ziehe ... Immerhin: seine Honorarsätze betrugen zwischen 25 und $33^{1}/_{3}$ Prozent vom Ladenpreis. In der Regel fiel das erste Drittel an den Autor, das zweite an die Sortimenter und das dritte an den Verleger, der davon natürlich die Produktion zu finanzieren hatte, was aber bei den hauseigenen Druckereien, die Hinstorff betrieb, wiederum ein gutes Geschäft war.

Also nun ein Blick in das erwähnte Verzeichnis! Wenn wir nur die Jahre 1863 bis 1874, also den Zeitraum Reuters in Eisenach, zur Grundlage unserer Berechnung machen, kommen wir auf die erstaunliche Zahl von neunzig, sage und schreibe: neunzig Erst- und Nachauflagen, in denen seine dreizehn Bücher erschienen. Setzen wir die Durchschnittsauflage mit dreitausend Exemplaren an, erreichen wir schon die für die Zeitumstände außerordentliche Zahl von zweihundertsiebzigtausend Bänden, in denen seine Bücher verbreitet waren. Nun waren allerdings einige Titel gleich in der Erstauflage mit zehntausend Exemplaren erschienen. Bei »De Reis' nah Konstantinopel« zum Beispiel wurden dieser Erst- gleich zwei mitgedruckte Nachauflagen von zusammen achttausend Stück angefügt, so daß 1868 achtzehntausend Exemplare dieses von Reuter selbst als recht schwach erkannten Buches auf einen Schlag erschienen, die ihrem Autor das fürstliche Honorar von sechstausend Talern einbrachten. Nun sind natürlich diese Zahlen an sich noch zu abstrakt. Man muß sich bewußt machen, daß Bücher damals keineswegs zum täglichen Gebrauchsgut zählten, daß nur relativ vermögende Käufer die recht teuren Bücher, die zwischen einem und drei Talern kosteten, kaufen konnten und daß drei bis sechs Taler der durchschnittliche Verdienst eines Dienstknechtes oder eines Arbeiters in der Woche waren, wovon nicht selten eine mehrköpfige Familie ernährt werden mußte. Unter diesem Aspekt stellt sich natürlich die Höhe der Auflagen und die Honorarsumme deutlicher dar! Und wenn wir schließlich noch die Kaufkraft eines Talers bedenken ... Da fragen wir am besten Reuter selbst, der am 15. Juli 1866 an Ernst Boll über die Verwendung von Spendengeldern für die Verwundeten von Langensalza berichtet:

Gestern kam die erste anonyme Geldsendung aus Mecklenburg an mich (25 Taler), ich legte dito hinzu und war imstande, ... abzusenden: 3/4 Zentner Graupen, 1/4 Zentner Grieß, 500 Zigarren, 50 Flaschen Wein, 25 Pfd. Schinken, 10 Pfd. Mettwürste. Das alles für 50 Taler! Nun können wir darangehen, eine Rechnung aufzumachen, um dem Taler auf die Schliche zu kommen. Wir brauchen uns nur zu informieren, z. B. in unserer Kaufhalle an der Ecke, was Grieß, Graupen, Schinken, Mettwurst, Wein, Zigarren im Durchschnitt pro Stück oder Kilogramm kosten, es bleibt dann nur die Notwendigkeit, einen Strich unter die Rechnung zu setzen und festzustellen:

37,5 kg Graupen	je kg 0,64 M =	24,20 M
12,5 kg Grieß	je kg 1,32 M =	16,50 M
12,5 kg Schinken	je kg 10,50 M =	131,25 M
5,0 kg Mettwurst	je kg 9,80 M =	49,00 M
500 Stück Zigarren	zu je 0,30 M =	150,00 M
50 Flaschen Wein	zu je 6,00 M =	300,00 M
	Summe	670,95 M

Nun werden natürlich die Volkswirtschaftler und Preisexperten und Währungsspezialisten kommen und sagen, so einfach könne man es sich doch wohl nicht machen, da gebe es noch solche Begriffe wie den Lebenshaltungsindex, da gebe es soziale Modifikationen, zum Beispiel subventionierte Mieten – gewiß. Nur, wir wollen ja nichts weiter als herausfinden: was müßte man heute bezahlen für die angeführten Waren, die damals 50 Taler kosteten? Und mit Hilfe des Taschenrechners können wir dann auch noch feststellen, daß ein Taler heute etwa eine Kaufkraft - (jedenfalls bezogen auf Grieß, Graupen, Schinken, Mettwurst, Zigarren und Wein - von 13,42 M hätte. Und wenn ich ein Honorar bekäme von 6000 Talern, so könnte ich mir für 80.520,00 M Grieß, Graupen, Schinken, Mettwurst, Wein und Zigarren kaufen. Was braucht der Mensch mehr zum Leben?

Genug dieser Zahlenspielerei. In Reuters erfolgreichstem Jahr 1866 erschienen die 9. Auflage des 1. Teils von »Läuschen un Rimels«, die 6. Auflage des 2. Teils von »Läuschen un Rimels«, die 4. Auflage von »De Reis' nah Belligen«, die 7. Auflage von »Woans ick tau 'ne Fru kamm / Ut de Franzosentid«, die 5. Auflage von »Ut mine Festungstid«, die 4. Auflage von »Schurrmurr«, die 5. Auflage von »Hanne Nüte«, die 5. Auflage des 1. Teils von »Ut mine Stromtid«, die 5. Auflage des 2. Teils von »Ut mine Stromtid«, die 4. Auflage des 3. Teils von »Ut mine Stromtid«, die 4. Auflage von »Kein Hüsung« und die 1. bis 3. Auflage von »Dörchläuchting«. Also in einem einzigen Jahr, freilich dem besten, vierzehn Erst- und Nachauflagen! Allerdings waren es 1864 auch schon zehn, 1865 zwölf Auflagen, 1867 neun und 1868 wieder zehn Auflagen. Im Stavenhäger Museum liegen Akten Hinstorffs, aus denen die phantastischen Honorarsummen deutlich werden, die Reuter in diesen »fetten« Jahren gezahlt worden sind. Das Geld überflutete ihn, der einst enterbte Bürgermeisterssohn schwamm darin, er war einer der bestbezahlten Autoren Deutschlands.

Und was sollte den bestbezahlten deutschen Autor hindern, sich zum Bau seines Hauses das beste in Eisenach aufzutreibende Grundstück, den besten deutschen Modearchitekten, nämlich Friedrich Bohnstedt, den bestrennomierten Gärtner Preußens, nämlich Ferdinand Jühlke, den Chef der Gärten von Sanssouci, zu leisten?

Lieber Flemming,

nein, ich habe es nicht vergessen – Sie sollen heute die versprochene Schilderung haben von jenem Tag im November 1866, an dem Reuter mit Jühlke und Bohnstedt die Baustelle besucht hatte. Ich selbst war bei diesem Weg ins Haintal nicht mit von der Partie. Es war einer jener häßlichen Tage, von denen man wünschte, sie sollten aus dem Sortenverzeichnis des himmlischen Wettermachers gestrichen werden: es war stürmisch und kalt. Vom Thüringer Wald herunter kam in Schauern ein Gemisch aus Schnee und Nieselregen geweht und vertrieb im Verein mit dem heftigsten Wind auch die unentwegten Spaziergänger von Straßen und Wegen in ihre Häuser. Die Eisenacher pflegten in ihrer spöttischen Art an solchen Tagen zu sagen, es sei draußen ein Wetter, da möchte man keinen Röse vor die Tür jagen. Damit spielten sie auf den Bürgermeister Röse an, der so ein Unentwegter war und selbst bei bösesten Unbilden in den Bergen herumstiefelte.

Ich kam an jenem Tage, es war am Nachmittag, zu Frau Luise ins Schweizerhaus, die einige Tage wegen ihrer Migräne leidend gewesen war. Ich fand sie indes heute wieder wohl und erkundigte mich nebenbei auch nach Reuter, erfuhr jedoch, daß er nicht im Hause, sondern mit den erwähnten Herren bereits kurz nach dem Mittagessen aufgebrochen sei, um auf dem Bauplatz eine Besichtigung vorzunehmen. Sie habe dringend abgeraten, dies gerade bei dem herrschenden Unwetter zu machen, und vorgeschlagen, die Besichtigung vielleicht um einen Tag zu verschieben, aber Jühlke und Bohnstedt hätten lachend abgewinkt: sie seien Wind und Wetter gewöhnt. So habe sich denn auch Reuter den Wettermantel vom Kleiderstock genommen und sei mit den beiden wetterfesten Herren aus dem Hause gegangen. Nun allerdings sei sie schon unruhig, sie habe längst eine Terrine heißen Punsches auf dem Feuer und warte schon seit einer Stunde auf die Rückkehr der drei. Endlich kamen sie; vom Fenster aus sah ich sie die Treppe zum Hause heraufkommen, mit hochgeschlagenen Kragen, die Köpfe eingezogen, die Hände in den Taschen der Mäntel vergraben. Reuter und Bohnstedt machten doch eindeutig einen verfrorenen Eindruck, nur Jühlke, der Gärtner, schien unbeeindruckt. Man legte die Mäntel und Hüte ab und trat händereibend ins Zimmer: ein erheiternder Anblick, denn die drei Männer waren sich, bei aller Verschiedenheit der Physiognomie, doch irgendwie ähnlich, breite, untersetzte, stämmige Gestalten, alle etwa gleich groß, alle in derben wollenen Anzügen und beschmutzten Stiefeln, alle drei händereibend. »Nicht mit den Stiefeln auf meinen Teppich, nur über meinen Leichnam!« rief Frau Luise aus, dirigierte die Expedition in die Diele zurück und rief nach Lisette, die mit Stiefelknecht und Filzlatschen (»Puhschen«, sagte Frau Reuter) herbeieilte und dem Bauherrn, dem Gärtner und dem Baumeister die Stiefel von den Füßen zerrte.

»Du siehst ganz verklamt aus, mein Fritz!« sagte Luise und rieb Reuters Finger zwischen ihren Händen. »Hast dich hoffentlich nicht verkühlt da draußen?« – »Keine Bange, Lowising! Und nun gibt's ja wohl Punsch, wie?«

Luise Reuter trug also den Punsch auf, die Herren nahmen um den runden Tisch Platz, man lud mich dazu. Ich gesellte mich gern hinzu; jetzt in den nassen Abend hinaus zu müssen, war auch mir ein Greuel. Jühlke und Bohnstedt waren mir schon vorgestellt, so konnten die steifen Präliminarien des Gesprächs unterbleiben, und da die drei sogleich mit der Erörterung der am Bauplatz gefaßten Beschlüsse begannen, Frau Luise sich über die von Jühlke und Bohnstedt hervorgeholten Skizzenblöcke beugte und Reuter mit beiden Händen seinen heißen Punschtopf umfaßte und den aromatischen Dampf genüßlich einsog, hatte ich Muße, die ehrbare Baukommission in Ruhe zu betrachten. Jühlke war ein alter Bekannter Reuters, schon in dessen pommerschen Tagen hatten sie, wohl meist in Greifswald, hier und da Kontakt miteinander gehabt. Jühlke war durch seinen großen Fleiß und seine augenscheinliche Begabung als Park- und Garten-

gestalter inzwischen zum Direktor der königlichen Gärten von
Sanssouci aufgestiegen, hatte es aber durchaus für seiner
würdig gehalten, Reuters Bitte um Beratung bei der Anlage
des Gartens zu entsprechen. Sein Aussehen und seine
Bewegungen ließen sogleich seinen Umgang mit landwirt-
schaftlichen Gegenständen erkennen: sein breites, kräftig
gerötetes Gesicht, seine bedächtige Sprechweise, seine großen,
behaarten Hände mit sehr kurz geschnittenen Nägeln und
seine knappe Gestikulation, mit der er Arbeiten wie
Terrassieren, Einpflanzen, Bewässern und Umgraben anschaulich machte, waren durchaus bäurisch und bestimmt.
Bohnstedt, jünger als Jühlke, stammte aus Petersburg, hatte
beste Erziehung und Ausbildung an Universitäten und
Akademien genossen und galt derzeit als ein gesuchter
Architekt. Er lebte in Gotha, hatte zahlreiche Aufträge des
Landesherrn, des Großherzogs Carl Alexander von Weimar,
auszuführen, unternahm Reisen in die baltischen Gegenden,
entwarf dort Häuser und Geschäftsgebäude für Banken
und Reedereien und war eben mit den Entwürfen zu einem
großen Opernhaus in Riga beschäftigt. Er hatte sich zunächst
nicht entschließen können, einen so »kleinen« Auftrag wie
den Entwurf zu einer Villa für einen Dichter anzunehmen;
erst sein fürstlicher Auftraggeber Carl Alexander, dem an
Reuters Anwesenheit in Eisenach gelegen war, hatte ihn
dazu mit guten Worten veranlaßt. Er hatte den Titel
eines Professors; sein Habitus und seine ganze Persönlichkeit
ließen von alledem jedoch nichts erkennen. War Jühlke, der
Potsdamer Hofgärtner und Nachfolger Lennés, ein Bauer,
dann war Bohnstedt ein Maurer. Mit schnellen, sicheren
Strichen skizzierte er vor der staunenden Luise seine ersten
Vorstellungen, sein Stift zog eilend schon jene drei schönen
Bögen der Loggia vor die Fassade des Hauses, er strich
behende das erst angenommene schräge Ziegeldach wieder
weg und ersetzte es auf seinem Block durch ein flaches,
kräuselte Bäume und Felsen hinzu, strichelte ein Zäunchen
darum, markierte mit zwei Häkchen seines Stifts eine Figur

in ein offenes Fenster. »Das sind Sie, gnädige Frau!« sagte
er und lächelte verbindlich. Luise konnte sich vor »Ah« und
»Oh« kaum halten, hatte anscheinend ihre Migräne vollständig vergessen und wünschte sich nun noch einen Erker,
der unbedingt auf die Wartburg hinausgehen solle, und ein
Nähstübchen, das Morgensonne haben müsse, sowie
unbedingt einen Balkon, auf dem sie Petunien und Geranien
ziehen könne. Bohnstedt willfahrte allen Wünschen mit
schnellen Strichen. Reuter indessen diskutierte mit Jühlke;
ihm war die Bauerei wohl weniger wichtig als der Garten,
und seine Erfahrungen als Strom in Mecklenburg schienen
sich in seiner Erinnerung zu verklären – vielleicht konnte
er hier noch einmal den Landbau im kleinen Maßstab
betreiben, Obst anpflanzen und Weinspaliere, vor allem
Erdbeeren und – ja, ginge denn das überhaupt auf dem
terrassierten Felsen – Spargel? Was Jühlke meine? »Alles
geht, mein Lieber, was der Landmann will. Warum sollst du
keinen Spargel ziehen? Nimm dazu das relativ flache
Gelände rechts vor dem Haus. Die Lage kann besser nicht
sein, der Felsen schützt vor den westlichen Winden und
speichert die Sonnenwärme. Wir fahren Sand an, dann
kräftig Pferdemist hinein, und du sollst sehen, was du für
herrlichen Spargel erntest.«

So unterhielt man sich, besprach Pläne, Notwendigkeiten
und Vorhaben. Reuter hustete hin und wieder und
gebrauchte häufig sein Schnupftuch, ich sah es mit Sorge. Ich
fürchtete für seine Gesundheit, vor allem fürchtete ich das
erneute Auftreten seiner Beschwerden in den Beinen, von
denen er seit einiger Zeit verschont geblieben war. War
dies alles nicht zuviel für ihn? Würde er sich mit diesem
Bau nicht übernehmen? Ich sah und hörte ja, was da auf ihn
zukam. Er würde sich den Winter über häufig auf den
Bauplatz begeben müssen, denn es sollte demnächst
gesprengt werden, um den Felsen, den Hang und die
Terrassen gemäß den Forderungen des Architekten zu
gestalten, das zeitige Frühjahr würde mit der Anfuhr

des Materials für den Bau hingehen, dann würden die Maurer das Wort haben, die sicher Sommer und Herbst bis zum Einbruch des Winters beschäftigt wären. Und der Garten! Reuter versprach sich wohl von der Arbeit im Garten einen Gewinn für sein Wohlsein. Würde es ihn indes, nachdem er jahrelang keinerlei körperliche Tätigkeit ausgeübt hatte, nicht sehr ermüden? Würden Pflanzen und Graben an freier Luft ihm nicht eher schaden? Die Sache machte mich besorgt, ich äußerte jedoch an jenem Tage keine Bedenken, um nicht den Wermut medizinischer Bedenklichkeit in den Wein der Begeisterung zu schütten ...

Ich verließ später, zusammen mit Bohnstedt, der im »Löwen« logierte, das Haus, während Reuter mit seinem alten Freund Jühlke noch ein Plauderstündchen alten Erinnerungen widmen wollte. Jühlke wohnte im Gästezimmer Reuters und reiste erst am anderen Tage wieder nach Potsdam zurück.

Reuters Husten klang gar nicht gut; ich bat Frau Luise noch, ihm am Abend unbedingt ein heißes Fußbad zu richten und auf einen nächtlichen Halswickel zu bestehen und jedenfalls nach mir zu schicken, wenn es tatsächlich zu einer Influenza kommen sollte. Sie nickte besorgt und versprach, meine Wünsche zu erfüllen. »Wenn Fritz jetzt krank wird, lieber Herr Doktor, so wird ihn das sehr niederdrücken. Und dann wiederum ...« – »Es ging schon so lange gut, ich weiß. Lassen Sie uns hoffen! Zuversicht ist besser als alle Medizin. Gute Nacht!«

Der Wind hatte sich jetzt etwas gelegt, dafür regnete es um so heftiger. Ich stieg mit Bohnstedt hinunter zum Predigerplatz, wo wir tatsächlich noch eine Droschke vorfanden. Der müde alte Gaul schien, als er unserer ansichtig wurde, erfreut zu sein, sich endlich bewegen zu können, statt hier frierend unter der triefenden Pferdedecke herumzustehen und auf einen Fahrgast zu warten. Der Kutscher, der alte Griesebarth, saß dösend auf seinem Bock. Er hatte wohl schon mit dem Gedanken gespielt, die Warterei auf

Passagiere für heute aufzugeben und sich in seine
Stammkneipe zu begeben. Ich rief ihn an, er schreckte aus
seinem Halbschlaf hoch und riß sich, als er mich erkannte,
den Wachstuchzylinder vom Kopf. »Hob' die Ehre, Herr
Gehoimrat!« dienerte er, stieg ächzend vom Bock, öffnete
den Wagenschlag und komplimentierte uns in seine Kalesche.
»Nach Haus, Herr Doktor?« – »Ja, und halten Sie am
›Löwen‹, mein Guter, damit wir den Herrn hier aussteigen
lassen können. Was macht Ihre Gicht, Griesebarth?«
»I holt's nieder!« antwortete er mit seinem bayrischen Idiom,
das er, obwohl er seit fünfzig Jahren in Eisenach Droschkenkutscher war, nicht abgelegt hatte. Er stammte aus Hof und
pflegte auf seinem Kutschbock Selbstgespräche zu halten, in
denen er sich über Gott und die Welt ausließ und die stets
mit dem Ausrufe endeten: »Dös hätt' aba unser Keeni
Ludwig net zug'lassa!« – »Warn S' beim Doktor Reiter, Herr
Gehoimrat?« – »Ja, warum?« – »Iss'r wieder kronk, der
Reiter? Hatt'r aach d' Gicht? Nojo, die Leit' in der Stadt
sog'n, der Reiter würd' aach gern amol – Sie verstehn schon,
die Herren. Recht hot'r, sog' i, a bessre Medizin gibt's net
für d' Gicht!« Er zog eine Flasche aus der Tasche, rieb den
Korken quietschend am Flaschenhals und trank uns zu:
»Prosit, die Herren!« Dann schüttelte er sich und stieg auf
seinen Bock. »Das Zeig wird aach immer dünner! Dös hätt'
aba unser Keeni Ludwig net zug'lassa; Aafi geht's, Liese!«

So zuckelten wir durch die Stadt davon. Bohnstedt lachte.
»Ist das wahr, was die Leute sagen? Er trinkt?« – »Ich bin
sein Arzt, Herr Professor. Was soll ich darauf antworten ...
Er hat sieben Jahre in preußischen Festungen zugebracht. Es
tritt anfallsweise auf, ich kenne keinen Menschen, der so
gegen seine Krankheit ankämpft wie er. Es ist – verzeihen
Sie – nichts dabei zu lachen. Es ist ein Jammer vor Gott und
der Welt, wenn Sie verstehen, was ich meine!« – »Ich verstehe, Doktor, ich verstehe gut. Und ich habe Vergleiche! Ich
habe in Rußland adlige Familien kennengelernt, in denen
alle Männer schwere Trinker waren und in denen niemand

etwas Außergewöhnliches darin sah. Man trank eben, vor Langeweile zumeist. Ich kannte einen Fürsten Menschikoff, der täglich drei Liter Wodka trank und dabei noch in der Lage war, mit dem Pistol die Kristallprismen von den Kronleuchtern zu schießen. Und niemand erregte sich, man applaudierte und ließ anderntags neue Prismen anhängen ... Und er?« – »Er ist kein russischer Adliger, trinkt keinen Wodka und schießt nicht mit Pistolen auf unschuldige Lüster. Ich glaube, Sie verstehen das doch nicht, Herr Professor. Es ist keine Frage des Reichtums, es ist nicht Genußsucht, es ist schon gar nicht Langeweile. Es ist, wenn Sie versuchen wollen, mir zu folgen, eine durch die seelische Vereinsamung während der Festungshaft erworbene Neigung zum gelegentlichen, ebenfalls immer durch seelische Erregung ausgelösten exzessiven Trinken ... Meist sind diese Anlässe depressiver Natur, wenn Sie verstehen ...«

»Depressiver Natur? Nein, Doktor, ich verstehe nicht. Wie kann denn ein Mann wie Reuter depressiv sein, traurig sein? Bei dem Riesenerfolg seiner Bücher, bei seiner Popularität, bei seiner Berühmtheit, besser zu sagen? Die ersten Kreise bemühen sich um seine Bekanntschaft! Ich verstehe sehr gut, daß er jetzt die Villa haben muß. Daß er als europäische Berühmtheit einfach nicht in dieser Puppenstube von Mietswohnung hausen kann! Das verstehe ich. Aber: Depressionen?«

»Ich sage ja, Sie verstehen es überhaupt nicht. Sie haben den falschen Ansatz, lieber Professor. Das ist ja der Grund seiner Depressionen! Der Mann kommt aus dem Volke, er hat jede Zeile seines Werkes für das Volk geschrieben. Jetzt, wo er alt und krank wird, muß er sehen, wie ihn die Leute hofieren, denen seine Angriffe galten. Einerseits schmeichelt es seiner Eitelkeit – sagen Sie selbst, haben wir nicht alle unsere Eitelkeiten? Lassen nicht auch Sie den Titel ‚Kaiserlich-russischer und Großherzoglich-Sachsen-weimarischer Hofbaurat' auf Ihre Visitenkarten drucken? Und er sieht, daß er sich in dieser von ihm attackierten Gesellschaft schließlich und endlich, nach Festung und Enttäuschung und Versagen und Verzweiflung, auch ein Plätzchen erkämpft hat, ein Bau-Plätzchen, wenn Sie wollen. Und er verdient Geld im Überfluß. Das ist die eine Seite seiner Persönlichkeit. Aber wenn dann diese Depressionen kommen, wenn ihm nichts einfällt, wenn ihm die Themen zu seinen literarischen Unternehmungen ausgehen, wenn ihn Leute besuchen und mit ihm, der nur ein Dichter ist und keinesfalls ein ‚Literat', über Literatur reden wollen und er nichts beisteuern kann, wenn alte Freunde kommen und ihn an die alten Zeiten erinnern und an seine demokratischen Überzeugungen – dann geschieht es leicht, daß er die Kontrolle über sich verliert ...« – Bohnstedt nickte. »Können Sie ihm helfen?« – »Ich versuche es. Ich weiß es nicht. Und das ist der Grund für meine Depressionen ... Wir sind da!«

Griesebarth brachte seine Liese vor dem »Löwen« zum Stehen und öffnete den Schlag. Bohnstedt stieg aus, reichte mir die Hand und dankte mir.

»Wofür, Herr Professor?«

»Weil ich meinen Bauherrn jetzt besser verstehe!«.

Und während Griesebarths Rumpelkasten mich meinem Hause zu beförderte, dachte ich nach und fand, daß Bohnstedt überhaupt nichts verstanden hatte, trotz seiner Beteuerungen. Ich fürchte, lieber Flemming, für ihn gab es nur zwei Arten von Trinkern: nämlich Helden wie jenen Fürsten Menschikoff, der nach drei Litern Wodka noch Lampen zerschießen konnte und also die Bewunderung der adligen Gesellschaft genoß, und verkommene Säufer wie den alten Droschkenkutscher Griesebarth, der eines Tages als Gewohnheitstrinker im Rinnstein enden oder im Delirium von seinem Kutschbock fallen würde. Das Verhältnis zum Genuß von Alkohol wird also, wenn meine Überlegung stimmte, immer von der Moral des Betrachters bestimmt. Daß der Fürst Menschikoff drei Liter Wodka trinken konnte, war eben eine Heldentat, weil es zum Bild eines russischen Fürsten gehörte, viel Alkohol zu vertragen, und also war es moralisch. Und im Delirium vom

Kutschbock zu fallen, das war für den Fahrgast des Kutschers sehr unangenehm und also unmoralisch.

Solche Gedanken beschäftigen mich seit längerer Zeit immer häufiger, und wir müssen's besprechen, wenn ich nächstens Ihr Logiergast bin. Und ich hoffe, Sie halten es nicht für unmoralisch, wenn ich meinen Abend heute mit einem alten Mosel beschließe, den ich mir zum Osterfest gegönnt habe.

Eisenach, 28. April 18** Prosit,

N. S. Schneidermeister Schaffler hat heute bereits Rock, Weste und Beinkleider zu meinem Reisekostüm abgeliefert, und ich alter Narr bin stolz vor dem Spiegel herumparadiert, als wäre ich bereits im Schloßgarten zu Schwerin auf der Promenade von jungen Damen umschwärmt. Narrheit ist eben kein Privileg für die Jugend.

ÜBER BOHNSTEDT WAR ZUNÄCHST WENIG ZU ERFAHREN. Das Lexikon der Kunst verzeichnet ihn nicht, andere Lexika schon gar nicht. Ein paar vage Informationen finden sich beim ohnehin wegen seiner Überschwenglichkeit wenig glaubhaften Gaedertz, der aus Reuter gern einen Gott gemacht hätte – eines seiner Bücher hieß denn auch »Reuter-Reliquien«. Wilhelm Greiner, der fünfzig Jahre nach Reuters Tod ein Broschürchen »Fritz Reuters Eisenacher Zeit« erscheinen läßt, nennt, etwas ausführlicher, als den Architekten des Reuter-Hauses einen »Professor Bohnstedt in Gotha, der in Petersburg, Riga, Portugal und Gotha bedeutende Gebäude geschaffen hatte und später den ersten Preis für das Reichstagsgebäude in Berlin errang«. Leider verzichtet der gute Greiner auf die Angabe von Quellen. Alle Biographen sind sich allerdings einig, was »die Geschichte« gekostet hat: nämlich 15 000 Taler. Wer aber war Bohnstedt?

Inzwischen kann diese Frage sehr gründlich beantwortet werden, denn bei Böhlau in Weimar erschien eine Monographie über den Baumeister der Reuter-Villa (D. Dolgner: »Architektur im 19. Jahrhundert. Ludwig Bohnstedt – Leben und Werk«, 1979). Anregung an die Freunde im Reuter-Wagner-Museum: wenigstens eine Schautafel für Bohnstedt, denn er ist wirklich ein bedeutender Mann, und ihn als einen Mode-Architekten einzuschätzen mag vielleicht für seine Arbeiten in den sechziger und siebziger Jahren des vorigen Jahrhunderts zutreffen. Indes sind auch übergreifend bedeutende Bauten des Mannes entstanden, der seine Tätigkeit tatsächlich zwischen Petersburg und Portugal entwickelte ...

Kurzfassung seiner Biographie:

Der Vater, ein künstlerisch begabter Kaufmann aus Stralsund, geht Anfang der zwanziger Jahre nach Petersburg, um dort Handelsgeschäfte zu betreiben. Er heiratet eine geborene Marc, die Mutter unseres Architekten, eine Großtante des später berühmten expressionistischen Malers Franz Marc. 1822 wird Ludwig Bohnstedt in Petersburg geboren. Auch er verbindet sich wieder mit einer Künstlerfamilie, indem er

1850 Olga van der Vliet ehelicht. Dadurch tritt er auch in erste Beziehungen zu Riga, das ihm sein Opernhaus verdankt, denn seine Frau ist eine Schwägerin des Rigenser Stadtbibliothekars von Berkholz. Wie das Leben so spielt.

Bohnstedt studiert seit 1839 in Berlin, zunächst an der Universität, wo er auch Ranke hört, später an Schinkels Bauschule bei Stüler und Strack, schließlich noch an der Kunstakademie bei Professor Stier. Eine obligate Studienreise nach Italien folgt, ehe er sich als Privatarchitekt in Petersburg niederläßt. Hier baut er unter anderem die Duma, eine Brauerei und zahlreiche Wohngebäude adliger und bürgerlicher Auftraggeber. 1863 verlegt er seinen Wohnsitz nach Gotha, von hier aus führt er zahlreiche Aufträge zur Errichtung von Villen aus und beteiligt sich an vielen öffentlichen Wettbewerben, in denen er häufig Preise gewinnt. In den seltensten Fällen, so auch beim Deutschen Reichstag, werden seine Entwürfe ausgeführt. 1885 stirbt Bohnstedt in Gotha.

Ein umgetriebener Zeitgenosse, der Reuters Haus gebaut hat. Ein umgetriebener Zeitgenosse, der sich von Bohnstedt ein Haus bauen läßt.

Wie man es eben nimmt.

Lieber Flemming!

Heute ist der erste Mai, und es ist so mild und sonnenwarm, daß ich bei offenem Fenster an meinem Schreibtisch sitzen und bei Vogelgesang meinen Bericht fortsetzen kann. Leider bin ich nicht recht froh dabei, denn mein alter Kruse, der mir zweiunddreißig Jahre lang die Treue gehalten hat, ist vor wenigen Tagen, eben hatte ich den letzten Brief an Sie gesiegelt, ganz plötzlich gestorben. Morgen werden wir ihn zu Grabe tragen. Er hatte im Garten gearbeitet, und ich sah vom Fenster aus, wie er sich plötzlich aufrichtete, die Hand aufs Herz preßte, noch zur Bank wankte und dort zusammensank. Ich stürzte die Treppe hinunter, aber es blieb mir nur noch, ihm die Augen zu schließen und ihn auf die Bank zu betten. Als Arzt bin ich dankbar für diesen gnädigen Tod des alten Mannes, als Mensch und Nutznießer seines aufrichtigen und treuen Wesens muß ich traurig sein. Werde ich so eine Stütze je wieder finden können? Vorerst ist meine Schwester aus Gotha gekommen, mich zu versorgen, aber sie ist auch schon zweiundsiebzig Jahre alt ... Ich habe indes Hoffnung, eine kräftige und resolute Wirtschaftsfrau anmieten zu können, die Frau Löbel, die meinem Kollegen von der Unvernünftigen Fakultät, dem alten Veterinärrat Schwarz, so lange gewirtschaftet hat. Schwarz ist ebenfalls kürzlich verstorben, Frau Löbel löst den Haushalt auf. Ich habe jedenfalls schon ein Billett an sie erlassen und hoffe, daß sie mich erhört. Ich bin ja durchaus noch gut beieinander, heize mir, wenn's sein muß, meine Öfen allein und fege meine drei Stuben aus, aber wenn ich etwas niemals in meinem Leben gelernt habe, so ist es die Küchenwirtschaft. Wenn ich reise, so hoffe ich mein Haus schon in Löbelschem Schutz zurücklassen zu können. Frau Löbel hat übrigens einmal für ein paar Wochen auch bei Reuters die Küche geführt, konnte sich indes mit Frau Luise nicht vertragen und ließ sich deshalb bald das Zeugnis geben. Schwarz erzählte mir einmal im »Löwen«, Frau Reuter habe ihr ins Zeugnis geschrieben, sie, Frau Löbel, zeige eine zu große Selbständigkeit in der Haushaltsführung, die sie als Hausfrau nicht habe dulden können. Wenn das stimmt – und es wird wohl stimmen –, dann ist Frau Löbel gerade recht für mich, und sie wird mich nicht mit der Frage aufhalten, wieviel Salz an die Kartoffeln zu geben sei.

So also geht es mir, mein Freund. Statt Ihnen von jener Erkrankung Reuters, deren Ausgangspunkt ich Ihnen letztens schilderte, Mitteilung zu machen, halte ich Sie mit meinen Sorgen auf. »Der Arzt gehört ans Krankenbett und nicht in die Studierstube!« sagte mein Professor zu Göttingen. Nun weiß ich wohl, daß er damit nur teilweise recht hatte, er war eben ein großer Praktiker vor dem Herrn. Aber es ist doch ein Körnchen Wahrheit daran. Mein Nachfolger, Herr Dr. Croy, der Kruses Totenschein ausstellte, wandelte, als wir über dieses Thema sprachen, Goethen ab und bemerkte, er tue »einen Blick ins Buch und zweie in den Hals«; der kommt der Sache schon näher.

So, wie ich es schon vorhergesehen hatte, geschah es auch. Am Tag nach Jühlkes Abreise kam Frau Reuter in meine Ordination. Sie trug sich dunkel und wirkte niedergeschlagen. Auf meine besorgte Frage bestätigte sie meine Vermutungen. Reuter war nach dem feuchtkalten Nachmittag auf der Baustelle morgens nicht aufgestanden; er klagte über heftige Kopfschmerzen, Schmerzen in allen Gliedern, heftiges Reißen in den Schultern, er hustete und hatte Ohrenschmerzen. »Er ist unleidlich, Herr Doktor. Ich habe Lisette bei ihm gelassen, die ist ja die Ruhe selbst und läßt sich nicht traktieren. Er schimpft mit mir herum wegen des Hauses, er sagt, er könne auf die Kavalleriekaserne verzichten ...« – »Wie sagte er? Kavalleriekaserne?« Ich mußte lachen. »Ja, diesen Ausdruck gebrauchte er! Bohnstedt werde eine Kavalleriekaserne unter die Wartburg bauen, ich sei der kommandierende Obrist, und er werde den Putzer machen! Ich bitte Sie, Herr Doktor, muß ich mir das bieten lassen? Ich bin doch nur für ihn da, ich tue doch alles für ihn, mache ihm alles recht und bequem ...« – »Vielleicht allzurecht, allzubequem, gnädige Frau?« – »Nun fangen Sie auch noch an, Herr Kreisphysikus! Stehen Sie ihm nur bei! Die Herren sind ja immer ein Herz und eine Seele!«

Sie blickte mich pikiert durch ihren Schleier an und schüttelte gekränkt den Kopf. »Sie sollten mir doch helfen, und statt dessen halten Sie mir Predigten, zu denen mein Reuter den Text geschrieben hat!«

Ich zwang mich, ernst zu bleiben, obwohl der Ausdruck »Kavalleriekaserne« mich innerlich sehr erheiterte und mir wieder bewies, daß sie, Frau Luise, die treibende Kraft des Hausbaues war. Ich mußte jetzt Verbindlichkeit zeigen, um die gute Frau nicht noch mehr aufzubringen, denn ich sah ja ein, daß sie es wirklich nicht leicht hatte mit ihrem Fritz. Beide waren höchst verschieden in jeder Beziehung und zogen sich aus diesem Grunde wiederum stark an wie die Pole eines Magneten. Er: weichherzig, langmütig, manchmal willensschwach, cholerisch, eher ein Melancholiker mit cholerischen Zügen, schnell wechselnden Stimmungen. Sie: zielstrebig, sehr selbstbewußt, von schnellem Entschluß, charmant und neuen Bekanntschaften schnell aufgeschlossen, etwas prüde, keine Spur von Koketterie, im Gegensatz zu ihm gläubig und fromm. Sosehr ihn alle diese Eigenschaften während der langen Brautzeit angezogen hatten, sosehr sie sich ihm damals zuwandte und mit der Kraft einer liebenden Frau zu ihm hielt (nach dem, was Reuter mir erzählt hat aus dieser Zeit, hätte jede andere Frau ihn längst verlassen!) – ebensosehr begannen jetzt, nach fünfzehn kinderlosen Ehejahren, dieselben Eigenschaften zunehmend negativ auf ihn zu wirken. Ihre ständige Besorgnis um ihn stieß ihn ab, ihre steten Ermahnungen, doch seiner Gesundheit zu leben, hielt er für Bevormundung und wies sie zurück, ihr zäher Wille, sich in der Gesellschaftsschicht, in die sie durch ihn aufgestiegen war, zu behaupten und zu repräsentieren, mochte er für Großtuerei halten, und der Bau der Villa, zu der sie den Architekten ausgewählt hatte und deren Bauplan sie im wesentlichen durch ihre Vorstellungen bestimmte, tolerierte er nur, weil für ihn ein Garten dabei heraussprang. So mochte es zwischen den Eheleuten häufig genug zu Zerwürfnissen oder wenigstens Auseinandersetzungen kommen, die ihn zusätzlich zu seinen Problemen belasteten. Andererseits – konnte er ohne sie auskommen? Nie und nimmer, und er wußte es.

Reuter hatte sich zeitlebens Kinder gewünscht, die Ehe aber blieb kinderlos. So vertraut ich auch mit beiden Reuters war, zumal ich sie nicht nur als Arzt, sondern auch als Freund des Hauses aus nächster menschlicher Nähe kannte – diesen Bereich ihres gemeinsamen Lebens haben sie mir niemals erschlossen. Wenn beide im Gespräch ihre Kinderlosigkeit beklagten und ich vorsichtig nach Gründen zu fragen versuchte, wichen sie mir aus. Manchmal schien es, daß Sexualität in dieser Ehe völlig fehle, das Thema wurde niemals berührt; in Gesellschaften, wie sie ja ab und an auch von den Reuters gegeben oder besucht wurden, beteiligten sich beide nie, auch nicht zu vorgerückter Stunde oder in weinseliger Laune, an zweideutigen Witzeleien oder galanten Gesprächen. Es war mir immer ein Rätsel ... Auch in Reuters Werk findet sich an keiner Stelle eine sexuell motivierte Szene, alle seine Liebespaare scheinen fast platonischer Natur zu sein, und daß in »Kein Hüsung« eine illegitime Geburt vorkommt, ist der Gipfel seines Zugeständnisses! Von der Zeugung kein Wort. Ich hätte das unberührt lassen können, ja, ich bin ohnedies der Meinung, daß nicht in jedem Roman gleich, um den Leser zu hofieren, pro Kapitel eine erotische Szenerie vorkommen müsse – ich betrachte es nur im Zusammenhang mit dem Leben des Schriftstellers Fritz Reuter, denn – und Sie als Seelendoktor werden mir zustimmen – ich ahne da einen, wenn auch unergründlichen, Zusammenhang: Ist die Prüderie der Figuren im Werk Reuters die Folge der Prüderie des Dichters? Gewiß, das ist eine gewagte Spekulation, und nichts will ich weniger, als in den Schlafzimmergeheimnissen unseres Reuter herumzuschnüffeln – mich interessiert der Fakt als Arzt. Je mehr ich mich nämlich seit den letzten beiden Jahren, durch Sie angeregt, mit meinem einstigen Patienten beschäftige, um so mehr komme ich ihm nahe und beginne ihn zu verstehen. Unsere ärztliche Pflicht macht es uns in den Jahren regsamster und angestrengtester Tätigkeit am Krankenbett zugleich unmöglich, ganz in einen einzelnen Kranken hineinzusehen. Er interessiert uns nur, solange seine Krankheit andauert. Entlassen wir ihn aus unserer Obhut, weil er seine Gesundheit wiedergewonnen hat, haben wir uns bereits einem nächsten, völlig anderen Falle zuzuwenden. Und dies nicht nur von Fall zu Fall, sondern von Dutzenden Fällen zu neuen Dutzenden Fällen. Jetzt aber, wo wir aus der hippokratischen Tagesarbeit ausgeschieden sind, wo wir den Zwängen einer schnell zu heilenden Wunde, eines eben vorgefallenen Schlages, einer gerade zu entbindenden Mutter und was dergleichen Tagesfälle mehr sind, entrannen infolge vorgeschrittenen Alters – ist es da nicht endlich unsere ärztliche Pflicht, dem einzelnen Fall in Muße nachzugehen, nachzusinnen, nachzuspüren?

Ja, Reuter war, dies schrieb ich Ihnen schon einmal, wenn ich es aus der Rückschau auf mein Arztleben betrachte, mein wohl bedeutendster Patient. Seine Krankheitsgeschichte kann also für die Zukunft nicht meine Privatsache bleiben, und die ärztliche Schweigepflicht darf der Wissenschaft nur so lange im Wege stehen, wie Anstand und Sitte es erfordern und bis das Interesse der Wissenschaft ein größeres Gewicht bekommt als die Gründe des Schweigens. Ich habe diesen heiklen Punkt berührt, um nichts unberührt zu lassen, nichts unversucht zu lassen, im Verein mit Ihnen, lieber Freund, zu einem Bilde Reuters zu gelangen, das uns den ganzen Menschen zeigt in seiner Widersprüchlichkeit und Einheit. Ehe mich nun aber die höhere Philosophie zu Exkursen ins Übersinnliche verleitet, lassen Sie mich zu jenem Gespräch zurückkehren, daß ich mit Frau Reuter in meiner Ordination führte und dessen Beginn ich Ihnen vor meiner Abschweifung zu skizzieren begann.

»Sie erregen sich unnötig, gnädige Frau«, sagte ich also und legte ihr die Hand auf den Arm. »Ich will Ihnen doch helfen. Ich meine wirklich – von der Influenza, die Ihren Gatten erwischt hat, reden wir noch –, ich meine wirklich, Sie sollten ihn, soweit es in Ihren Kräften steht, vor den Querelen des Baues in Schutz nehmen. Er ist doch ein Dichter, er muß doch schreiben!« – »Eben das tut er ja nicht, Doktor!« rief sie aus und begann, zwischen meinem Schreibtisch und meinem Instrumentenschrank hin- und herzuwandern. »Er kommt nicht voran. Mal sitzt er an den alten Urgeschicht-Manuskripten, mal an der Konstantinopel-Reise, und jeden Tag ist der Papierkorb voll, und die Mappe für den Kopisten ist leer. Der Forststudent Möllmann, der sich mit der Abschreiberei immer ein paar Taler zu seinem Monatswechsel verdient, war schon zwei mal da, und ich konnte ihm nichts zu tun geben. Fritz hat seit drei Wochen keine Zeile geschrieben!« – »Er hat zuviel anderes im Kopf und zuwenig Ruhe. Und dann andauernd Besuch. Und die viele Korrespondenz! Können Sie ihm die nicht abnehmen? Sie wissen doch, was er schreibt in seinen Briefen. Reicht's nicht, wenn sein Name drunter steht?« – »Das tu ich doch schon, Herr Doktor. Aber er ist gereizt, nervös, zänkisch, das Essen schmeckt ihm nicht, der Tabak paßt ihm nicht, der Rotwein ist ihm zu süß, das Zimmer ist ihm zu warm. Ich bin am Verzweifeln, lieber Doktor!« – »Keine Freunde, die ihn aufmuntern könnten, in Sicht?« – »Nur das nicht, Doktor. Dann geht es wieder los, nein, nein. Sie müssen mir versprechen, daß er zum Frühjahr endlich nach Liebenstein geschickt wird, und ich will hierbleiben und mich um die Bauerei kümmern, das will ich gern tun. Aber er muß nach Liebenstein! Sie kennen doch den Kurarzt dort, wenn der ein Auge auf ihn hat und Sie und ich, wir besuchen ihn ab und an – ja?« – »Wir wollen sehen. Und was die Influenza angeht – die lassen Sie sich nur austoben, da ist kein Kraut dagegen gewachsen als Fliedertee und Schwitzen! Nur keine Zugluft! Und fest im Bette halten! Ich komme nach ihm sehen, sobald ich kann!« So ging sie. Er fuhr tatsächlich im Frühjahr nach Liebenstein, ich schrieb Ihnen davon. Und er kam wenig erholt zurück ...

Und wieder war es nicht der Schreibtisch, der ihn erwartete, sondern die drängenden Pflichten des Hausbaues, des Umzuges, des Gartens. Einmal, wir gingen ein Stückchen spazieren in der Nähe des Bauplatzes, wies er mit dem Stock auf das halb fertig gemauerte Haus. »Da, sehen Sie«, sagte er, »nun fehlt bloß noch der Deckel, und fertig ist mein Sarg!«

Ja, so war seine Stimmung in diesen Monaten oft. Ich sorgte mich um ihn ...

11 Uhr nachts

Ich habe meinen Brief unterbrechen müssen, um wegen der Beisetzung Kruses noch Regelungen zu treffen und mit seinen Verwandten Besprechungen zu führen. Nun bin ich müde fortzufahren. Ich werde Ihnen in den nächsten Tagen noch kurze Mitteilungen zu meiner Reise machen. Gute Nacht.

Eisenach, den 1. Mai 18**

Mein lieber Freund,

wohlan, ich werde reisen! Zunächst fahre ich nach Magdeburg, wo ich zwei Studienfreunde zu treffen denke, ein Wiedersehen nach fünfzig Jahren! Werden meine einstigen Kommilitonen mich, werde ich sie überhaupt erkennen? Ich bleibe zwei Tage in Magdeburg und reise am Sonnabend in der Frühe von dort weiter. Am späten Nachmittag, exakt fünf Uhr dreiunddreißig, treffe ich auf dem Schweriner Hauptbahnhofe ein. Ihr freundliches Angebot, mir eine Droschke zu senden, nehme ich von Herzen gern an. Erwarten Sie mich also am Sonnabend gegen sechs Uhr.

Unterdessen leben Sie wohl, sehr wohl, und nehmen Sie die herzlichen Freundesgrüße entgegen Ihres

Eisenach, den 25sten Mai 18**

Tagebuch des Dr. Schwabe

28. Mai 18**

Magdeburg. Ich machte mit K. einen Spaziergang über das' Glacis der ehemaligen Festung, das man jetzt sehr schön mit Linden und Jasmin bepflanzt hat. Die Festung selbst ist geschleift, und es war nicht möglich, jemanden zu finden, der über die Lage von Reuters Zelle in der Festung hätte Auskunft geben können. Es war mir fast nicht vorstellbar, daß Reuter hier, hinter diesem duftenden Kranz des üppig blühenden Jasmins, die schlimmsten Monate seiner Festungszeit durchmachen mußte mit seinen Gefährten, von denen er in der »Festungstid« sagt: »Ja! bleike, witte, grise Steingestalten wiren sei worden, dese frischen, gesunnen Lüd ..., up de ehren Geist de Gefängnisqual lasten ded, un de minschliche Nidertracht un de Hoffnungslosigkeit von de Taukunft.« Ich werde Flemming bitten, mir die Festung Dömitz zu zeigen ...

29. Mai 18**

Langweiliger, verregneter Tag in der Familie K.; stundenlange Kaffeetafel, Geschwätz. Ich schützte bald Kopfschmerzen vor und ging in mein Logis, um die »Festungstid« weiterzulesen.

30. Mai 18**

Wieder schön. Früh mit dem Zug nach Norden; angenehme Gesellschaft: ein sehr liebenswürdiger Schullehrer aus Wittenberge, der die Gegend kannte und interessante Erläuterungen zu machen wußte. In W. umgestiegen auf die Berlin–Hamburger Bahn, in Ludwigslust wieder umgestiegen auf die Mecklenburgische Friedrich-Franz-Eisenbahn, endlich in Schwerin.

Flemming selbst empfing mich am Bahnof. Ich erschrak zunächst ein wenig: ich hatte ihn als hochgewachsenen, kräftigen jungen Mann im Gedächtnis. Dann aber lächelte ich über mich selbst: auch er empfing mit mir ja keinen Adonis, sondern einen alten Mann. Ich erkannte ihn aber doch gleich. Die Begrüßung herzlich und ohne Überschwang. Die Droschke brachte uns nach kurzer Fahrt zu seinem Hause am Ufer eines kleinen Sees, den ich in meiner Unkenntnis der Örtlichkeiten für den Schweriner See hielt, wofür ich lautes Gelächter erntete. »Dies ist der Pfaffenteich!« rief Flemming aus, während er mir aus der Droschke half. »Bei uns sind die Teiche kleiner...« – »Dafür sind die Berge höher!« meinte Flemming und stellte mich seiner Gattin vor, einer kleinen, weißhaarigen älteren Dame von erstaunlicher Bewegsamkeit, die ein sehr lustiges mecklenburgisches Hochdeutsch sprach, das mich immer an die Redeweise des Inspektor Bräsig erinnerte. Als ich es ihr sagte, lächelte sie freundlich und entgegnete: »Sie haben aber auch ein feines Gehör, haben Sie aber auch! Und Sie müssen nun aber ordentlich thüringisch mit mir sprechen, das hör' ich ja zu und zu gern hör' ich das ja!« Sie trippelte voraus, öffnete die Tür zur Küche und bat »das Mädchen«, eine recht betagte und beleibte Köchin oder »Mamsell«, wie man hier sagt, meinen Koffer auf das Zimmer zu tragen. Das Zimmer ist geräumig; es geht auf den »See«, und zwischen den jungen Linden hindurch hat man einen wunderbaren Blick auf das gegenüberliegende Ufer, das von dem grünen Kupferdach eines zierlichen Kirchturms überragt wird.

31. Mai 18**

Der Tag war voller Eindrücke; ich habe nicht mehr die Kraft, alles zu notieren. Ich beschränke mich auf das lange Gespräch, das wir bei einem Spaziergange nach dem Frühstück führten. Wir gingen am Pfaffenteich und am Ziegelsee entlang bis auf ein erhöhtes, *Sachsenberg* genanntes Gelände, wo sich in einer Art Park die Großherzogliche Irrenanstalt befindet. Immerhin hatte ich Gelegenheit, für meine Schlappe mit dem »Schweriner See« freundschaftliche Rache zu nehmen, denn als Flemming mich in dem weitläufigen Terrain herumführte und wir schließlich auf dem höchsten Punkt des Hügels standen, fragte ich ihn mit Unschuldsmiene, wann denn nun »der Berg« käme? – Folgt hier die Aufzeichnung unseres Gespräches, soweit es mir erinnerlich ist.

Flemming wies mit der Hand auf den See. »Dies ist das beste Beispiel!« sagte er. Wir betrachteten die scheinbar völlig glatte Oberfläche des Wassers und mußten lachen, weil uns unser Göttinger Physikprofessor Meier und sein von ganzen Studentengenerationen kolportiertes Bonmot einfiel: »Die oinzige obsolute Woogerechte, die es in der Notur gübt, ist oine gedachte Lünie ouf der Oberfläche oines onbewegten ond rohenden Gewössers, moine Herren!« Flemming entwickelte mir seine These von der menschlichen Seele, die er dem Wasser verglich. Mit den Augen nähmen wir nur die Oberfläche wahr, wir sähen nicht die Masse des Wassers, die sich erst aus der Tiefe des Sees ergebe, jene Masse bleibe schwer vorstellbar. So sei auch die Seele des Menschen dreidimensional. Auch sie habe einen, wenn auch nur gedachten, Raum, den sie auszufüllen in der Lage sei. Physikalisch betrachtet, das Innere des Schädels, psychisch gesehen natürlich viel mehr. Die Seele sei das eigentliche Phänomen, sie sei unkörperlich und zugleich körperlichem Dasein auf Gedeih oder Verderb untrennbar verbunden. »Was sieht der Mitmensch?« rief Flemming aus. »Die Oberfläche, die Physiognomie, die Gestik, den Habitus. Gelenkt aber werden Physis und Habitus von den nicht sichtbaren Regungen des Gehirns, der Seele, wenn Sie das Ding so nennen wollen!«

Flemming setzte mir seine Theorie mit dem Feuer eines begeisterten Forschers auseinander, ich bedauerte, daß ihm kein Lehramt beschieden gewesen war: er wäre der rechte Universitätslehrer gewesen, anschaulich in der Sprache, zwingend in den Schlüssen. Ich bat ihn fortzufahren. »Der Internist folgt den erkennbaren Dingen«, sagte er und ging, die Hände auf dem Rücken zusammengelegt, langsam und nachdenklich weiter. »Seine Symptome kennt er aus dem ff! Der Magen tut weh, also ist da ein Geschwür, die Temperatur steigt, also ist da eine Entzündung. Und Ihr Chirurgen erst! Der Arm steht schief, also ist er gebrochen!« Ich lachte und warf ein, daß es so einfach nun auch wieder nicht sei. »Wie hieß doch Ihr Lehrer und Förderer hier in Schwerin?« – »Dr. Hennemann!« –

»Sehr richtig. Ich erinnerte mich eben eines Traktates dieses klugen Mannes, der darin die Bemerkung macht, es müsse der Arzt immer ein Arzt für den ganzen Menschen sein und man solle sich wohl hüten vor der allzu großen Zersplitterung der ärztlichen Kunst, daß es uns nicht gehe wie den Chinesen, bei denen der Arzt für den linken Daumen sich ernsthaft überlege, ob er sich vielleicht auch an die Krankheiten des rechten Daumens wagen dürfe ...« Flemming nickte. Ja, das habe Hennemann geschrieben, das sei allerdings in den vierziger Jahren gewesen, und wir hätten nun die siebziger Jahre bald hinter uns. Ganz ohne Aufteilung der Fachgebiete würde es nicht abgehen, die Medizin wüchse in einem solchen Maße an, daß wir nicht umhin könnten, uns nach und nach spezieller abgegrenzten Bereichen zuzuwenden. »Auf eine Art indes stimmt Hennemanns Marginalie, insbesondere von der Warte der Psychiatrie gesehen, schließlich doch«, fuhr er fort. »Es darf der Arzt, sosehr er auch auf einen Teil des Körpers spezialisiert ist, sei es nun die Haut, das Herz oder die Seele, die anderen nicht aus dem Auge verlieren! Nehmen Sie wieder den See! Begänne er jetzt vor unseren Augen in der völligen Windstille aufzuwallen, so müßten wir wohl die Ursache dafür auf dem Grunde des Gewässers suchen. Auch das Grimassieren eines Wahnsinnigen spiegelt nur ab, was in den Tiefen seiner armen Seele geschieht, und wenn Sie auf einen spitzen Stein treten, verziehen Sie das Gesicht. In solchen Äußerungen, welcher Natur sie auch seien, zeigt der Mensch sein seelisches Leben!«

Jetzt schien es mir angebracht, Reuter wieder ins Gespräch zu bringen. War es nicht dies, was mit Reuter geschah? Daß sie alle, die Ruhmredner und die Kritikaster, die blinden Verehrer und die geifernden Puritaner, immer nur die Äußerlichkeiten seines Lebens ins Kalkül zogen? Daß niemand bisher den ernsthaften Versuch unternommen hatte, in das Innere dieses Mannes zu sehen?

Flemming stimmte mir zu und gab zu bedenken, daß eine solche Ausleuchtung des Inneren vielleicht mit Bedacht unterlassen würde, weil da Dinge zutage kommen könnten, die dem äußeren Bilde Schaden zuzufügen imstande wären. Ein Stich ins Wespennest wäre denkbar, die Wespen würden über uns herfallen und uns um die Ohren summen und brummen: Ihr habt uns unseren Reuter entzweigemacht! Ihr habt uns unser Vorbild zerstört! »Ja, was Reuter angeht, sind wir zwei so eine Art Bilderstürmer!« rief Flemming aus. »Nur gut, daß wir es heimlich tun!«

Er rieb sich die Hände und machte ein Verschwörergesicht. »Lassen Sie ihnen doch den Marmorreuter! Sie wollen ihn ja so! Jede Gesellschaft – die gewesene, die unsere und die kommende – wird sich ihren Reuter machen! Sie hat sich ja auch ihren Goethe gemacht, ihren Schiller, ihren Luther! Es ist das Schicksal der Dichter, daß man sie umdeutet nach dem Geschmack des Publikums und dem Bedürfnis der Zeit.«

Flemming begeisterte sich zusehends an dem Thema. Was tue das schon, meinte er und blieb jetzt stehen. Das Werk, wenn es nur groß genug sei, um mehr zu bedeuten als den bloßen Zeitvertreib gelangweilter Zeitgenossen – das Werk werde bleiben, es sei sein Daseinszweck, die Ausdeutungen zu erfahren, die mit dem wachsenden Erkenntnisgewinn des Menschengeschlechts möglich seien und von denen wir vielleicht heute noch gar nichts ahnten ...

Ich mußte ihm zustimmen. Ich dachte an die christliche Lehre und an die Konsequenz, mit der die Apostel und Kirchenväter ihr unabdingbar gelebt hatten. Hatte der heilige Franz von Assisi bei aller Kraft seines Glaubens wohl die Vorstellung haben können, es gäbe eines Tages Schlachtfelder in Europa, wie jenes von Langensalza, auf denen zwei Heere *einer* Sprache *einen* Gott anriefen, er möge ihnen behilflich sein, das andere zu schlagen!? »Sollte dies, lieber Freund, der Fortschritt in der Geschichte sein?« fragte ich.

Wir setzten uns auf die am Wege stehende Bank, Flemming schüttelte den Kopf. »Fortschritt«, sagte er, »ist ein gefährliches Wort. Es kommt ja von *schreiten,* und es ist auch das Wort *fort* darin, und es bedeutet, hier etwas zu verlassen und dort etwas Neues zu finden, und so muß diese Vokabel allen unbequem sein, die den Status ihres Daseins erhalten möchten ...« Ich setzte seinen Satz fort. »... und jenen willkommen, die den Status ihres Daseins verändern wollen!« Deshalb hat Glagau, Reuters bestgehaßter Kritiker, ihn wegen seiner heiteren Werke so gelobt und wegen »Kein Hüsung« so beschimpft! Denn hier werden die Erhalter angegriffen, und die Veränderer erringen die Zuneigung eines aufrichtigen Lesers. Und deshalb sei Reuter resigniert, was die Vorleser seiner Werke betraf; sie hätten immer nur die lustigen Sachen vorgelesen, »Bräsig in de Waterkunst«, und die idyllischen, »Hanne Nüte«! Aber Pomuchelskopp sparten sie aus. Wo Reuter nach Veränderung rief, da schnitten sie ihm das Wort ab, und wo er sich im Unverbindlich-Heiteren bewegte, da applaudierten sie. Flemming traf wohl den Kern, als er jetzt die Bemerkung machte, daß Reuter eben daran zerbrochen sei. Es sei einer der schlimmsten Widersprüche, in die ein Mensch geraten könne, und wohl das auslösende Moment seiner Selbstaufgabe: der Harlekin der Gesellschaft zu sein, die er mit seinen Späßen zum Lachen bringen mußte, wo ihm doch selbst zum Weinen gewesen sei. »Sie meinen, er gab sich auf?« fragte ich, und Flemming nickte. »Was sonst! Er wurde, wie sie ihn wollten. Er wollte nicht so werden, aber er hatte die Kraft nicht mehr, anders zu sein. Daran zerbrach er!«

Wir waren jetzt an einem Punkt unseres Gesprächs angelangt, wo es sich für heute nicht würde fortsetzen lassen. So beschlossen wir, es morgen fortzuführen, denn es würde nun ein Thema berühren müssen, das unseren heutigen Überlegungen zwangsläufig zu folgen hatte: die Krankheit Reuters.

Eine »Landesirrenanstalt« als literarischer Ort? Warum nicht? 1827 in Angriff genommen, 1830 vollendet, geplant und errichtet und geleitet von Carl Friedrich Flemming, erstrecken sich die Gebäude dieser ersten wissenschaftlich durchdachten Heil- und Pflegeanstalt für geistig Erkrankte und Behinderte auf mecklenburgischem Boden in einem weiträumigen, parkähnlichen Gelände am Westufer des Ziegelsees. Die Waagerechten dominieren bei den breit hingelagerten, pastellfarbigen Bauwerken, die ihre Fronten dem See zuwenden. Dazwischen Rasenflächen, alte Bäume, gepflasterte Wege.

Literarisches auf Schritt und Tritt. Das Grab Tarnows, von dem schon die Rede war, jenes Tarnow, der bei der Grundsteinlegung des Stavenhäger Reuterdenkmals eine gereimte Ansprache hielt. (Im Stadtarchiv schüttete der freundliche Archivar aus einer Mappe einen Berg Tarnowscher Familienfotos auf den Arbeitstisch – Tarnow als strammer »Untroffzier« bei den Ludwigsluster Dragonern im Kreise seiner Kompanie: ein Spieß, wie er im Buche steht, mit Wichsbart und Hamsterbacken, Notizbuch zwischen zwei Knöpfen des Waffenrocks; Tarnow im Familienrat, würdig, schon glatzköpfig; Tarnow, weißbekittelt, umgeben von Ober-, Unter- und Hilfspflegern auf einer Freitreppe der Irrenanstalt; Tarnow, mit Jägerhütchen im Umzuge des Schützenfestes zu Ludwigslust, neben ihm S.K.H.) Das Denkmal Flemmings, eine Stele aus poliertem Stein mit einer bronzenen Porträtplakette des Arztes. In der Landesbibliothek ein Bändchen Gedichte: »Dichtungen aus der Schreibmappe eines alten Arztes«, 1878 zu Schwerin erschienen, darin Verse wie

.... *– Ach, das Leben ist kurz:*
Aber die Kunst ist lang, und schwierig ist die Erfahrung!

und spöttische Bemerkungen über die Instrumentenflut, die die Mediziner seiner Zeit überschüttet, Stethoskop, Plessimeter und Sphygmograph.

> *Katheter noch und Tubulus*
> *Zur Röhre des Eustachius, –*
> *Unglückliche Doctores!*
> *Geht das so fort, ich seh's voraus:*
> *Ihr zieht noch mit dem Schubkarrn aus!*
> *O tempora! O mores!*

Weiter hinten eine höchst spaßige Übersetzung des Frösch-Mäusekrieges. Und, als Widmung, der Hinweis auf ein anderes Büchlein des gleichen Verfassers mit dem schönen Titel *Luftblasen,* veröffentlicht unter dem Pseudonym *Veratrinus Leuchtkäfer* und enthaltend medizinisch-philosophisch-feuilletonistische Betrachtungen über Glanz und Elend der »modernen« Medizin, speziell der Psychiatrie, die noch nicht so heißt, aber schon ernsthaft betrieben wird.

Veratrinus Leuchtkäfer alias Dr. Carl Friedrich Flemming, Irrenarzt und Dichter, befreundet mit Eduard Hobein, dem Schweriner Literaten-Advokaten, dem Herausgeber der Anthologie »Vom Ostseestrand«, darin Gedichte von Flemming, von Hobeinen selbst, von Groth und von Brinkmann und natürlich von Reuter.

Noch eine Beziehung zwischen dem *Sachsenberg* und Reuter wollen wir hervorkramen aus dem Staub der Archive. Die Entdeckung verdanke ich wiederum Dr. v. K.; er legt eines Tages ein Krankenblatt auf den Tisch, betreffend Max Kuntze, einen Brudersohn Luise Reuters, der sein halbes Leben als Morphinist und Klavierspieler in der von Flemming gegründeten Anstalt zugebracht hat. Den Aufenthalt hat möglicherweise Luise finanziert. Dieser Max Kuntze hat sich seiner Tante Luise allerdings nicht allzu dankbar erwiesen; in einem in den Mecklenburgischen Monatsheften 1928 erschienenen plattdeutschen Aufsatz erinnert sich der alte Mann an einen Besuch des Reuterschen Ehepaars bei seinen Eltern in Rostock. Max war »'n unbedarften Jung von nägen Johr«, als Reuter und Luise auf ihrer ersten Reise von Eisenach in die Heimat nach Rostock kamen. Dem Knaben Max fiel auf, »dat hei (Reuter, d. V.) un sin Fru sick männigmal in de Unnerhollung hellisch spitze un mokante Antwurten gäben ...«, und er erinnert sich, daß er auf die Frage Luisens, wen er denn lieber möge, den Onkel oder die Tante, geantwortet habe, er habe sie schon ganz gern, aber erst kämen doch noch der Schäfer in Warnow und der Schweinehirt und die Sau. Die Spuren führen auch auf dem Sachsenberg immer wieder zu Reuter.

1. Juni 18**

Ich habe die halbe Nacht bei der Lampe gesessen, um das Gespräch aufzuzeichnen. Ich wundere mich, mit welcher Klarheit mein Kopf arbeitet. Flemming ist zu bewundern. Er ist siebenundsiebzig Jahre alt. Es ist seltsam, daß die Lust am Gedanken mit dem Alter zunimmt. Oder ist das ein Trugschluß? Ist, was wir mitsammen bereden, Altmännergewäsch?

Heute Audienz beim Großherzog; Flemming erhielt gnädigst Erlaubnis, den, wie es in dem zierlich gedruckten Billett heißt, »hochgeschätzten Großherzoglich-Weimarischen Kreisphysikus im Ruhestande, den geachteten Arzt Unseres großen mecklenburgischen Dichters Fritz Reuter, Wohlgeboren Dr. em. Carl W. Schwabe zu Eisenach«, zu dem Empfange seiner Königlichen Hoheit »für die führenden Männer des Mecklenburgischen Ärztevereines« mitbringen zu dürfen. Man wird sich zurückhalten müssen in Betrachtungen, wie wir sie gestern anstellten. Flemming meinte zwar, S.K.H. hätte für dergleichen Überlegungen überhaupt kein Verständnis, aber man wird sehen. Gut, daß ich wegen meiner Absicht, das als vorzüglich gerühmte Schweriner Theater zu besuchen, meinen Frack mitgenommen habe ...

2. Juni 18**

Der Großherzog hat mich enttäuscht. Etwas über mittelgroß, das Gesicht nichtssagend. Inkognito hätte ich ihn für einen Apotheker gehalten. Man führte uns, eine große Zahl befrackter Herren, durch Gänge und Höfe des unglaublich weiträumigen Schlosses, schließlich über eine endlos sich windende mächtige Wendeltreppe aus rotem Stein in die prächtigen Audienzsäle. Leider würde ich den Thronsaal und die angrenzenden Galerien nicht sehen können – Flemming meinte, sie seien von solcher Pracht, wie man sie vor der Erneuerung des Schlosses in Mecklenburg nicht gekannt habe.

S.K.H. erschien in einem hellgrauen Frack, einen für mich nicht definierbaren Orden an der Brust. Ein Hofmarschall von sowieso, mit Dreispitz unter dem Arm, stellte die Herren vor.

Ich wunderte mich, wie dieser Mensch alle diese Namen und Titel hatte in sein Gedächtnis pressen können, und äußerte mich flüsternd darüber zu Flemming. »Es ist sein Beruf! Sie kennen ja auch alle 222 menschlichen Knochen beim Namen!« flüsterte er zurück.

Dann war ich an der Reihe. »Wohlgeboren Großherzoglich-Weimarischer Geheimer Medizinalrat und emeritierter Kreisphysikus zu Eisenach, Dr. Schwabe!« rief der Zerberus, da hatte ich vorzutreten und meine Verbeugung zu machen. S.K.H. ergriff leutselig meine Hand und drückte sie. »Ah!« sagte er und warf sein Apothekergesicht in freundliche Falten. »Reuters Doktor! Ich freue mich außerordentlich, Sie in Schwerin zu sehen. Ich höre, Sie sind Gast unseres allseits verehrten Flemming?« – »Sehr wohl, Königliche Hoheit!« – »Studienfreunde?« – »Sehr wohl, Königliche Hoheit! Wir famulierten gemeinsam zu Göttingen!« – »Und da frischen Sie wohl Erinnerungen auf?« – »Sehr wohl, Königliche Hoheit! Es gibt für alte Knaben wie uns nichts Köstlicheres als die Erinnerung an studentische Späße!« Indessen ging die Vorstellung weiter, und der Hofmarschall schnurrte wie eine Spieluhr die Namen und Titel der Herren herunter. Danach hielt der Großherzog eine leutselige Ansprache und verlieh zwei der Anwesenden den Titel »Medizinalrat«. Danach löste sich alles in plaudernde Grüppchen auf, man reichte jedem ein Glas Champagner und brachte ein Hoch auf S.K.H. aus, welcher sich diese, ihm wohl gewohnte, Ehrung gelassen gefallen ließ. Morgen würde er die Gymnasialprofessoren empfangen, die würden auch wieder »Hoch!« rufen, und übermorgen die Bürgermeister der Landtagsfähigen Städte, und überübermorgen ... Es war halt ein Zirkus, und ich dachte schon, nun wären wir in Huld und Gnaden entlassen und könnten unsere gestern begonnenen Gespräche, vielleicht bei einer Kahnfahrt auf dem Ostorfer See, fortsetzen, als ein blau befrackter Diener Flemming und mich bat, ihm zu S.K.H. zu folgen, der eben in einer Fensternische, sein Champagnerglas in der Hand, zwei andere dienernde Herren leutselig entließ. Er wandte sich uns zu, ergriff wieder meine Hand und setzte ein bedeutendes Gesicht auf. »Ich habe alle Werke Reuters gelesen, lieber Herr Rat!« sagte er zu mir. »Alle! Und glauben Sie nicht, daß es mir leichtfiel, denn unsere mecklenburgischen Verhältnisse kamen ja nicht immer allzu gut dabei weg. Aber dieser sonnige Humor, diese ganz und gar mecklenburgische Gesinnung, diese vaterländische Treue – das überstrahlte alles und ließ mich alles verzeihen. Ein prächtiger Mann. Erzählen Sie mir von seinem Tode, lieber Herr Rat!« Das hatte ich nun doch nicht erwartet. Was wollte der Hohe Herr denn nun hören? Sollte ich ihm auch die Legende erzählen, Reuter habe »Friede! Friede!« ausgerufen, als er die Augen schloß? Ich entschied mich für Unverbindlichkeiten. »Er war in seinem letzten Jahr sehr leidend, Königliche Hoheit. Ein Schlaganfall, eine leichte Lähmung. Es fehlte ihm die Widerstandskraft. Die langen Festungsjahre hatten doch mehr Kraft gekostet, als er sich eingestehen wollte!« – »Das mag sein, lieber Herr Rat«, sagte der Großherzog und fügte hinzu: »Aber Dömitz müssen Sie das nicht ankreiden, mein Bester! Da hat er doch flott gelebt! Na, lassen wir das. Es war mir ein Vergnügen ... Ich hätte Ihnen gern einen Brief gezeigt, den er mir schrieb, als ich ihm meine goldene Medaille für Kunst und Wissenschaft verliehen hatte ...« – »Ich kenne den Brief, Königliche Hoheit. Frau Luise bewahrt eine Abschrift desselben aus Pietät für ihren Gatten und aus Anhänglichkeit an das Haus Mecklenburg auf!« – »Sie lebt noch, ja?« – »Sehr wohl, Königliche Hoheit!« – »Richten Sie, falls Sie ihr begegnen, meine von Herzen kommenden Grüße aus! Ich danke Ihnen, meine Herren!«

Wir waren entlassen, und der Diener brachte schon wieder zwei andere Herren in die Fensternische.

Sic transit gloria mundi, so vergeht der Ruhm der Welt, dachte ich, als wir die Treppe wieder hinunterstiegen. »Er hat alle seine Werke gelesen. Er verlieh ihm die Goldene Medaille. Er bewahrt einen Brief auf ... Aber sagen Sie ein Wort von der Festungszeit, da macht er gleich das Fenster zu!« sagte Flemming ärgerlich. Wenn Flemming ärgerlich ist, liebt er eine besonders burschikose Ausdrucksweise. »Das ist es, was wir gestern in unserem Gespräch auch berührten. Sie machen sich ihren Reuter. Kommen Sie!«

Wir schickten die Droschke fort und gingen zu Fuß. Der herrliche Prospekt dieser Stadt begeisterte mich, das etwas wunderliche Schloß blieb hinter uns zurück, vor uns schwebte ein weitläufiger flacher Bau in hellem Ocker über dem tiefen Blau der Bucht des Sees, dessen jenseitiges Ufer im Dunst verschwamm. »Der Marstall«, erklärte Flemming. An der zierlichen Schelfkirche mit dem kupfernen Helm, die ich vom Fenster meines Zimmers aus sehen konnte, kamen wir vorüber, umrundeten dann den Pfaffenteich und waren gerade zum Mittagessen wieder im Hause.

Der Nachmittag war mit der schon ins Auge gefaßten Kahnpartie auf einem buchtenreichen See bei dem Dorfe Ostorf, wo Frau Flemming einen schattigen Garten unterhielt, ausgefüllt. Ziel war eine kleine, mit Gebüsch und Tannen bestandene Insel in einer der Buchten des Sees, die aus einem nicht erfindlichen Grund »Toteninsel« genannt wird. Hier sollte der mitgenommene Topfkuchen verzehrt und der in einer Tonkruke mitgenommene Wein ausgetrunken werden. Für mich tat sich eine Zauberwelt auf! Zeit meines Lebens war ich es gewohnt gewesen, zwischen bewaldeten Bergen zu leben. Hier aber zeigte die Landschaft eine solche Weite und Größe, daß einem das Herz eng wurde! Lautlos glitt der Kahn, von einem halbwüchsigen, kräftigen Fischerjungen getrieben, über das blaue Wasser, dem sich sanfte Hügel und Wiesenhänge zuneigten und in dem sich die nahe Stadt mit ihren Türmen und Häusern spiegelte. Von hier aus erst wurde einem auch die Größe des turmlosen Domes recht bewußt, der in dumpfem Ziegelrot schweigend über der Stadt hockte. Es solle ein Turm gebaut werden, man habe Sammlungen begonnen, bemerkte Flemming. »Ein Turm, warum?«

Ich konnte die Notwendigkeit eines Turmes nicht einsehen. Flemming hob die Schultern. »Vielleicht verlangt der Bürgerstolz einen Turm für den Dom ... Und vor allem: es ist der alte Neid auf die Seestädte! Wismar und Rostock haben Türme, die man bis auf das Meer hinaus meilenweit sieht, Türme von solcher Macht und Höhe, wie sie an der Ostsee höchstens noch Lübeck oder Danzig haben. Da sind die biederen Schweriner Residenzbürger neidisch, wollen eben auch einen Turm, und möglichst soll er noch ein Endchen höher sein als bei den anderen.« Indessen waren wir schon bei dem Inselchen angelangt. Es war völlig von einem breiten Riedgürtel gesäumt, nur an einer Stelle gestattete sandiges Ufer die Landung. Der rothaarige Bursche sprang ins seichte Wasser und zog das Boot mit hartem Griff auf den Sand. Dann half er uns aussteigen. »Klock söss möten wi trügg«, sagte er in breitem Platt. »Vadder bruukt dat Boot för de Reusen.« Er holte eine Stummelpfeife aus der Tasche, warf eine Angelschnur ins Wasser und blieb reglos auf dem Dollbord sitzen.

Wir erstiegen den leichten Wiesenhügel und lagerten uns oben unter einem breit ausladenden wilden Holunder. Wir setzten unser Gespräch fort, wo wir es gestern abgebrochen hatten.

Flemming kam sogleich zur Sache. »Nennen wir das Ding beim Namen: Reuter war ein chronischer Trinker!« Das wolle sagen, er habe, wie es bei chronischen Trinkern zu beobachten sei, regelmäßig größere Mengen alkoholischer Getränke zu sich genommen. Flemming legte Wert auf die Feststellung, daß diese Diagnose zugleich in den Augen der Öffentlichkeit immer ein moralisches Urteil bedeute. »Ein Trinker«, so rief er aus, »ist ein amoralischer Mensch!« Diese Meinung des Publikums sei durch die kritische Besichtigung der Anamnese, wie wir Ärzte sie vornähmen, nicht oder kaum zu beeinflussen. Das Urteil der Masse kommt aus dem Augenblick: Siehe, der da ist ein Trinker. Die Masse fragt nicht: Warum?

Ich aber hatte großes Interesse an einer solchen Fragestellung; mich interessierte die Ursache des Dilemmas: warum wird ein Mensch zum Trinker?

Flemming erhob sich von seinem Rasensitz, verschränkte die Hände auf dem Rücken und begann, vor mir auf dem Hügelchen hin- und herzugehen. »Wohlan! Herr Collega, Sie sollen Ihre Vorlesung haben, wobei ich Ihnen vorab gestatte, mich allezeit zu unterbrechen, wenn ich in eine Richtung abirren sollte, die in die Dschungel des psychiatrischen Kauderwelschs führt . . .« Ich mußte lachen und bat ihn, sich doch wieder zu setzen. »Es gibt leider noch keine umfassende wissenschaftliche Aufarbeitung des Phänomens Alkohol«, sagte er, während er sich, etwas ächzend, wieder niederließ. »Alles, was wir tun können, ist, Schlüsse ziehen! Warum, fragen wir also. Niemand wird von heute auf morgen zum Trinker. Die krankhafte oder zwanghafte Neigung zum Genuß alkoholischer Getränke muß Ursachen haben, die in der Entwicklungsgeschichte des Patienten liegen. Es müssen in seinem Leben einige Ereignisse vorgefallen sein, die ihn veranlassen, häufiger und immer häufiger zum Alkohol zu greifen . . .« – »Oder«, warf ich ein, »zu anderen Betäubungsmitteln . . .« – »Sie greifen vor, Herr Collega!« Flemming machte eine abwehrende Handbewegung und fuhr fort: »Sie rangieren den Alkohol unter die Betäubungsmittel ein. Das ist wohl richtig. Indessen ist die Wirkung aller dieser Mittel eine ganz unterschiedliche. Geben Sie einem Patienten eine gehörige Dosis Morphium – er wird auf der Stelle einschlafen. Das aber will der Alkoholsüchtige nicht: er kennt die Wirkung des Alkohols, weil er sie kennenzulernen Gelegenheit hatte. Er erfährt also, daß der Genuß von Alkohol zunächst ein wohliges Gefühl in allen Regionen des Körpers hervorruft und eine scheinbare Vervielfachung der körperlichen wie der Verstandeskräfte erzeugt.« Flemming schwenkte die Tonkruke mit dem badischen Landwein, die zu unseren Proviantvorräten gehörte. »Schauen Sie sich diesen hier an, unseren leichten Begleiter!« So leicht er auch sei – rege er doch die Tätigkeit des Herzens und unser Denkvermögen an, und solange wir es bei zwei oder drei Gläsern beließen, die den Zweck hätten, uns lediglich in dieser angeregten Stimmung zu halten, so lange habe diese Gottesgabe ihren Sinn und Segen. Verstiegen wir uns jedoch zu der Unternehmung, dieser Kruke eine zweite oder dritte folgen zu lassen, so wären wir bald nicht mehr in der Lage, den Faden unseres Gespräches fortzuspinnen. Dann nämlich begännen die teuflischen Mechanismen des Trunkes: das Gehirn werde seiner Funktionstüchtigkeit schrittweise beraubt, die Wirklichkeit werde nicht mehr als Wirklichkeit wahrgenommen, schließlich trete der Zustand völliger Willens- und Bewußtlosigkeit ein, ein traumloser, todesähnlicher Schlaf.

An dieser Stelle mußte ich wieder einen Einwurf machen, denn mich interessierte die Frage, ob nun schon eine permanente Abhängigkeit von der Droge eintreten könne. Dies jedoch wies Flemming entschieden zurück. »Jeder halbwegs gesunde Mensch wird so einen Rausch durchaus unbeschadet überstehen!« Er beugte sich vor, um einen unbeholfenen Junikäfer aus dem Grase zu angeln, den er sich auf den Handrücken setzte und, während er in seinen Erläuterungen fortfuhr, aufmerksam betrachtete. »Diesem Kerlchen hier wird es nicht passieren, weil ihm, gottlob, der Verstand fehlt ... Zurück zur Sache! Sobald nämlich die Konzentration des Alkohols im Organismus wieder abgebaut ist, verfliegen auch die Symptome, ohne zunächst im Einzelfall wahrnehmbare Schäden zu hinterlassen. Erst die Gewöhnung, die Wiederholung, ja, die häufige Wiederholung des Exzesses führt zum körperlichen Schaden. Leber, Magen, Herz, Blutgefäße und Gehirn werden angegriffen, schleichende Krankheiten, Siechtum, endlich völliger Verlust der geistigen Kräfte sind die Folge, es tritt meist frühzeitig der Tod ein.«

Ich hatte kürzlich eine Studie eines Tübinger Arztes gelesen, der berichtete, er habe bei Arbeitern, die besonders schwere körperliche Tätigkeiten verrichten müßten, die Beobachtung gemacht, daß diese Leute große Mengen starker Alkoholika zu sich nähmen, um den hohen Kräfteverbrauch auszugleichen.

Ich bat jetzt Flemming, mir dies zu erklären, und damit hatte ich auch den Punkt getroffen, auf den er hinsteuerte. Er sah amüsiert zu, wie sich der Käfer auf seinem Handrücken mit Luft aufpumpte und schließlich schwerfällig davonbrummte.

»Genau das ist es!« sagte er. »Einer meiner Nachfolger auf dem Sachsenberg, der Herr Dr. Claus, pflegte etwas brutal zu sagen: ‚Alle Säufer sind arm. Alle Armen saufen!' Das stimmt zwar nur zur Hälfte, denn er gehört auch zu jenen Doctores, die beim Alkoholgenuß eines Arbeiters von Saufen und bei gleichem Verhalten eines Kommerzienrates von Unwohlsein reden ... Feine Leute saufen nicht! Dies am Rande. In Wahrheit ist das so: schwer arbeitende Menschen, sagen wir Bergleute oder Hafenstauer oder Landarbeiter zum Beispiel, haben während ihrer Arbeit einen so hohen Verbrauch von körperlichen Kräften, daß sie ihn, wegen der äußerst niedrigen Löhne und der sozialen Lage ihrer oft recht zahlreichen Familien, nicht durch eine entsprechende Zufuhr hochwertiger Nahrungsmittel ausgleichen können. Branntwein dagegen ist billig und ersetzt diese Nahrungsmittel im Augenblick seiner Anwendung sehr schnell. Allerdings hinterläßt er die gleichen Spuren im Körper des Arbeiters, wie er sie im Körper des Genußtrinkers erzeugt. Der Nottrinker wird also durch seine Lebensumstände zum Alkoholiker gemacht, wird frühzeitig siech und arbeitsunfähig, hinterläßt verarmte Familien, deren Söhne wieder schwerste Arbeiten annehmen müssen, die sie wiederum mit dem gewohnten Freund der Armen, dem Schnaps, sich zu erleichtern trachten, wodurch auch sie, wie ihre Väter ...« Flemming unterbrach sich, nickte nachdenklich mit dem Kopf und fügte schließlich hinzu: »Nennen Sie es ruhig einen Teufelskreis!«

Nun mußten wir wieder zu Reuter zurückkehren. Sollte Flemmings These vom Nottrinker und vom Genußtrinker auch auf Reuter anzuwenden sein? Flemming wiegte bedenklich den Kopf. Ein Nottrinker sei Reuter ohne Zweifel während seiner Festungszeit geworden, und ein Genußtrinker sei er ebenso zweifelsfrei später, in seiner Villa, gewesen. Ihm sei jedoch aus der Lebensgeschichte meines Patienten, namentlich aus seiner frühen Zeit, zuwenig bekannt. Reuter sollte ja während seiner Studentenjahre, besonders in Jena, auch schon einen Hang zum fröhlichen Kneipen gehabt haben. Dies freilich beweise gar nichts, auch seine, Flemmings, Studienzeit sei nicht gerade von Trockenheit gekennzeichnet gewesen, und er wolle gern zugeben, daß er und seine Kommilitonen häufig genug mit einem dicken Kopf in der Anatomievorlesung gesessen hätten, die partout immer des Montags in aller Frühe gehalten wurde und bei der sie dann oft nichts Rechtes verstanden hätten, weil sie am Abend zuvor gewaltig auf den Kommers gegangen seien. »Wem sage ich das!« sagte Flemming und lachte. »Da müßten ja alle, die in den letzten hundert Jahren eine deutsche Universität frequentiert haben, zu Säufern geworden sein!«

Ich wußte allerdings mehr aus Reuters frühen Jahren, das meiste hatte er mir selbst erzählt. So habe man ihn in Jena schon bald bewundernd den »Bierreuter« genannt, was er darauf zurückführte, daß er, das schwere Stavenhäger Burmeisterbier gewohnt, von dem dünneren Thüringer Gerstensaft große Mengen ohne sichtliche Wirkung habe vertilgen können, und unter dem Siegel der Verschwiegenheit hatte er mir anvertraut, er habe noch in der Nacht vor seiner Verhaftung in Berlin an einer Zechtour mit Kommilitonen teilgenommen, die nicht von Pappe gewesen sei. Er habe dann aber aus Vorsicht in der Wohnung eines – nun ja! – leichten Mädchens Quartier genommen, und ausgerechnet dort habe man ihn erwischt, Schützenstraße 23 ...

Flemming hörte meinen Mitteilungen aufmerksam zu und nickte. Eine Neigung zum Persönlichkeitstyp eines fröhlich-überschwenglich-leichtlebigen Menschen mag er von Natur aus gehabt haben, meinte er, und es sei diese Neigung möglicherweise bestärkt worden durch die so strenge väterliche Hand, die in ihm durchaus den Wunsch nach Ausgleich, nach Freiheit, was immer darunter zu verstehen sei, geweckt habe. Aber an eine durch Anlage und angeborene seelische Entartung bedingte Neigung zum Alkoholgenuß könne und wolle er, Flemming, nicht glauben, wenn auch seine modernen Kollegen solches immer behaupteten. Es könne doch nicht jeder, der durch Lebensumstände zum Trinker geworden sei, konstitutionell oder psychisch abnorm sein – das halte er für einen Irrtum!

Beide waren wir uns in der Diskussion des Problemes durchaus einig – die Festungszeit müsse als die eigentliche Quelle der Krankheit Reuters angesehen werden. War nicht Branntwein, war nicht Tabak das einzige, was der Gefangene kaufen konnte, sofern er einige Silbergroschen seines täglichen Verpflegungsgeldes einsparen konnte? Und dann die außerordentlichen seelischen Belastungen dieser Jahre, die Ungewißheit über den Ausgang des Prozesses, die ständigen Erniedrigungen durch den untersuchungsführenden Kriminalrat Dambach in Berlin, die Querelen des Begnadigungsverfahrens! Und die Transporte, meist im Winter, über Tage hinweg, von Festung zu Festung, die unzureichende Ernährung, die entsetzlichen Zustände, besonders im Inquisitoriat zu Magdeburg, wo die Gefangenen den ihnen zustehenden Spaziergang auf einem Hof zwischen zwei offenen Klosettgruben machen mußten und wo in den Zellen alles Holz, Lederzeug, ja die Strohsäcke von Schichten dicken Schimmels überzogen waren, wo man den Gefangenen das schmutzige Wasser aus der Elbe zu trinken gab!

Alle diese widrigen Umstände, so meinten wir, hätten nicht nur Reuter, sondern auch manchen anderen, der ihn später wegen seiner Krankheit für haltlos und unmoralisch hielt, in die Arme des Trösters Alkohol getrieben. Mußte nicht der Platzmajor, der den Gefangenen für ihr gutes Geld schlechten Branntwein oder sauren Wein ausschenkte, wie ein Engel Gottes erscheinen, weil er Wärme in die Kälte, Trost in die Verzweiflung und Ruhe in die Schlaflosigkeit brachte mit einer Flasche Schnaps?

Nur, später – hätte er denn nicht das Trinken wieder aufgeben können, als er frei war? Und schon in Dömitz, in der mecklenburgischen Luft, versorgt mit den Brathähnchen seiner Frau Tante? Warum gab er da das Trinken nicht wieder auf, wo er doch des Trostes nicht bedurfte und zudem in einem warmen Federbette schlief?

Flemming sprach seine Diagnose aus, jene Diagnose, zu der wir kommen mußten nach dem Betrachten aller Anzeichen und

Umstände: Weil er ein Trinker geworden war. Weil er durch Not ein Trinker geworden war. Wie leicht ist es doch, ein Trinker zu werden. Und wie schnell macht doch die Not, die seelische wie die körperliche, aus einem Menschen einen Trinker!

Reuters Festungszeit währte sieben Jahre. Sieben Jahre hindurch, nur unterbrochen durch Perioden heftigster Reue und tiefsten Selbstekels, trank Reuter. Als er frei war, befand er sich in einer neuen Gefangenschaft: in jener der Flasche.

Als sein Arzt weiß ich, wie er gegen diese gläserne Wand ankämpfte. So oft er siegte, so oft unterlag er.

An dieser Stelle brachen wir unseren Diskurs ab, denn es kam jetzt ein kühler Hauch vom See herauf. Wir schenkten die Reste unseres Topfkuchens unserem rothaarigen Fährburschen, verstauten die Kruke im Kahn und glitten zurück ans Ufer.

Morgen sollte der Ausflug nach Dömitz stattfinden, den Flemming auf meinen Wunsch arrangiert hatte. Zwei Tage wollten wir uns dort aufhalten; Flemming hatte Quartier bei dem Dömitzer Apotheker Spangenberg erbeten, was ihm freundlich eingeräumt worden war.

10 Uhr abends beendige ich meine heutige Niederschrift. Ich bin müde, aber nicht erschöpft. Die Luft hat mir sehr gutgetan.

3. Juni, 9 Uhr abends, im Spangenbergschen Haus in Dömitz. Es ist noch so hell, daß ich ohne Lampe schreiben kann. Die Fahrt hierher war schön wie ein Traum. Ich bin sehr glücklich, daß ich mich trotz meines Alters entschloß, diese Reise zu machen. Es gibt doch noch mehr als das Eisenacher Tal! Mecklenburg ist ein sehr schöner Landstrich; ich verstehe den Schmerz und das Heimweh Reuters jetzt besser.

Heute früh gegen neun Uhr die kurze Eisenbahnfahrt nach Ludwigslust. Hier ein kurzer Spaziergang durch den herrlichen Großherzoglichen Park, dann, nach einem kleinen Frühstück im »Stadt Hamburg«, mit einem angemieteten leichten Wagen nach Dömitz, ein tüchtiges Stück Weges. Die Bäume blühen, wohin man sieht, die Wiesen sind gelb von Löwenzahn, das Vieh prächtig. Was mich peinlich berührte, war die Devotion, mit der in den Dörfern, die wir passierten, die Bauern vor unserem Wagen die Mütze zogen und gebückt stehenblieben, bis wir vorüber waren. Ich fragte Flemming nach dieser Sitte. »Sie sind eben in Mecklenburg, lieber Schwabe, es hat sich seit Reuters ‚Stromtid' nicht viel geändert. Zwei fremde Herren in einem Wagen – da ist es besser, man zieht den Hut, denken die Bauern. Es ist noch nicht allzulange her, daß ein herrschaftlicher Kutscher einem Bauern, der den Gruß vergaß oder verweigerte, kurzerhand die Peitsche durchs Gesicht zog!«

Wir erreichten Dömitz am frühen Nachmittag. Der Zauber des kleinen Gemeinwesens nahm mich sofort gefangen.

Hinter den mächtigen Deichen und Wällen, die hier den Wasserlauf der Elbe begleiten, liegen die aus Backsteinen oder Fachwerk errichteten Häuschen der Fischer und Schiffer; die Straßen sind zumeist gerade, mit Kopfsteinen gepflastert und sehr sauber. Ich denke mit Verwunderung an die Frau, die vor ihrem Hause auf den Knien lag und mit einer Wurzelbürste und viel Seifenlauge den schmalen Gehsteig scheuerte. In Eisenach undenkbar! Auch das Rathaus aus Fachwerk; die alte Kirche sehr hinfällig; sie soll abgebrochen und durch einen neuen Bau ersetzt werden. Überall große, alte Linden, in denen der Wind der Niederelbe rauscht. Vom Stadtwall aus der Blick auf den Strom, der gemächlich und ruhig dahinzieht, sehr breit, anders als in Magdeburg: hier liegt schon die Ahnung des Meeres über dem Wasser. Linkerhand schob sich die gewaltiger nicht denkbare Brücke ins Bild, die eben hier errichtet worden ist, um eine Eisenbahnverbindung zwischen Hannover und Mecklenburg zu ermöglichen, über eine halbe Meile lang, auf riesigen Steinpylonen im Strom stehend und aus stählernem Gitterwerk gebaut. Ein alter Fischer mit schönem Bart, eine Schmurgelpfeife zwischen den zahnlosen Kiefern, der sich wohl mit den fremden Herren einen Schwatz gönnen wollte, zeigte mit seinem Stock auf die Brücke und sagte: »Hunnert Johr' sall de Brügg uthollen!« Er schüttelte den grauen Kopf und sog an seiner Pfeife. »Glöben Se dat?« Flemming breitete zweifelnd die Arme und antwortete, zur höchsten Verwunderung des Alten auf plattdeutsch: »Minschen hebben de Brügg bugt; wenn Minschen se nich wedder daal smieten, künn se woll hunnert Johr' stahn blieven!« – »De Minschen versünnigen sik gegen den dor baben–«, und der Alte wies mit seinem Stock in den klaren blauen Himmel, »de hett schon wüßt, worüm hei tüschen den König von Hannover sin Land und den Großherzog von Mekelborg sin Land so väl Wader leggt hett!« Flemming lachte. »Hören Sie das, Schwabe? Da haben Sie den Geist von Reuters ‚Urgeschicht'!« – »Reuter?« Der Alte horchte auf, drehte sich auf dem Absatz um und piekte nun mit seinem Stock auf die Bastionen der Festung, die durch das Grün der Bäume mit rotem Ziegelwerk hervorsahen. »Fritz Reuter? Jo?« Wir nickten; da nickte auch der Alte. »Ick heww em kennt, as hei hier bi uns up de Festung sitten ded'. Hei wir'n gauden Jungen, äwer man ok 'n groten Sleupendriwer! Sin Tanten, de Fru Reutern, bi de wi ümmer Aal un Häkt verköpen deden, de harr männigmal bannig wat mit em aftosetten!« – »Wo olt sünd Se denn, min goden Mann?« – »Tachentachentig sall'n dat to Wihnachten warden. Jo, wi sünd väl olle Lüd hier in Daems, un wi Ollen sünd ok stolz up Reutern, dat nu doch noch wat ut em worden is! De olle Comandür, de Vagel Bülow, hett jo ok sin Best' an em wend't!« So schritten wir mit dem Alten, der sich mit seinen achtundachtzig Jahren erstaunlich behende bewegte, selbdritt den Wall entlang auf den Eingang der Festung zu. Ich notierte schnell einige Wörter, die ich im Plattdeutschen des Alten nicht verstanden hatte, und war später sehr belustigt über ihre Bedeutung. Trotzdem befriedigte es mich, daß ich als Thüringer und nur durch den langjährigen Umgang mit Reuter und die Kenntnis seines Werkes des Plattdeutschen so weit mächtig war, daß es mir, von jenen wenigen Wörtern abgesehen, keine Schwierigkeiten machte, das gesprochene Wort zu verstehen.

»Se wull'n sik woll 'n beten ümkieken in Daems?« fragte der

Alte neugierig. »Dieser Herr hier ist Reuters Doktor, hett em behannelt in sin letzten Johren!« – »Ne, wat nich all! Woans nu doch! Dat ick sowat beläw'! Reutern sinen Dokter! Wir hei woll bannig krank, dat hei so jung afstarwen müßt?« – »Jo, Vadder, up Sei betagen wier hei'n jungen Mann, äwer in sinen vierunsößtigsten Johr wier hei ok all ...« – »Denn hadd hei man hier in Daems sitten blieben sullt. Sünd Se woll ok'n Dokter?« – »Gewiß, leiw' Mann!« – »Sünd Se all mal in Daems west?« – »Gewiß, dat's äwer nahsten föftig Johren her, ick wier 'n ganz jungen Dokter un äwernehm Anno achteihnhunnert-undörtig de Irren, de hier in Daems up de Festung inspunnt wier'n, as wi dat niege Irrenhus in Swerin upbugt hadden ...« – »Heww'k mi doch dacht, dat du den kennst, Korl Witt!« rief der Alte und stieß freudig seinen Stock auf das Pflaster. »Denn sünd Se de Doktor Flemming! Ne, wat denn, ne, wat denn! De Näs' un de nieglichen Oogen, de kemen mi doch glick so vör! Wi hebben dunntaumalen hulpen, dat Inventor ut dat Stockhus tau drägen un up Wagens tau laden, un Se hebben uns dorbi kommandiert un uns ok utbetahlt, as allens makt wier! Denn sünd Se äwer ok woll all an de Tachentig 'ran, Herr Dokter?« Flemming lachte, schlug dem Alten jovial auf die Schulter und nickte. »Jo, wiet af bün 'k nich mihr von!« Der Alte griente und machte einen Diener. »Na, denn adjüs ok, de Herren Dokters! Nu möt ick hen to Hinnerk Wilms in'n Krog un em dat vertellen, wat ein'n so an'n hellichten Dag up'n Wall för Nieglichkeiten tau hüren kriegen kann!«

Seinen Stock schwingend, stiefelte der alte Fischer Witt von dannen. Uns hatte die Episode erheitert, und so trafen wir in bester Stimmung vor dem Wachhäuschen der Festung ein und erkundigten uns bei einem verschlafenen Unteroffizier, der hier den langweiligen Wachdienst versah, nach dem Festungskommandanten. Er wies stumm mit dem Daumen über die Schulter, was soviel bedeuten mochte wie: Er ist drin. Also betraten wir die Festung durch das weit offenstehende Tor der Einfahrt, durchschritten den gekrümmten Tunnel und standen sogleich auf dem geräumigen, grünen Hof der Anlage. Flemming, der sich hier auskannte, stieg die Stufen zum Kommandantenhaus empor und zog an der Klingel. Ich sah mich indessen um. Große Linden machten den Hof schattig, ziegelrote Gebäude mit grünen Fensterläden umstanden den Platz, der alles andere als militärische Zwecke verriet. Nur hinten in einer Ecke waren zwei Dutzend Grenadiere unter der Anleitung eines trägen Sergeanten mit dem Reinigen ihrer Waffen beschäftigt. Groß konnte die Garnison nicht sein, die hier lag, und fortifikatorische Bedeutung war, wie auch der Laie sehen konnte, der Festung kaum noch zuzumessen.

Inzwischen hatte Flemming den Kommandanten der Festung, einen Major Almer, herausgeklingelt. Ohne Halsbinde, in offenem Waffenrock und mit wirrem Haar, erschien der schon etwas angejahrte Soldat in der Tür, augenscheinlich aus seinem Dienstschlaf gerissen, und polterte eine Art von Begrüßung unter seinem tabakfarbenen Schnauzbart hervor. »Wer sind Sie? Was wollen Sie? Was? Fritz Reuter? Wir sind doch kein Museum!«

Flemming blieb gelassen, stellte sich mit vollem Titel vor, was den Mann offensichtlich beeindruckte, und erklärte, wir kämen nicht aus Neugier, sondern aus wissenschaftlichem Interesse (was natürlich auch wieder nicht stimmte, denn es war ja meine Neugier, die uns herführte!). Jedenfalls zog diese Behauptung; der Major verschwand, erschien nach kurzer Zeit, komplettiert und mit einem Schlüsselbund in der Hand, und erbot sich, uns die Festung zu zeigen. Wahrhaftig: eine Idylle! Hier schien die Zeit stehengeblieben zu sein. Ob die Anlage noch strategische Bedeutung habe? – Das sei Staatsgeheimnis, aber die da oben erwögen die Aufhebung der Festung, nur der Großherzog sei noch dagegen ... Seit der Gründung des Deutschen Reiches sei die Elbe doch keine Grenze mehr, und jetzt die Brücke da – (deutende Kinnbewegung, vage in Richtung Brücke) –, und alles schon so verfallen – (Kinnbewegung in Richtung eines alten, riesenhaften Gemäuers gegenüber dem Kommandeurshaus) –, man sehe sich das Zucht- und Irrenhaus doch an! Stehe leer seit anno Krug!

Der Herr Major war, wie man bemerken konnte, mit seinem derzeitigen Dienstort nicht sehr glücklich. In zwei Jahren gehe er in Pension, nach Schwerin. Hier sei es ihm wohl zu friedlich? Ja, so könne man es nennen ...

Der Major wies uns träge seine Baulichkeiten, führte uns durch Kasematten, zeigte Reuters Stube, den Pulverkeller, die Bastionen. Von den der Elbe zugewandten Zacken der Befestigung ein überwältigend schöner Blick über das Strombett und auf die Brücke in ihrer ganzen stählernen Pracht und Länge.

Ob er Reuters Werke gelesen habe? – Er verstehe kein Platt. Bauernsprache. Er sei Offizier. Überhaupt Reuter! Ständig Belästigungen. Vorgestern ein Damenzirkel aus Hamburg. Sonntag irgendein plattdeutscher Verein aus Berlin. Die hätten gar einen Kranz mitgebracht und unter Reuters Stubenfenster gehängt. – Immerhin sei doch Fritz Reuter der prominenteste Gefangene, der je auf der Festung gesessen habe. – Alles Spitzbuben! Man möge ihn jetzt entschuldigen.

Wir verließen die Festung und begaben uns in den Ratskeller, um die staubige Kehle mit einem kühlen Trunk zu laben.

Der Wirt dienerte und nötigte uns eilfertig in eine besondere Ecke. Hier habe Fritz Reuter gesessen, erklärte er. Wir sahen uns an und lachten. In Dömitz geht eben nichts ohne Reuter. Nur der Major macht eine Ausnahme.

Die Aufzeichnung des Gespräches im Ratskeller, es betraf Reuters Popularität und Volkstümlichkeit, muß ich auf morgen verschieben; das Himmelslicht läßt jetzt sehr nach, und ich will nicht noch die Lampe anzünden.

Ich habe fortwährend das Gefühl, außerhalb der Zeit zu sein. Wenn die Brücke nicht wäre, die mich an die Gegenwart mahnt. Stählerne Brücken, auch wenn sie nicht ohne Poesie sind, zerstören doch die Idylle. Sie haben eine andere Art von Poesie. Die Idylle ist der Ausdruck menschlicher Selbstgenügsamkeit, des Sich-Bescheidens mit dem Dasein. Die Poesie der stählernen Brücken hat den Rhythmus der Schmiedehämmer: Vorwärts! Vorwärts!

4. Juni 18**, früh 6 Uhr

Ruhiger Schlaf; erwachte durch das dumpfe Tuten eines Schiffes auf der Elbe. Draußen dichter Nebel. Der Baum vor dem Fenster tropft vor Nässe.

Überlas das bisher Eingetragene und finde, daß ich mir auf der Suche nach Reuter selbst näherkomme.

Folgt der Versuch, das Gespräch im Dömitzer Ratskeller zu rekonstruieren. Dies fällt mir nicht schwer, denn es ist mir noch so lebhaft in Erinnerung, weil es seine heiteren Züge hatte und mir die Dömitzer Szenerie erfreulich erweiterte.

Der Wirt des Etablissements, ein breiter Kerl mit einer Lederschürze, gab sich redselig. Ja, er habe Reutern gekannt, rief er aus, während er seine Gläser polierte. »Ik wier 'n Bengel von Johrener föftein, 'n Slohms, as man dat in Daems nennt! Hei wier uns 'n beten wat grugelig; de König von Preußen harr' em jo dotmaken wullt, äwer denn doch begnadigt...« Und hier im Ratskeller habe er gesessen? »Gewiß! Partout da auf Ihrem Stuhl tat er sitzen und Bier trinken.« Der Wirt lehnte sich breit auf seinen Tresen und kam sich sehr wichtig vor. Sein Vater, der den Krug vor ihm besessen, zeigte immer ein Deckelglas vor, aus dem Reuter getrunken habe ... »Bier?« rief Flemming dazwischen, »das glaube ich nicht. Reuter trank kein Bier, als er von der Festung kam. Er trank Weißwein!« Der Wirt schüttelte den Kopf und fuhr in seiner drolligen Redeweise, einer Mischung aus Hoch- und Plattdeutsch, fort: »Um Vergebung, das kann ich mich nicht denken. Hier im Ratskeller is nie und nie kein Wein nich ausgeschenkt worden. Meta! Hatte unser Vadder ok Win?«

Die Wirtin, die in der Küche hantierte, war an der Materie augenscheinlich nicht interessiert; vielleicht war ihr auch das Geprahle ihres Mannes mit Reuter längst über. So rief sie nur über die Schulter: »Kann sin, kann ok nich sin, wat weit ik!«

Der Wirt beharrte auf seinem Standpunkt, Reuter habe Bier getrunken. Ich wollte das Gespräch an dieser offensichtlich unbeantwortbaren Frage nicht scheitern lassen und fragte, ob denn die Leute in Dömitz Reuter gekannt hätten. »Ja«, rief der

Wirt, »jeder Straßenbengel kannte den berühmten Dichter!«
Darauf schien Flemming nur gewartet zu haben, nun hatte er
den Prahlhans erwischt und sagte mit sehr gelassener Stimme
und leise ironischem Unterton, so als wische er einen unsagbar
dummen Einwand vom Tisch: »Als Reuter hier auf der
Festung saß, da war er noch kein Dichter, Herr Wirt. Da hatte
er noch keine einzige Zeile geschrieben und hatte keinen Gedanken daran verschwendet, ein Dichter zu werden!«

Der Wirt war nun offensichtlich verstimmt. »Wat halen Se
mi denn ut, wenn Se allens beter weiten!« – »So ist das mit
dem Ruhm, meine Herren!« sagte da jemand in der Ecke, ein
pomadiger Mann mittleren Alters, mit Backenbart und Bauch,
der behaglich sein Bier trank. »Gestatten, Ladewig, Schiffseigner. Sie erlauben?« Er erhob sich und trat an unseren Tisch.
Flemming nannte ebenfalls unsere Namen, und der Mann
nickte. »Doch nicht der Irren-Flemming?« – »Aber gewiß doch,
Herr Ladewig, ich bin der Irren-Flemming. Sie wollten eine
Bemerkung zum Ruhm machen?«

Ladewig setzte sich auf den ihm hingeschobenen Stuhl und
lehnte sich zurück. Das sei doch alles Geschwätz, was der Wirt
hier verbreite... Als der Reuter hier auf der Festung gesessen
sei, da habe er sich ab und zu einen Stadturlaub genehmigt, sei
dem ollen Bülow ausgebüxt und habe sich nach den Dömitzer
Mädchen umgetan. Ja, auch im Ratskeller habe er manchmal
gesessen. Aber kein Mensch kannte ihn damals. Wer sei er
denn schon gewesen: ein Festungsgefangener, ein Politischer,
den hätten die Leute eher schief angesehen, den Herrn Neffen
von der Frau Rektorswitwe Reuter. Einmal allerdings habe er
hier im Ratskeller einen Riesenspektakel veranstaltet und einen
Herrn aus Schwerin bei der Jacke gekriegt und vermöbelt, weil
der angeblich seiner Flamme Frida, der Tochter von dem ollen
Bülow, nachgestiegen sei.

»Das stimmt!« rief der Wirt dazwischen, das wisse er auch
noch, sein Vater habe sich bei Bülow beschwert, weil er einen
Stuhl zerdroschen habe, der Herr Dichter...

»Hören Sie doch endlich mit dem Dichter auf, Mann!« Ladewig hieb die flache Hand auf den Tisch, daß die Bierseidel in die Höhe sprangen. Das wolle er doch den Herren gerade erklären! Die Dömitzer damals, die hätten gar nichts gewußt von ihm, unheimlich sei er ihnen gewesen, weiter nichts, wie alle, die auf der Festung saßen, die Dömitzer hätten nicht nach Tat und Strafe gefragt, das sei den braven Bürgern ganz egal gewesen. »Da hieß es nur: der ist von der Festung, und damit hatte er seinen Stempel weg!« Ladewig wischte sich den Zornesschweiß von der Stirn und bestellte sich ein neues Bier. Ich fragte ihn, wie es denn später gewesen sei, als er, Reuter, berühmt geworden? – »Ja, später! Da wollten sie ihn alle gekannt haben, den berühmten Dichter. Da wollten sie es alle schon immer gewußt haben, was Großes in ihm steckte! So ist das nämlich mit dem Ruhm! Jawohl!« Heute heiße es nicht: als Reuter, der Festungsgefangene, in Dömitz saß, sondern: als Reuter, unser großer Dichter, in unseren Mauern weilte... Flemming erzählte jetzt von dem alten Fischer Witt, den wir auf dem Wall getroffen hatten. Der habe die Sache anders gesehen und gemeint, Reuter sei damals wohl »'n groten Sleupendriwer« gewesen. Das war wieder Wasser auf die Mühle des Wirts. »Ja, Korl Witt«, rief er, »der kann sich am besten erinnern, der war ja schon ein erwachsener Mann, als Reuter auf der Festung saß! Und alle anderen, die sich großtun wie der Herr Schiffseigner Ladewig, die waren man junge Bengels oder lütte Görn!« Der Streit wurde zunehmend spaßig, ich sah, wie Flemming sich mühsam beherrschte, seine würdige Miene, die ihm als dem hochgelehrten »Irren-Flemming« zustand, nicht aufzugeben und statt dessen seinen Zügen ein faunisches Grinsen aufzusetzen. Ladewig, in seinem wachsenden Zorn, hatte schon wieder ein Bier in seinen strammen Wanst gegossen. »Wer tut sich groß, he? Sie doch, Mann! Sie erzählen doch jedem Fremden, der in Ihren Krug kommt, da, auf dem Stuhl, habe Fritz Reuter gesessen und gedichtet! Und schon rekeln sich die Damen aus Berlin oder Hamburg die Reihe durch einmal auf Ihrem Stuhl herum und lassen fette Trinkgelder springen. Ein Geschäft haben die schlauen Dömitzer sich aus dem

Reuter gemacht. Damals haben sie getuschelt und mit dem Finger gezeigt: Kiek mal, Fieken, dor, de is 'n Pullitschen, de sitt bi Bülow'n in't Kaschott, de is'n Königsmörder, 'n hellschen Gefährlichen! Oder stimmt's nicht? Und heute rekken sie die Brust und kriegen einen treuen Blick, wenn von ihm die Rede ist. Noch'n Bier! Prost!«

Nun zogen doch die Lachfalten über Flemmings Gesicht. Er fragte den Eifernden: »Sie erbosen sich so über die braven Dömitzer! Gehören Sie denn nicht dazu?«

Schon gehöre er dazu, antwortete Ladewig. Aber er habe mehr gesehen von der Welt als den Dömitzer Ratskeller von innen, und wenn man auf dem Hamburger Rathausmarkt stehe oder vor dem Hafenamt in Rotterdam, dann sehe die Welt wohl ein bißchen anders aus als auf dem Dömitzer Festungshof, wo man ringsherum eine Mauer vor dem Schädel habe. Alle schrien sie: Unser Reuter! Unser Reuter! Die Dömitzer würden schreien, weil er hier auf der Festung saß, und die Stavenhäger würden schreien, weil er dort geboren sei, und die Eisenacher würden schreien, weil er dort gestorben sei ... Das konnte ich nun als treuer Sohn meiner Stadt nicht durchgehen lassen. So laut würden die Eisenacher eigentlich nicht schreien, wagte ich deshalb einzuwenden, aber Ladewig wischte meinen Einwand mit barscher Handbewegung vom Tisch. »Ach was! Alle machen sie Geschrei! Aber fragen Sie mal einen von den Schreihälsen, ob er eine Zeile von dem Manne gelesen hat! Fragen Sie nur!«

»Gern!« rief Flemming und zog seine Börse aus der Tasche, um die Zeche zu bezahlen. »Ich frage Sie, Herr Schiffseigner: Haben Sie ...?«

»Ach, lassen Sie mich doch zufrieden!« schrie Ladewig, klappte seinen Deckel auf das Bierglas, daß der Schaum nur so spritzte, und wandte sich ab.

Da lachten wir nun doch, zahlten und gingen.

Mit etwas Glück kann man in Dömitz eine Ansichtskarte kaufen, die das Abbild eines begründeten Platzes zeigt. Links schiebt sich ein einstöckiges Fachwerkhaus malerisch ins Bild, rechts, hinter sauber geschnittenen Hecken, stehen mehrere große, dichtbelaubte Kastanien, in der Mitte des Hintergrundes zwei schlanke Birken, deren weiße Stämme dem Foto einen frühlingshaft-lichten Ausdruck geben. Unter den Bäumen eine Reihe ausgerichteter Parkbänke, auf denen zum Zeitpunkt der Aufnahme nur zwei schwätzende Frauen in Sommerkleidern sitzen. Die Hauptsache und der eigentliche Grund des Ansichtskartenfotos befindet sich jedoch in der Mitte des Bildes. Auf einem hellen, kubischen Steinsockel nämlich ist der Bronzekopf eines Mannes aufgestellt. Der Blick des Abgebildeten ist vorwärts-aufwärts gerichtet, die Stirn ist frei und breit, die Backenknochen kräftig ausgebildet, die Nase eher zierlich. Der Mund zeigt ernst-geschlossene Lippen, das ausgebildete Kinn ist glatt. Bei näherem Hinsehen erkennt man etwas Bartwuchs auf der Oberlippe.

Nun wollen wir die Karte umdrehen. *DÖMITZ (Kr. Ludwigslust)* steht da oben links in der Ecke und darunter: *Fritz-Reuter-Gedenkstein.*

Dies aber ist ein grotesker Irrtum, und auch der hat seine Geschichte.

1960 bereits stellt der Genosse Conrad Meyer den Antrag, man möge doch den Karl-Liebknecht-Platz in Dömitz, den historischen Marktplatz der Stadt, der sich gegenüber dem Rathaus in Richtung Festung erweitert, mit einem Denkmal des mutigen Arbeiterführers schmücken, um auch hier, in der kleinen Stadt an der Grenze, eine Gedenkstätte der deutschen Arbeiterbewegung zu haben und pflegen zu können. Der Vorschlag wird von seinem Genossen Wilhelm Böhme erneuert und bekräftigt, die Stadt sucht nach einem Bildhauer, was sich als schwierig erweist. Es ist schließlich keine Kleinigkeit, einen Porträtkopf Liebknechts zu machen, Liebknecht ist nicht irgendwer. Ein Berliner Professor macht einen Entwurf, aber der Kostenvoranschlag schreckt die Dömitzer Stadtväter ab.

Schließlich übernimmt der Bildhauer Stephan Thomas aus Dümmer in Mecklenburg die schwierige Aufgabe. Am 1. Mai 1973 wird die Büste in Dömitz aufgestellt und enthüllt.

Kommt man die Hauptstraße vom Busbahnhof herauf und geht auf den Karl-Liebknecht-Platz zu, Kirche links und Delikat-Laden rechts liegenlassend, trifft man an der Ecke, an der sich die Straße zum Platz erweitert, gegenüber dem Rathause auf einen hübsch geschnitzten und bemalten Wegweiser aus Holz, der dem Fremden über den Platz nach rechts die Richtung angibt: »Zur Fritz-Reuter-Festung«. Einen Steinwurf weiter auf diesem Wege steht man vor dem Denkmal, dessen Sockel keinen Namen trägt. Dem Fotografen, Herrn Schmidt aus Güstrow, der dem Verlag Bild und Heimat in Reichenbach sein hier geschossenes Foto für die Herstellung einer Ansichtskarte einreicht, kann also kaum ein Vorwurf gemacht werden: er mußte doch den Kopf für den Reuters halten.

Kenner der Werke und der Person Reuters sind schon eher im Zweifel. Hatte Reuter nicht einen Vollbart?

Die Sache hat indessen, was Karl Liebknecht angeht, noch eine andere, faszinierende Seite: denn, wenn auch auf Umwegen, hatte Liebknecht tatsächlich etwas mit Dömitz zu tun, und die Dömitzer Stadtväter haben von diesem Zusammenhang, als sie die Büste aufstellen ließen, nichts gewußt. So vollzieht sich manchmal die Geschichte auch mit Hilfe des undialektischen Zufalles, was wiederum dialektisch ist.

Regionale Zeitungen in Dömitz, Perleberg, Lenzen und Magdeburg berichten im Februar 1902 von einem Prozeß gegen eine Bande von Schmugglern und Dieben vor dem Landgericht Neuruppin.

Hauptwirkungsfeld der modernen Flußpiraten waren Dömitz und die Lenzer Wische, wissen die »Prignitzer Nachrichten« am 5. Februar 1902 mitzuteilen. Verhandelt wird gegen neunzehn Angeklagte wegen Diebstahls von Waren aus verschlossenen Kähnen, hauptsächlich Mais, Kaffee, Schnaps und Wolle, wegen Hehlerei, Umgehung der Zollbestimmungen – sprich: Schmuggel – und Gewerbevergehens. Zweihundert

Zeugen sollen vernommen werden, der Prozeß schleppt sich über mehrere Wochen hin; das Urteil verhängt gegen die neunzehn insgesamt fünfzehn Jahre und fünf Monate Zuchthaus beziehungsweise Gefängnis.

Die Verteidiger in diesem Prozeß heißen Sintenis, Block, Müller, Altneu und: *Liebknecht*.

Es ist, da die Akten des Landgerichts Neuruppin wahrscheinlich den Krieg nicht überstanden haben, leider nicht mehr festzustellen, ob es sich um Karl oder Theodor Liebknecht handelt. Jedenfalls ist das Plädoyer des *Rechtsanwalts Liebknecht-Berlin* das einzige, in dem auch soziale Gründe für ein mildes Urteil angeführt werden, zugleich das einzige, in dem soziale Gründe für die Tat in Erwägung gezogen werden. Liebknecht plädiert vier Stunden lang. Es hilft nichts: der Hauptangeklagte, Fischer Alexander Köthke aus Baarz, vorbestraft wegen Fischens zur Nachtzeit, muß, wenn auch unter Anrechnung der Untersuchungshaft, trotz seines Alters für zwei Jahre zu Vater Philipp.

Karl oder Theodor? Da zitiere ich meinen Freund B. in Dömitz, der hat die Sache recherchiert und schreibt mir einen Brief: *... nun müssen wir aber in Betracht ziehen, daß der ältere Bruder Karl Liebknechts, Theodor..., sich 1898... als Rechtsanwalt in Berlin niederließ, Karl hingegen 1899 als Rechtsanwalt zugelassen wurde. Er trat noch im selben Jahr in das Anwaltsbüro seines Bruders ein. Der Vater, Wilhelm Liebknecht, verfügte einst, daß ... Theodor sich aus der Politik heraushalten solle, um den preußischen Staatsorganen keine Handhabe zu liefern, gegen die Anwaltspraxis und damit gegen die Lebensgrundlage der Familie vorzugehen.*

Karl dagegen wurde 1900, kurz nach dem Tode des Vaters, Mitglied der SPD.

Karl oder Theodor? Vielleicht Karl, wahrscheinlicher: Theodor.

Wenn man will, läßt sich auch noch ein Zusammenhang herstellen zwischen den Überzeugungen Liebknechts und Reuters – die kommunistische Tageszeitung »Volkswacht«, die in

Rostock erscheint, veröffentlicht 1926 Fritz Reuters Versepos »Kein Hüsung« in Fortsetzungen.

Natürlich gibt es in Dömitz auch ein Reuter-Denkmal, besser: eine Reuter-Gedenkstätte. Auf der Festung, die heute das Heimatmuseum beherbergt, ist die ehemalige Festungskapelle zu einer »Reuter-Halle« umgestaltet. Reuters Büste steht würdevoll in einer romanischen Apsis; unter Glas sind Zeugnisse aus seiner Festungszeit in Dömitz aufbewahrt, und sein Weg durch die preußischen Festungen ist nachgezeichnet. Für meinen Geschmack ist die »Reuter-Halle« ein wenig zu ehrwürdig und weihevoll. Mir ist der schöne, grüne Hof der Festung lieber, die heitere Stimmung, die die alten Bäume und die Backsteinfassaden der noch stehenden historischen Gebäude aufkommen lassen. Hier wünschte ich mir ein Denkmal Reuters, eines, das endlich einmal den jungen Reuter zeigt, jenen Reuter, der im Jahre 1840, schmalgesichtig, seinen Ranzen auf dem Rücken, seinen Hund an der Leine, zweifelnd und fragend, den Weg in die ersehnte Freiheit geht. »Wecker Weg was de rechte?«

Die Festung liegt hart an der Staatsgrenze, die hier durch die Elbe gebildet wird. Die Elbe war oft Grenze, einst zwischen Germanen und Slawen, später zwischen Hannover und Mecklenburg, heute zwischen DDR und BRD.

Vom Turm der Festung hat man den bitteren Blick auf die Realitäten. Hier stoßen Welten zusammen. Die Dömitzer Brücken, jene von 1874 und die Straßenbrücke, zu der Herr Generalinspektor Dr. Todt üblen Angedenkens 1934 den ersten Spatenstich tat und die beide am gleichen Tage, dem 20. April 1945, FÜHRERSGEBURTSTAG, von amerikanischen Bomben zerschmissen wurden, stehen nun als gigantische Torsi nutzlos in der Gegend, und zwischen ihren Stümpfen fließt die Elbe.

Der Frieden, den der Hof der Festung atmet, täuscht, denn der Boden ist unfriedlich, man kann auch sagen: historisch, nicht nur Reuters wegen. 1627 kommt der Dreißigjährige Krieg in Gestalt Tillys nach Dömitz, 1631 erobert der General

Pappenheim die Festung, muß sie aber noch im gleichen Jahr wieder an den Schweden Lohhausen abtreten. Die Schweden sind nicht kleinlich; um freies Schußfeld gegen heranrückende Kursachsen zu haben, stecken sie 1635 die Stadt in Brand. So geht das weiter, bis weit ins siebzehnte Jahrhundert hinein: Belagerung, Eroberung, Belagerung, Eroberung. Die Dummen sind immer die Dömitzer Bürger. Später, 1805, geht es wieder los: Schill und d'Albinac, schließlich Lützow. Und nebenbei ist die Festung seit 1755 Zucht- und Irrenhaus. In dieser Eigenschaft sorgt sie für gründliche Abschreckung mit Hilfe des Volksmundes: »Uns Herrgott is ut, de sitt in Daems, hett Backbeeren stahlen!« Wenn die Kinder aufsässig wurden, hieß es: »Lur' up! Du kümmst na' Daems in't Lock!«

Der etwas schwülstige Konsistorialrat und Liederdichter Heinrich Julius Tode, der die Verhältnisse in Dömitz sicherlich kannte, veröffentlichte 1777 ein Pamphlet mit dem Titel »Dömitz, oder Das Seufzen der Gefangenen«, darin Verse wie:

> *Hier scheinet keine Sonne helle,*
> *Hierher verirrt sich nie das Glück,*
> *Hier tragen Leib und Seele Ketten,*
> *Jedwede Freud' erstickt der Ort - - -*

Davon ist keine Ahnung mehr auf dem Dömitzer Festungshof. Und das Tor steht immer offen.

4. Juni 18**, abends

Der Nebel wich erst gegen Mittag, dann Sonne und große Hitze. Höflichkeitsbesuch beim Bürgermeister; es ist von dem Plan zu einem Reuter-Denkmal die Rede, aber das Geld fehlt.

Nachmittags die Brücke besichtigt unter Führung eines Bahnmeisters. Der Eindruck ist kolossal. Ein Vorgriff auf das nächste Jahrhundert!

Heute abend Gesellschaft im Hause Spangenberg. Arzt, Apotheker, Pastor, ein Studienrat, ein pensionierter Geheimrat von Secken, der Bürgermeister. Der Pastor las, für meine Begriffe zu salbungsvoll, eine Stelle aus der »Stromtid« vor, jedoch in gutem Plattdeutsch. Die Tochter des Bürgermeisters spielte auf dem Klavier das Schondorfsche Lied, das mich an den Eisenacher Friedhof erinnerte. Flemming und ich tauschten bedeutungsvolle Blicke: sollte der ungehobelte Schiffseigner Ladewig recht haben mit seiner Beurteilung der Dömitzer Reuterverehrung?

Der Arzt, ein rotgesichtiger Mann namens Dr. Tolkmit, versuchte mich in ein Gespräch zu ziehen. »Wie wirkt Dömitz auf Sie?« fragte er und polierte die Gläser seines Klemmers. »Provinz, was, Herr Kollege? Na ja, Eisenach, das ist was anderes! Da kommen wir nicht mit!« – »Warum so bescheiden, Herr Tolkmit? Eine solche Brücke wie Sie hier haben wir in Eisenach nicht aufzuweisen! Der Fortschritt kommt nach Dömitz!« – Er machte eine wegwerfende Handbewegung. »Wissen Sie, wir sind auf den Fortschritt nicht so sonderlich erpicht. Wir möchten unsere Ruhe haben. Der Fortschritt bringt nur Unruhe. Als man die Brücke baute, hatten wir hier ein Lager von ein paar hundert Berliner und Leipziger Arbeitern. Pastor Weißmüller wollte sie zum Gottesdienst einladen – die haben nur gelacht! Sie würden kommen, wenn Bebel predigt, haben sie gesagt! Stellen Sie sich das vor! Einmal haben sie eine Versammlung gemacht, weil man ihnen angeblich die Löhne zu spät ausgezahlt hatte, und haben gedroht, sie würden den Herrn Oberbaukonducteur und den großherzoglichen Rendanten in die Elbe werfen, wenn bis mittags das Geld nicht auf dem Tisch läge! Das ist Ihr Fortschritt, Herr Kollege!« Er wandte sich brüsk ab und sprach den Abend kein Wort mehr mit mir. Er hält mich sicher für einen Sozialisten. Interessanter schon der Herr von Secken, der zwar mit »Herr Geheimrat« tituliert wurde, über dessen Beruf ich indessen nichts in Erfahrung bringen konnte. Will morgen Flemming fragen. Von Secken kannte sich bestens in politischen Fragen aus, brachte das Gespräch auf den Reichstag, auch auf Demmler, einen Freund Reuters, der der sozialistischen Fraktion angehöre und kürzlich, in einem Gespräch mit von Secken, behauptet habe, auch Reuter wäre Sozialist geworden, wenn er nicht im Reichtum erstickt wäre. Eine kluge Bemerkung: verändert der Besitz die Überzeugungen?

Morgen früh zurück nach Schwerin, die ganze Strecke mit dem Zuge, in Ludwigslust umsteigen.

Ich bin heute abend doch sehr müde und spüre die Anstrengungen der Reise. Wie kann Flemming mit seinen siebenundsiebzig Jahren so frisch sein? Ich muß ihn bewundern.

Flemming hat für morgen den Advokaten Hobein zu Tisch geladen oder zum Tee.

5. Juni 18**

Während heftige Gewitter niedergingen, mit der Bahn nach Schwerin zurückgefahren. Die Stadt glänzte naß in der Sonne, zauberhaft wieder jenseits des Pfaffenteichs der Turm der Schelfkirche, der sein grünes Kupferdach vor dem Hintergrund des abziehenden schwarzen Gewölks eitel zur Schau trug.

Zum Tee der Hofrat Hobein, ein langjähriger Bekannter Flemmings, vielseitig beschäftigt, auch in den Künsten, namentlich der Literatur, dilettierend. Wie F. erzählt hatte, umgab sich Hobein gern mit dem Glanz eines Weltmannes, und in der Tat, diesen Eindruck machte er, ich gehe noch weiter und möchte ihn einen Snob nennen, wie Thackeray ihn nicht besser hätte erfinden können. Der etwa Sechzigjährige trug sich sehr jugendlich; namentlich eine moderne, breite, mit wehenden Zipfeln versehene Krawatte, die in hellem Violett strahlte und zum Überflusse noch mit einem funkelnden Karneol geschmückt war, dazu das dunkelviolette Jackett zu der gestreiften Hose à la mode und mehrere große Ringe ließen den Eindruck des Stutzerhaften aufkommen. Nun mag es sein, daß ich in Dingen der Mode immer schon etwas prüde und zurückgeblieben war; niemals habe ich etwas anderes an meinem Halse geduldet als einen niedrigen, steifen Kragen und die schwarze Binde, Ringe wären mir ohnehin bei der Ausübung meines Berufes hinderlich gewesen, und was die Farbe meines Rockes angeht, so gestatte ich mir die Freiheit, zwischen schwarz und grau zu wählen. Aber Hobein! Er betrat Flemmings Teezimmer mit einer gewissen Grandezza, wie ein Schauspieler etwa die Bühne betritt, bemerkte sodann, daß die Szene nur von den zwei grauköpfigen Doctores belebt war und schlüpfte schnell in die Rolle des Kunstmäzens, die ihm auch nicht übel anstand.

Das Gespräch mit ihm entbehrte nicht der Komik, ich bin nicht sicher, ob meine Aufzeichnung desselben wirklich getreu ist oder sich nicht meine Ironie allzusehr zwischen die Zeilen mischt.

Hobein also betrat den Raum auf die beschriebene Weise, machte eine bühnenreife Verbeugung und setzte sogleich mit einer wortreichen Entschuldigung an. »Die Herren Räte« – so titulierte er uns tatsächlich! – »wollen meine Verspätung entschuldigen – Königliche Hoheit hatten mich überraschend zum Diner gebeten, wir besprachen die Besetzung einer Rolle in der neuen Operninszenierung ...«, dies etwa flötete er, und Flemming, der ihn ja kannte und zu nehmen wußte, quittierte die uns zuteil gewordene ehrenvolle Anrede, indem er Hobeins Hofratstitel benutzte, was diesem sichtlich wohltat. Er könne sich schon denken, meinte Flemming, daß Serenissimus lieber das Fräulein von Wolzogen in der Rolle der ‚Martha' sähe als die Dame Marquart. »Wie immer auf dem laufenden, Herr Geheimrat! Die Marquart hat zwar Stimme, was der Wolzogen zugegebenermaßen entschieden fehlt, aber die Marquart hat Falten am Hals und ist nicht mehr so ganz frisch, wenn Sie verstehen ... Die Wolzogen dagegen! A la bonheur! Figur! Flair!« Ich wollte und konnte meine Neugier nicht länger zügeln und fragte Hobein, wieso er so vorzüglich über das Hoftheater Bescheid wisse, wo ich doch der Meinung gewesen sei, er wirke als Advokat und Präsident einer hiesigen Bank? – Dieses sei er wohl, entgegnete Hobein und warf auch mir wieder meinen Geheimrat an den Kopf, indes nehme er auch noch die äußerst delikate Aufgabe eines Finanzkonsulenten des Hoftheaters wahr, wobei es seine Bestimmung sei, Serenissimum in Theaterangelegenheiten zu beraten. So habe er natürlich den größten Einfluß auf die Geschicke der Schweriner Bühne.

Flemming setzte sein Schelmengesicht auf, hob den Finger und rief mir, Hobeins Redefluß unterbrechend, zu: »Dieser Einfluß, lieber Freund, reichte leider nicht aus, meine Bühnenstücke ‚Otto I.‘ und ‚Otto II.‘ aufführen zu lassen. Der Herr Hofrat getraute sich nämlich nicht, mir als dem Autor klipp und klar zu sagen, daß meine Bühnenstücke nichts taugten!« – »Herr Geheimrat, Sie irren! Ihre Stücke waren exzellent! Das hatte Pfiff, Größe, Tiefe, Genie und Esprit! Nur: es waren zu viele Leichen darin, und wir konnten keinen Schauspieler finden, der bereit gewesen wäre, den Mörder zu spielen oder, was nämlich noch viel schlimmer ist, einen ganzen Akt lang tot auf der Bühne herumzuliegen. Aber literarisch: exquisit!«

Dieser Hobein gefiel mir, er spielte sich förmlich selbst, und seine Leidenschaft für das Theater, die er als Advokat schlecht befriedigen konnte, mußte so groß sein, daß er selbst in Flemmings Teezimmer das Spielen nicht lassen konnte. Neu war mir auch, daß Flemming Theaterstücke geschrieben haben sollte, und Flemming, danach befragt, hob entschuldigend die Schultern. »Was meine literarischen Qualitäten angeht, so sind sie durch meine schlechten Gedichte hinlänglich ausgewiesen. Ich bitte daher, über meine dramatischen Versuche den Mantel des Schweigens zu breiten!«

Hobein, jetzt auf das literarische Thema gebracht, wußte auch hier zu brillieren. Man sei in den sechziger Jahren in

Schwerin durchaus in einer höchst anregenden literarischen Begeisterung gewesen, es habe eine Reihe ausgezeichneter Lyriker gegeben, und ihm, Hobein, sei es vergönnt gewesen, die entzückenden Schöpfungen der hiesigen Dichter und auch einige bescheidene Musenkinder in einem in zwei Folgen erschienenen Almanache »Vom Ostseestrand« den Freunden der schönen Künste zu offerieren. Ich erinnerte mich an die Bücher, verschwieg jedoch meine Kenntnis und gab meiner Begierde Ausdruck, die Bücher anzuschauen. »Nur nicht! Nur nicht!« rief Flemming und fuhr fort, auch er habe zu des Hofrates lyrischer Hausapotheke beigetragen, und es seien nicht gerade wohlschmeckende Tropfen gewesen. »Geben Sie doch zu, lieber Hofrat: wir sollten auch diese beiden Büchlein unter den Mantel des Schweigens stecken, den wir schon über meine beiden Dramen gebreitet haben!«

Hobein indes wies dieses Ansinnen weit von sich, schließlich stünden auch einige Anekdoten darin, die Fritz Reuter ihm auf seine Bitte hin eingesandt habe. Dies freilich war mir neu, oder ich hatte die Anekdoten nicht gelesen. Jetzt jedenfalls mußte es sein, und ich bat Flemming, sich doch aufzuraffen und die beiden Bände aus dem Regal zu holen.

Reuters wegen, aber nur Reuters wegen, wolle er der Bitte stattgeben, sagte Flemming und verschwand in seinem Arbeitszimmer, von wo er, zwischen seinen Büchern suchend, durch die offene Tür herüberrief, die drei Anekdoten seien aber auch herzlich schlecht, sie seien bessere Kalauer, denen ich nicht ansähe, daß Reuter sie geschrieben, stünde nicht sein Name darüber.

Diese Äußerung erregte allerdings Hobeins Widerspruch. »Herr Geheimrat, Sie erzürnen mich!« warf er ein. »Sie zerreißen ja unsere Sammlung in der Luft! Die Kritik war damals nicht schlecht! Sogar die Evangelische Kirchenzeitung lobte das Unternehmen!« Flemming kam zurück und blies den Staub von den Bändchen. »Die Evangelische Kirchenzeitung muß ein Unternehmen loben«, sagte er in aller Ruhe, »wenn darin Verse zu finden sind wie die folgenden – ich zitiere:

Ein Bächlein sprang vom Bergesrand
Hinab zum kühlen Grund;
So munter lief's die Wies' entlang,
Küßt' alle Blumen bunt. –

Von mir, zu dienen!«

Flemming machte »Brrr!« und schüttelte sich. »Nein, Hobeinchen, das ist doch keine Literatur, das war, wie Sie 's schon richtig nannten, die ‚literärische Begeisterung', blanker Dilettantismus, weiter nichts!«

Hobein sprang auf, entriß Flemming die Bände, warf einen dabei zu Boden, schlug den anderen zielsicher auf und stellte sich in Positur. »Neinneinneinnein!« rief er aus. »So mancher Vers aus heißem Dichterherzen steht auf diesen Blättern. Hören Sie zu, meine Herren Räte!«

Er streckte jetzt, seiner Weitsichtigkeit wegen, das Bändchen mit der linken Hand weit von sich, preßte die Rechte aufs Herz, warf den Kopf zurück und rezitierte mit theatralischer Geste, wobei ihm die Schlippen seiner violetten Krawatte um das Kinn flatterten:

»*Anna, min Kind!*
Nach Robert Burns. Von mir.
Wo lut de Lewark süng,
Anna, min Kind –
As ick früh morgens güng
Mit Tasch un Flint.
De helle Sünn, de schien
Wit in de Feller rin:
So sall din Morgen sin,
Anna, min Kind!«

Flemming rang die Hände. »Ich bitte Sie, Herr Hofrat, halten Sie ein! Seien Sie gnädig! Sie übernehmen sich! Es ist ja gut! Wir sind ja längst überzeugt von Ihren immensen poetischen Fähigkeiten!«

Hobein tat konsterniert. »Wenn Sie nicht mein alter Freund Flemming wären, verehrter Herr Geheimrat, der Arzt meiner armen verwirrten Gemahlin – ich hätte jetzt meinen Hut genommen und wäre gegangen. So aber geht er immer mit mir um«, wandte sich Hobein mit sorgenvollem Gesicht an mich, »ich bin es gewöhnt. Es ist das Schicksal der verkannten Dichter, daß die Gasse sie verhöhnt!«

Flemming geriet zusehends in fröhliche Rage. »Unser guter Hofrat Hobein glaubt eben an seine Sendung! Ihm wird Mecklenburg dereinst einen dichterischen Olymp verdanken! Er sammelt alles, was nur irgendwie nach Poesie riecht, in seinem lyrischen Blumengarten. Vor allem die Damen! Henriette von Bissing, Lina Graff, Auguste Zink – vor allem die letztere! Hobein, das Buch her!«

Er kopierte Hobeins Haltung und säuselte, während ich vor Lachen fast barst:

>*»Die Hoffnung ein grüner Baum*
>*Am duft'gen Waldessaum*
>*Mit Blüten so dicht –*
>*Der so vieles uns verspricht.*

>*Die Erinn'rung ein dürres Blatt,*
>*Das man bewahrt sich hat*
>*Im alten Buch. –*
>*Es gab der Täuschung genug!«*

Mit wachsendem Vergnügen sah ich diesem Dichterstreit zu und bemerkte sogar bei Hobein gelegentlich, daß er sich im Innersten wohl gern der Meinung Flemmings über seine Ostseestrand-Almanache angeschlossen hätte, nur die Eitelkeit hinderte ihn daran. So unternahm er denn einen letzten Versuch zur Rettung seiner Ehre und trumpfte mit einer Dichtung John Brinckmans auf, betitelt »König Rolf« und im Stile einer altenglischen Ballade gehalten, aber auch das verschlug nicht, *dieses* Gedicht würde wohl kaum den Nachruhm Brinckmans ausmachen, dann schon eher, wie Flemming und ich gleicher Meinung waren, der Roman »Kasper-Ohm un ick«, den ich auf Reuters Empfehlung zu lesen versucht hatte. Hobein also unterlag im Streit um den Almanach und bemühte sich nun, durch die Herausstellung anderer Leistungen sein Gesicht zu wahren. Reuter, so erzählte er, habe ihm auf seine Bitte jene drei Anekdoten eingesandt, schließlich habe er ja mit Reutern auf vertrautestem Fuße gestanden, schon in den Neubrandenburger Jahren des Dichters habe er die Ehre gehabt, das Du mit ihm zu tauschen. »Immer langsam, Herr Hofrat!« Flemming konnte es nicht lassen, er mußte dem eifrigen Hobein endgültig den Teppich unter den Füßen hervorziehen. »Die Anekdoten hat er Ihnen auch erst gesandt, nachdem Sie ihn mindestens dreimal gemahnt hatten, und später haben Sie ihm auch recht kräftig Maß genommen, mein Lieber!« – »Nun ja, er entwickelte sich doch anders, als ich es erwartet hatte!« Hobein setzte eine Gelehrtenmiene auf. »Seine Poesie war oft nicht frei von den Schlacken des Gewöhnlichen, und wenn ich nach der Lektüre von ‚Hanne Nüte' hoffen durfte, Reuter würde mehr und mehr einer Verfeinerung seiner Poesie nachstreben, so sah ich mich nach der ‚Stromtid' wieder enttäuscht: da war wieder jene allzu große Anbiederung an die Redeweise der niederen Schichten, da war wieder viel Gewöhnliches und wenig Poetisches, und ich war traurig darob.« Nun hatte dieser Unglücksrabe auch meinen Widerspruch heraufbeschworen, denn, so gab ich ihm zu bedenken, schließlich habe die Tiedge-Stiftung ihren Großen Preis gerade für die »Stromtid« an Reuter verliehen, und das wäre doch sicher nicht geschehen, wenn es dem Buche an Poesie gemangelt hätte?

»Die Tiedge-Stiftung sitzt in Leipzig, und sie urteilt nach dem Erfolg!« Hobein marschierte jetzt mit bestimmtem Schritt diagonal durch Flemmings Teekabinett. »Der Erfolg des Buches war beträchtlich, und so bekam er den Preis. Mecklenburg aber hat er mit seinem Buch einen schlechten Dienst erwiesen. Seine Königliche Hoheit spricht nie von diesem Werk, stets nur wünscht die Großherzogliche Familie, aus den unübertrefflichen ‚Läuschen', aus ‚Hanne Nüte', aus dem ‚Dörchläuchting' vorgelesen zu hören!«

Da hatten wir es ja wieder. Ich tauschte mit Flemming einen verständnisinnigen Blick. Ja, das war's. Wo er in die Idylle geriet, da lobte ihn die Gesellschaft. Wo er kritisch ward, lehnte sie ihn ab.

Hobein beharrte auf seinem Standpunkt und zitierte gar Klaus Groth als seinen Zeugen. In jenem unseligen Streit, so Hobein, den zu schlichten ihm leider nicht vergönnt gewesen sei, habe Groth immer wieder hingewiesen auf die unverfeinerte Sprache, auf die Grobheiten der Reuterschen Dichtung, auf das Ungehobelte in seinen Werken. So sei er, Hobein, sehr froh gewesen, daß Reuter ihm für seinen Almanach jene drei hochdeutschen Anekdoten gesandt habe.

War das nicht eher ein Zeichen von Ignoranz, die Hobein da den Werken Reuters entgegenbrachte, und zugleich ein Zeichen von Ignoranz, die Reuter gegenüber dem Hobeinschen Almanach zeigte? Er ignorierte die Bedeutung des Almanachs, indem er diese belanglosen, schwachen Stücke, noch dazu in hochdeutscher Sprache, an Hobein einsandte, und Hobein ignorierte die Bedeutung Reuters als plattdeutscher Dichter, indem er die Schmonzetten druckte und das Plattdeutsche durch die unsäglichen Dichtungen einer Lina Graff vertreten sein ließ. Nur und nur Plattdeutsches hätte Hobein von Reuter verlangen sollen!

Flemming, wie um meine Überlegungen zu beweisen, blätterte in den Büchelchen herum. »Meinen Sie wirklich, lieber Herr Hofrat, dies sei Reuter? Gewiß, er hat es zwar geschrieben, aber er hat es wohl aus seiner untersten Schublade hervorgeholt, als Sie ihn wieder und wieder drängten! Ich zitiere: Anekdote 2. Der alte Kurfürst von Hessen, der das Glück hatte, die Gräfin von Reichenbach als Maitresse zu besitzen, oder, wie die Sachsenhäuser sagen, als ‚Matrasse', wohnte bekanntlich zuletzt in Frankfurt am Main. – Eines Tages fährt die Dame seines Herzens in einem Boot mit ihren Kindern auf dem Main spazieren. Als die Fahrt beendet ist und das

Boot angelegt hat, hebt der biedere Sachsenhäuser, der die Fahrt geleitet hat und der Meinung ist, daß die Charge der Frau Mama sich auf die Kinder vererbe, die letzteren mit den Worten aus dem Boot: ‚Na, denn kommt man her, ihr kleinen Matrazzerches!'«

Flemming klappte das Buch zu und sah Hobein an. »Nun sagen Sie selbst, Hofrat: hat das Geist, Flair, Witz? Das ist nicht nur dumm, das ist sogar schlecht!«

»Wenn er mir doch aber nichts anderes sandte ...« — »Hätten Sie's eben nicht gedruckt! Ohne diese Anekdoten aus Reuters Schublade wäre Ihr Almanach weder besser noch schlechter geworden. Aber ich sag's Ihnen auf den Kopf zu, lieber Hofrat, und wir sind so lange Freund miteinander, daß Sie keinen Anstoß daran nehmen werden: Sie wollten Reutern unbedingt in Ihrem Buche haben, weil sonst die Kritik geschrien hätte: Was, ein Almanach mecklenburgischer Dichtung ohne Reuter? Nun?«

Hobein setzte ein etwas verlegenes Lächeln auf. Flemming gehe doch wohl zu arg mit ihm um, und nur seinem vorgerückten Alter halte er es zugute. Sonst müsse er ihn auf Pistolen fordern, das wisse er wohl! Nun aber, um doch wenigstens eine kleine Rache zu nehmen, werde er das gastfreundliche Haus nicht verlassen, ehe nicht eine Flasche Champagner aus dem, wie er wisse, wohlgefüllten Keller heraufbeordert worden sei, denn das Diner bei Seiner Königlichen Hoheit sei doch entschieden zu stark gewürzt gewesen ...

Nun, dies geschah. Hobein, strahlendster Laune, verzehrte genüßlich den Löwenanteil des Sektes und erzählte dabei, mit seinen Ringen funkelnd, die haarsträubendsten neuesten Schweriner Skandalgeschichten, daß nämlich ein Fräulein von Malzahn mit einem Buffo durchgebrannt sei, daß man dem Ersten Liebhaber des Hoftheaters bei einem Tête-à-Tête mit einer Ballettratte im Chambre séparée des Weinhauses Uhle die goldene Taschenuhr, mit eigenhändiger Widmung des Landesfürsten, gestohlen habe und — man merke auf! — daß der Hofmarschall von Benke eine Liaison mit einer Näherin gehabt, die nicht ohne Folgen geblieben sei: Zwillinge. Daraufhin solle die Frau Hofmarschallin den Gatten eigenhändig mit einem Parapluie gezüchtigt haben, in Anwesenheit verschiedenster Hofdamen. Man denke!

Es wurde noch ein köstlich-kurioser Abend, zumal der Boutille bald eine zweite und eine dritte folgten und wir in rechte, fast studentische Stimmung gerieten: drei Grauköpfe, die sich teutonisch auf die Schenkel schlugen.

Nun aber verlangt die Natur ihr Recht: das Bett zieht mich unwiderstehlich an. Voila! Schwabe, der Sekt war nicht übel! Nun aber troll dich in die Federn!

6. Juni 18**

Traumlos geschlafen, war wohl der Sekt. Beim Überlesen des Gestrigen: daß mir die Aufzeichnung des putzigen Gespräches mit dem unterhaltsam-mokanten Hobein noch gelang, beweist, daß wir doch aber die Grenze des zuträglichen Maßes bei unserer gestrigen »Ausschweifung« nicht überschritten.

Heute keine besonderen Pläne, Spaziergänge, Ruhe. Und morgen auf die Reise nach Süden, heim ins schöne Eisenach, das mich nun doch wieder ruft.

Eduard Hobein erweist sich bei näherem Hinsehen
als ein Mann, dessen Produktivität zunächst höchstes Erstaunen hervorrufen muß. Kronzeuge dafür soll der weiland Großherzoglich-mecklenburgische Regierungsbibliothekar Dr. Carl Schröder sein, dessen Verdienst sich nicht in der Reorganisation der von 1885 bis 1914 von ihm geleiteten Bibliothek erschöpft. Die ausschließlich bibliothekarische Tätigkeit der Bibliothekare ist ohnehin nicht geeignet, den Ausübern dieses Berufes zeitlich überdauernden Ruhm zu sichern. Die Bibliothekare kommen und gehen, die Bücher bleiben. Im Laufe der Jahrhunderte häufen sie sich an, sprengen die ihrem Zeitalter angemessenen Raumverhältnisse, überschwemmen unaufhaltsam Magazine und Stapelplätze, sie quellen wie der verzauberte süße Brei in dem Märchen der Gebrüder Grimm aus den Köpfen der Gelehrten und Dichter hervor und verlangen kategorisch ihren Platz in den Regalen und Katalogen. Bibliothekare, seit Jahrhunderten, katalogisieren, registrieren, signieren und resignieren: wohin die Flut lenken? Der selbstauferlegte Zwang, wenigstens auf einem Gebiet vollständig zu sammeln, erzeugt zugleich die Ohnmacht des Bibliothekars im Angesicht des bedruckten Papiers, das wie ein Moloch in die Säle der Bibliotheken einbricht und jeden Winkel freien Platzes hemmungslos verschlingt.

Jedes bibliothekarische Jahrhundert indes fand seine (Not)-lösungen. Zufrieden mit ihrer Lebensleistung, sanken Generationen von Bibliothekaren in den Staub des Vergessens; die Geschichte dachte ihrer kaum: sie hielt sich an die Bücher. Und während die Literatur Säle fraß und Reiche überdauerte, tausend- und längerjährige, starben die Bibliothekare wie die Milben in den alten Pergamentbänden dahin. Schröder mußte von jener Quelle bibliothekarischer Melancholie Kenntnis haben; er verstand daher seine Aufgabe auch als ein gebündeltes Weitergeben von Spezialwissen, er gehörte nicht zu jenen Vertretern seines Standes, die im Laufe eines langen Berufslebens und durch die ständige Beschäftigung mit einem Spezialgebiet eine Fülle von seltenen Kenntnissen in ihrem Kopf anhäufen und diese mit ins Grab nehmen. Schröder tat nicht so; er verfaßte aus dieser seiner Kenntnis heraus ein bis heute nicht erneuertes oder gar wiederholtes Werk: »Mecklenburg und die Mecklenburger in der schönen Literatur«, das 1909 als Teilband von Süsserots Mecklenburgischer Geschichte erschien. Auf 488 Seiten und, wie es sich für ein von einem Bibliothekar verfaßtes Buch gehört, mit einem Register ausgestattet, gibt es Auskunft über die literarische Produktion von rund 850 Frauen und Männern. Natürlich wertet Schröder mit der nonchalanten Haltung des intimen Kenners, in Halbsätzen wie »... doch wohl nur als Ausdruck eines schwachen Talents ...« oder »... braver Mann, doch schlechter Musikant ...« wird mancher Dichter und Dichterling aus dem Hades hervorgezerrt, mit spitzen Fingern ans Licht gehoben, durch die bibliothekarische Brille mokant betrachtet und mit dem Ausdruck des Mißfallens wieder versenkt. Was tut's: man muß sich Schröders Meinung nicht immer anschließen – der Fakt indes zählt. Seinen Lieblingen widmet der Doktor, dessen Porträt noch heute etwas ironisch auf die Vorgänge im Arbeitszimmer seines Amtsnach-nach-nach-nachfolgers in der Schweriner Bibliothek herabschaut, meist mehrere Seiten; Reuter bekommt sehr viel Platz und wird von Schröder, der noch während Reuters Lebenszeit geboren war und sich durchaus als Zeitgenosse des Dichters verstehen konnte, stets und immer wieder als Maßstab der Bewertung dichterischer Leistungen kleinerer und größerer Geister hergenommen. Auch Brinckman und Heinrich Seidel erfahren bedeutsame Würdigung. Was diese Haltung angeht, nämlich das Beste zum Maßstab für alles zu machen, so kann ich Schröder nur zustimmen. Seine Wertungen sind in vielen Fällen richtig gewesen, aus unserer heutigen Sicht betrachtet. Und wo er sich irrte, irrte er sich charmant. Dies ist eine Kunst, die gekonnt sein will. Aber was rede ich da von Schröder, es sollte doch von Hobein die Rede sein. Schröder befragend und die Sammlungen der Schweriner Bibliothek, können wir also das Nachfolgende mitteilen.

Eduard, genauer: Wilhelm Ludwig Eduard Hobein, Sohn

des Schweriner Advokaten Ludwig Theodor August Hobein, geboren am 24. März 1817 zu Schwerin, studierte die Rechte und eröffnete 1845 eine Anwaltspraxis in seiner Vaterstadt. Über seine Frau Auguste, geborene Weber, die er 1860 in zweiter Ehe heiratete, trat er gewissermaßen in halbverwandtschaftliche Beziehungen zu Fritz Reuter, denn jene Auguste war eine Großnichte des Stavenhäger Amtshauptmanns Weber, Reuters Patenonkel. Wie weit sich diese Tatsache später auf Hobeins eifersüchtiges Werben um Reuters Freundschaft ausgewirkt hat, wollen wir dahingestellt sein lassen.

Hobein erstieg die Stufenleiter der gesellschaftlichen Reputation in der großherzoglichen Residenz sehr schnell. Er redigierte neben seinen Rechtsgeschäften seit 1845 das *Freimütige Abendblatt,* eine Schweriner Zeitung liberalen, aber durchaus herzogstreuen Zuschnitts, die allerdings 1849 im Gefolge der verunglückten Revolution einging. Früh spürte Hobein den Hang zur Kunst, schon 1845 verfaßte er ein Trauerspiel »Ulrich von Hutten«, das ihm wohl die später so erfolgreichen Beziehungen zum Schweriner Theater eröffnete. Jedenfalls finden wir den Advokaten Hobein um die Mitte der fünfziger Jahre bereits als »Konsulenten« des Hoftheaters, in welcher Eigenschaft er die Finanzen dieser Anstalt zu revidieren hatte. Die mecklenburgische Regierung beruft ihn wenig später auch zum Kommissar der Mecklenburgischen Hypotheken- und Wechselbank und verleiht ihm den Titel eines Hofrates. Nebenher aber reitet der Herr Hofrat sehr eifrig seinen Pegasus. Schröder zählt immerhin zwölf von Hobein verfaßte oder herausgegebene literarische Werke auf, darunter Libretti zu Tonschöpfungen Friedrich von Flotows, ein Ballett »Tannkönig« und einen Operntext »Johann Albrecht«, die beiden Jahrbücher »Vom Ostseestrand«, mit Reuters mäßigen Texten darin, ferner plattdeutsche Gedichte unter Titeln wie »Feldflüchters« oder »Allerhand. Wat tom Lachen, wat ok nich«, hochdeutsche Gedichte in mehreren Bänden. Hobein gilt zeitweise als das Zentrum des, wenn auch mäßigen, literarischen Lebens in der Residenz. Er fühlt sich berufen, auch in der Angelegenheit der niederdeutschen Dichtung ein Wörtchen mitzureden, versucht, zwischen Klaus Groth und Fritz Reuter in deren altem Streit zu vermitteln, soll sich gar verstiegen haben, einen plattdeutschen Dichterkongreß einzuberufen, auf welchem eine einheitliche plattdeutsche Orthographie und Grammatik zu beschließen wäre – Reuter indes winkt höflich dankend ab. Hobein in seiner ameisenhaften Geschäftigkeit und seiner Kunstbeflissenheit scheint ihm unheimlich gewesen zu sein. Hobeins und Reuters ganz unterschiedliche Denkweise hat Carl Schröder trefflich deutlich gemacht mit Hilfe zweier Zitate, die den Schluß seines Buches bilden:

Im Jahre 1870 klagte Eduard H o b e i n *in einem der zahllosen Gedichte, in denen die niederdeutschen Poeten ihre »Plattdütsche Muddersprak« verherrlichen zu müssen geglaubt haben:*

As ik di segg: ein jedes Ding hett sine Tiet,
So is dat leider ok mit't plattdütsch Reden;
Allwiel befind't et sick mit'n Hochdütsch noch in Striet,
Doch hett dat Hoch all siegt up veele Steden.
Man kann woll seihn, de Tiet kümmt ümme neger ran,
Worin dat letzte plattdütsch Wurt ward heidi gahn.

»Aber wenn's denn sein soll« sagt R e u t e r, *»so soll sie«* – *die plattdeutsche Sprache* – *»mit vollem Gesang und unter Glockenklang zur Gruft bestattet werden, und die nachfolgenden Geschlechter mögen dereinst an ihrem Grabhügel beten.«*

Es sind seit diesen Äußerungen Hobeins und Reuters mehr als hundert Jahre ins Land gegangen, die dieser Sprache ihre Spuren eingegraben haben. Der Grabhügel ist nicht aufgeschüttet, und das letzte plattdeutsche Wort ist, um mit Hobein zu reden, noch keineswegs »heidi« gegangen, wenn auch die Befürchtungen immer noch die gleichen sind.

Hobeins Nachlaß, von seinen Erben zusammengetragen, befindet sich heute in der Schweriner Bibliothek. Bedeutend für die kulturhistorische Forschung ist dieser Nachlaß weniger wegen der Hobeinschen Manuskripte, sondern wegen der zahllosen Briefe, die Hobein von seinen Zeitgenossen empfing. Neben Briefen Reuters enthält der Nachlaß auch ein Exemplar von Fritz Reuters Ehrenpromotionsurkunde der Universität Rostock und die Manuskripte jener schwächlichen Anekdoten, die Reuter zu Hobeins Jahrbuch beigesteuert hatte. Briefe von John Brinckman, Klaus Groth und Heinrich Seidel, aber auch von Persönlichkeiten wie Friedrich von Flotow, Emmanuel Geibel, Theodor Fontane stecken in den säuberlich beschrifteten Tüten. Freilich ist der Inhalt der Briefe meist recht belanglos, ihre Gesamtheit indessen bietet ein anschauliches Bild der Zeit, die Eduard Hobein zu eigenem Ruhme trefflich zu nutzen verstand.

Hobeins Grab findet sich, wenn auch in einem recht desolaten Zustande, auf dem alten Friedhof zu Schwerin, dessen Erde auch die Asche einer ganzen Reihe anderer Zeitgenossen Reuters deckt. Hobein starb am 28. Mai 1882.

Lieber Flemming!

Die Reise war gut, ich bin wieder daheim und
beginne, mich an Frau Löbels resolutes Wirtschaften zu
gewöhnen. Ich will mich nicht beklagen, denn es kann einem
alten Knaben nicht schaden, wenn er mit einiger Strenge auf
seine Notwendigkeiten hingewiesen wird. So mußte ich
nämlich gestern mein Arbeitszimmer räumen, weil Frau Löbel
das Waschen der Gardinen befohlen hatte und Miene machte,
diesen Befehl auch stracks und höchstpersönlich auszuführen.
Ich kann mich, lieber Freund, wirklich nicht erinnern, daß
Kruse solche Attentate auf mich verübte; aber siehe, als ich
am Abend wieder hineindurfte, glaubte ich, die gute Frau
habe neue Gardinen vor die Fenster gehängt – sie waren
plötzlich weiß, und ich hatte sie doch braun in Erinnerung!

Was das Aufhängen der Gardinen angeht, so kann ich mich
um so lebhafter an die Prozedur erinnern, wie sie in Reuters
Haus nach dem Einzuge in die Villa vor sich ging, und damit
bin ich bei der Erfüllung meines Versprechens, das ich Ihnen
noch auf dem Bahnhofe in Schwerin gab: nämlich Ihnen von
diesem Einzug Mitteilung zu machen. Ja, das war wahrhaftig
ein Triumph, der da aus Frau Luises Augen strahlte, als sie
auf ihrer Loggia stand und die Fuhrleute und Packknechte
dirigierte. Es war der erste April 1868, die Sonne schien
frühlingswarm durch das frische Grün der Bäume, und Reuter,
in Weste und Hemdsärmeln, stand im oberen Teil seines
Gartens, den Jühlke schon mit den besten Pflanzen und
Bäumchen versorgt hatte, und blickte grüblerisch auf seine
»Kavalleriekaserne«, die sich nun tatsächlich gefällig und
vollkommen fertig, innen wie außen, auf dem abschüssigen
Hang erhob. War's möglich? War das sein Haus? Aber weil
es ja seine Luise war, die da lauthals die Anweisungen erteilte,
so mußte es ja auch sein Haus sein ...

Ich hatte mich mit Severus Ziegler verabredet, um den
Reuters zu ihrem Einzuge zu gratulieren. Wir kamen aber
eindeutig zu früh, denn als ich mit Ziegler den Weg auf das
Haus zuging, einen Tulpenstrauß in der Hand, mußten wir

flink beiseite springen, um den abfahrenden Packwagen Platz zu machen, die mit dampfenden Pferden und fluchenden Kutschern die Einfahrt herunterpolterten. Wir fanden Reuters in der allerschönsten Unordnung vor, Frau Luise mit hochroten Wangen und aus der Fassung geratener Frisur und ihn, seinen neuen, sehr ungezogenen Hund Joli auf dem Arm, ohne Brille – ein ungestümer Packer hatte sie ihm tolpatschig von der Nase gestoßen – und mit allen Anzeichen des Verdrusses in der Miene. Als er unserer ansichtig wurde, heiterte er sich auf, setzte den komischen Hund zu Boden und begrüßte uns. »Denken Sie wohl, wir können zaubern? Wer so früh kommt, muß anfassen. Hopp, meine Herren. Da steht ein Wäschekorb!« So blieb uns denn nichts anderes übrig, als das bleischwere Ding – es enthielt wohl verpacktes Porzellan – die Treppe hinaufzuschleppen. Oben, im Salon, der überaus prächtig geraten war und, wie es den Anschein hatte, schon vollständig eingeräumt mit schönen, ganz neuen Nußbaummöbeln prunkte, bat man uns, Platz zu nehmen, doch wir wollten zunächst eine Ortsbesichtigung vornehmen, die uns auch verstattet wurde. Reuters Arbeitszimmer war noch nicht komplett, es fehlte der Schreibtisch. »Soll es nun doch ein neuer Schreibtisch sein, mein Freund?« fragte Ziegler und wies auf den leeren Platz am Fenster. »Luise meint, es soll ein neuer sein. Was mich angeht, ich hätte den alten noch einmal leimen lassen, aber ich habe, wie Sie sich denken können, in diesen Dingen nicht das Sagen!« Frau Luise hängte sich bei ihrem Manne ein und machte den Eindruck einer vollkommen zufriedenen und glücklichen Frau. Sie zupfte ihm Holzwollefäden aus dem Bart und klopfte den Staub von seiner Weste. Reuter lächelte duldsam und legte ihr seinerseits den Arm um die Schultern. »Meine Frau sorgt für mich wie eine Mutter. Ob du wohl jetzt irgendwo einen Sherry findest, den wir den Herren anbieten könnten? Und sind nicht auch Zigarren da?«

Luise lief behende aus dem Zimmer, um mit Lisette zu verhandeln, die jedoch wenig Neigung verspürte, in der totalen Verwirrung des Hausrates nach Sherry und Zigarren zu suchen, zumal sie anscheinend ganz andere Sorgen hatte. »Der Hundeköter, fidonk, hat mich ein Haufen in meine Küche gemacht! Muß man in eine Haus leben mit diese Vieh!« zeterte sie gerade. Reuter warf lachend die Tür zu, wir setzten uns rund um die Stelle, wo offensichtlich der Schreibtisch stehen sollte, einen freien Raum vor dem Fenster, der schon von einem Pfeifenständer rechts und einem Aktenbock links flankiert war und der sogar schon den Schreibtischsessel in richtiger Anordnung enthielt. »So geht mir das! Von Schreiben keine Rede! Der alte Schreibtisch ist an den Baurat Dittmar geschenkt worden, der neue erst nächste Woche fertig. Keine Brille, den Deuwel ok! Nicht mal meine Zigarren kann ich suchen, und Briefe muß mir nun wohl Lisette vorlesen, bis der Optikus die neue fertig hat, wird auch eine Woche vergehen. Gut, daß ich jetzt wenigstens den Garten habe, um dem Weiberregiment zu entgehen! Die Erde fühle ich auch ohne Brille!« Inzwischen kam Frau Luise zurück, sie hatte tatsächlich den Sherry gefunden und gar noch eine Zigarrenkiste unter den Arm geklemmt. »Was du schimpfst, lieber Fritz!« rief sie und schenkte ein. »Es ist doch alles da, sogar die Zigarren! Nur« – sie machte eine kleine Pause –, »nur: der Hund ist weg!« – »Was? Joli ist weg? Dieser Deuwelsköter!« – »Lisette hat ihn hinausgeworfen, denn er hat wieder einmal die Küche beschmutzt!« – »Und nun?« – »Sie will kündigen, wenn er wieder das Haus betritt!« – »Der Hund?« Reuter freute sich, rieb sich die Hände und riß an seinem Bart. »Dieser proletarische Teufel! Ist wieder in seinen Pferdestall gerannt! Hat keinen Sinn für das Höhere! Es paßt ihm noch nicht so recht, aus dem dumpfen Pferdestall in den lichten Dichterhimmel versetzt zu sein! Immer, wenn er etwas anrichtet –« – »... und er richtet täglich etwas an, mein lieber Fritz, das darfst du wohl nicht verschweigen!« – »Gewiß, gewiß. Er scheint zu wissen, daß ich die Schläge kriege, die ihm gebühren. Also, immer wenn er etwas anrichtet, büxt er aus und verkriecht sich in seinem Pferdestall bei den Mähren des Droschkenkutschers Griesebarth. Und ich kann hinrennen

und ihn wiederholen. Neulich hat er mir auf der Karlsstraße fast zwei Damen umgeschmissen, weil er ihnen die Hundeleine um die Beine wickelte, und einem Bengel, dem er vor die Front sprang, fiel vor Schreck der Milchtopf aus der Hand...« – »Voll?« fragte ich. »Natürlich! Es kostete mich zwei Silbergroschen! Ein Prachthund! Wahrhaftig!« – »Fritz macht sich zum Gespött von ganz Eisenach. ,Der Herr Doktor Reuter hat sich ja jetzt einen Hund zugelegt', sagen die Leute, ,das ist vielleicht ein Tier! Der Herr Reuter, der berühmte Dichter, rennt wie ein Straßenbengel mit wehenden Rockschößen hinter seinem ausgebüxten Kläffer her!' Hast selbst Schuld, Fritz!«
– Wir lachten, Reuter strahlte und erklärte mit feierlichem Gesicht, er werde den Burschen schon noch zähmen, das sei doch wohl ein Kinderspiel für ihn als alten Landmann. Er habe schon ganz andere Bestien dressiert, in Siedenbollenthin, bei Peters, habe er einmal einen Köter im Walde aufgegriffen, völlig verwildert und halbverhungert, der habe nach vier Wochen dem Inspektor die Peitsche nachgetragen! Reuter schwadronierte von seinen Hundeerlebnissen und bekam langsam glänzende Augen. Er hätte wohl jetzt in aller Behaglichkeit alle Hundegeschichten seines Lebens erzählen mögen, er fuhrwerkte mit der brennenden Zigarre in der Luft herum und verfiel schnell ins Plattdeutsche. »Nee, mine leiwen Frün'n, wat ick mi hœg', dat ick nu wedder 'n Goren heww un 'n Hund, dat kœnt ji juch gor nich vörstellen!«

Luise holte den begeisterten Mann schnell wieder auf den Boden der Tatsachen zurück, verbat sich das Herumfuchteln mit brennenden Zigarren auf ihren neuen Teppichen, wenn er fuchteln wolle, möge er doch standepede in »sinen Goren« gehen, und auch Ziegler trug zur Dämpfung der Euphorie bei, indem er ernsthaft und geschäftsmäßig mehrere Wechsel seiner Brieftasche entnahm.

»Der Herr Bankier will schon wieder Geld? Haben wir denn das verdammte Haus immer noch nicht bezahlt?« – »Doch, doch, lieber Reuter, keine Angst, es sind die letzten zweitausend Taler... Dann ist alles beglichen!«

Reuter unterschrieb, mangels Schreibtisch, auf dem Fensterbrett, wedelte seiner Frau mit den Wechseln unter der Nase herum und meinte: »Wenn ich's recht bedenke, hat mich mein Luisentempel doch ein paar tausend Talerchen mehr gekostet, als Bohnstedt vorangeschlagen hatte!« – »Fritz! Luisentempel!! Tust ja grad, als wär' das ganze Haus für mich gebaut!« Frau Luise war sichtlich verletzt, sie setzte ein böses Gesicht auf. »Und das hier? Dein schönes Arbeitszimmer?« – »Haha! Nich mal 'n Schreibtisch in un denn noch de Brill intweismäten un denn nich mal in min eigen Stuw mit de Zigarr' rümlopen is mi gestattet! Nee, Wieschen, nee, min lütt' Slusohr, is jo gaud, ick segg' jo gor nix!«

Nein, heute war Reuters gute Laune anscheinend durch nichts zu verderben. Allerdings hatte er sich öfter Sorgen gemacht wegen der doch erheblichen Kosten dieses Hausbaus, zugleich aber hatte sein anhaltender Erfolg seine Bedenken wieder zerstreut, und Ziegler war bemüht, Reuters Geld gut anzulegen. Welche Pracht war hier nun entstanden, welch ein glänzendes Haus! Würde er hier schreiben können? Würde seine angegriffene Gesundheit sich hier, in der sonnigen Lage des Hauses, bessern? Ich setzte meine Hoffnungen am meisten auf den Garten, auf die tägliche Arbeit an frischer Luft, und auf den Hund, der seinen Herrn zwang, sich ausgedehnteren Gängen zu fügen. Ich sagte deshalb nichts gegen Joli und hoffte mit Reuter, er würde sich doch noch dem Reuterschen Hause anpassen und sich seiner Pferdestallgewohnheiten nach und nach entledigen.

Für heute wollte ich mich verabschieden, auch um Reuters geschäftliche Besprechungen mit Ziegler nicht zu stören. Reuter hielt jedoch meine Hand fest, sah mich an und sagte, ganz ernst und leise: »Sie bleiben mir doch auch in diesem Hause treu, lieber Doktor?« Ich versprach's und wurde zugleich eingeladen, an einer kleinen Feier zum Einzug, die am zu erwartenden Sonntage mit ein paar Freunden stattfinden sollte, teilzunehmen. »Sie kommen doch?« – »Gewiß, gnädige Frau. Es ist mir ein Vergnügen!« – »Sie sollen sehen, wie das Haus dann in allen Winkeln glänzt, Herr Doktor! Wenn Reuters neuer Schreibtisch da ist, wenn wir alle unsere Bilder aufgehängt haben, wenn erst die Teppiche auf der Treppe liegen ... Hier hinaus, bitte!«

So ging ich den kurzen Weg zu meinem Haus, behielt des herrlichen Wetters wegen meinen Hut in der Hand, und freute mich.

Übrigens standen, als ich aus der Villa trat, schon wieder Gaffer auf dem Weg unter dem Garten; ungeniert zeigten sie mit Stöcken und Fingern auf das Haus, machten Bemerkungen zu dem Monogramm »FR« über der Terrasse und unterhielten sich laut über den großen Mann, der in diesem Hause wohnte. »Das hat hübsch ein paar tausend Taler gekostet, das Haus!« sagte gerade jemand und sah mich dabei aus der Ferne fragend an, als erwarte er irgendwelche Erklärungen. Ich befürchtete damals schon, es würde immer so bleiben, denn so schön die Lage des Hauses war, hatte sie doch den Nachteil, direkt am Wege zur Wartburg zu sein, und alle die vielen tausend Menschen, die sommers täglich hinaufstiegen, sei es aus Neugier, aus Kunstinteresse oder aus Pietät, die Burg anzuschauen, würden nun eine Sehenswürdigkeit mehr geboten bekommen von den Fremdenführern: das Haus Fritz Reuters, des berühmten plattdeutschen Dichters. Und täglich würden die Gaffer mit ihren Stöcken zeigen. Und viele unter ihnen, reputierliche Leute, Verehrer und Verehrerinnen, würden wohl der Versuchung nicht widerstehen können, den Klingelzug zu betätigen, um den großen Mann von Aug' zu Auge zu sehen, ihm ihre Verehrung auszusprechen oder sich Widmungen in ihre Bücher schreiben zu lassen. Ja, lieber Flemming, das würde so kommen – und – es kam so. Ich erlebte es bis zu seinem Tode, daß kaum ein Tag verging, der nicht Störungen durch unangemeldete Besucher brachte ... Jeder Mecklenburger, der nach Eisenach kam, hielt es für seine vaterländische Pflicht, dem berühmten Landsmann die Grüße der Heimat zu überbringen, Studenten brachten Ständchen, errötende Pastorentöchter überreichten knicksend Sträuße, junge Dichter und Dichterlinge legten dem Meister ihre »Werke« zu Füßen, die er meist unaufgeschnitten und ungelesen in seinen Bücherschrank warf. Luise beobachtete diese öffentliche Verehrung ihres Fritz' mit sichtlichem Unbehagen. Sie wußte, wie leicht er sich ablenken ließ, wie schnell aus einem Begrüßungsschluck mit einem mecklenburgischen Landsmann eine handfeste Trinkerei werden konnte, wie sehr ihn diese Besuche in zunehmendem Maße, auch wenn er es nicht wahrhaben wollte, körperlich und geistig anstrengten.

So griff sie zu einem probaten Mittel: sie ließ den klässlustigen Joli frei im Garten herumlaufen, was manche ängstlichen Gemüter abschreckte. Wer sich jedoch mit Hunden auskannte und auf den ersten Blick sah, daß dieses winzige Hundchen sein Maul weiter aufriß, als es selbst groß war, lachte nur über den Wächter und betrat furchtlos das Freigelände um das Haus. So wurde schließlich Reuters akademische Verschönerung, die ihm die Universität Rostock 1863 mit der Verleihung des Doctor honoris causa hatte angedeihen lassen, zur Abwehr der ungebetenen Gäste verwendet. Lisette wurde zu dem Porzellanmaler Geith geschickt, und es wurde die Anfertigung eines Porzellanschildes in zierlichem Messingrahmen in Auftrag gegeben: *»Dr. Fritz Reuter. Vormittags nicht zu sprechen.«*, das neben dem Klingelzug angeschraubt wurde. Dieses Schild hatte sich Luise von dem meinen abgesehen, auf dem allerdings das Gegenteil stand: *»Dr. Schwabe. Nur vormittags zu sprechen.«*

Ich unterbreche meinen Brief, lieber Flemming: meine Frau Löbel hat beschlossen und angeordnet, daß heute nun endlich die Teppiche und Polster aus meinem Zimmer an die Luft getragen und dort gereinigt werden sollen. So flüchte ich bis zum Abend in den »Löwen«. Nur noch schnell die Bemerkung, daß man, wie ich von Frau Reuter gehört habe, in der letzten Zeit, im Zuge einer seltsamen Gier nach Andenken großer Männer, mehrfach versucht hat, das besagte Schild von der Tür der Villa zu stehlen. Sie habe extra feste Schrauben anbringen lassen und die Köpfe vom Schlosser breitschlagen lassen, um dem Diebstahl vorzubeugen. Ich riet ihr an, doch das Schild ganz zu entfernen, es treffe ja auch nicht mehr zu seit Reuters Tod. In ihrer übertriebenen Pietät, am Hause des Dichters nichts, aber auch gar nichts zu verändern, wies sie diesen Vorschlag weit von sich und tat, als habe ich verlangt, Afingers Büste von Reuters Grab räumen zu lassen ... Ach, die Eitelkeit! Hängt denn der Nachruhm an den Dingen? Ist denn Reuters Klingelschild ein Zeuge seiner Größe? Wissen Sie, was mit der Bibliothek des großen Johann Heinrich Voß nach seinem Tode geschah? Seine Gattin, ganz unserer Luise ähnlich, ließ über der Tür zu seiner Studierstube eine Tafel in die Wand mauern, auf der zu lesen stand: Ewig heilig sei die Stätte, da der unsterbliche Geist Johann Heinrich Voß' ... oder so etwas Ähnliches. Neun Jahre überlebte sie ihren Mann, dann starb auch sie. Die Söhne kamen, machten eine Liste von seinen Büchern und schrieben eine Versteigerung aus. Ich war dabei, 1835 in Heidelberg, wie Buch um Buch, Werk um Werk, herrlichste, kostbarste Folianten, Handschriften, Kompendien, Bibeln – kurz die ganze wunderbare Bibliothek zerstreut wurde um Geld. Das mag zu bedauern sein – aber hat es dem Andenken an Voß geschadet? Er hat uns den Homer gegeben – das ist sein Denkmal unter den Deutschen und macht ihn unsterblich. Und Reuter? Was braucht er ein Klingelschild, wo er doch die »Stromtid« geschrieben hat.

Nun aber bedroht man mich tätlich mit dem Besen, ich weiche der Gewalt und grüße Sie von Herzen! Leben Sie wohl,

Eisenach, 30. Juni 18**

Das Fritz-Reuter-Richard-Wagner-Museum zu Eisenach, Reuterweg 2, war eigentlich geschlossen, als ich es besuchte. Handwerker bevölkerten das Haus, Elektriker installierten eine längst fällige Sicherheitsanlage, Klempner montierten an den Heizungen herum, Bautischler schleppten Türen von einem Raum in den anderen, Maler rekonstruierten mit kunstvoll geschnittenen Schablonen die ursprüngliche Dekoration der Wände. Das museale Inventar war ausgeräumt, nur die größten Stücke, mit Tüchern und Plastefolien verhängt, standen deplaziert herum. An Reuter erinnerte nur die verkleinerte Zweitfassung von Afingers Büste, deren größeres Pendant auf Reuters Grab steht. Dieser etwas kleinere marmorne Reuterkopf stand erhaben mitten im Bauwirrwarr und trug eine farbenprächtig bekleckerte Trainingsjacke, die, nach Grundfarbe und Material zu schließen, unzweifelhaft aus Beständen der NVA stammte und die einer der Maler, mangels anderer Gelegenheit, dem Dichter um die Schultern gehängt hatte. Zu allem Überfluß befand sich auf dem Haupt des Dichters auch noch eine mitgenommene Prinz-Heinrich-Mütze, und man hätte von mangelnder Ehrfurcht sprechen können, wäre nicht der Besitzer dieser Bekleidungsstücke gerade dabeigewesen, die verschnörkelten Tapetenmuster des Salons mit Hilfe der erwähnten Schablonen, größter Genauigkeit und handwerklicher Pedanterie nachzubilden. Das war seine Art von Dichterverehrung, und die ließ ich gelten.

Die Leitung des Hauses residierte indessen im vollgestopften Dachgeschoß. Durch das Treppenhaus, in dem Geländer und Lampen fehlten und das mit Kabeln, Brettern, Farbeimern und dergleichen nützlichen Dingen lebensgefährlich angefüllt war, stieg ich bis unter das flache Dach hinauf. Oben stand, des schönen Wetters wegen, die kleine Tür zum Dachgarten über der Loggia weit offen und bot den gewohnten »Reuterblick« über die Teiche und das Tal auf die gegenüberliegenden Höhen mit dem Burschenschaftsdenkmal.

Der Geruch, der das Haus erfüllte, ließ eine Vorstellung davon aufkommen, wie es hier im Frühjahr 1868 aussah, kurz vor dem Einzug. Jetzt, in diesem Zustand, war am ehesten eine Anschauung vom Innern des Hauses zu gewinnen; Malerleitern und Farbeneimer haben ihr Aussehen in den letzten hundert Jahren kaum verändert, und Bautischler, wenn sie, den Zimmermannsbleistift zwischen den Zähnen, eine Türfüllung ausmaßen, summten wohl auch damals vor sich hin, andere Melodien vielleicht, aber trotzdem. Und Poliere fluchten auch 1868 nicht schlecht, wenn ein Lehrling den Mörtel nicht richtig gemischt hatte. So gelang es mir leicht, in jene Stimmung zu kommen, die Reuter beherrscht haben mag, als er mit der eifrigen Luise wenige Tage vor dem Einzug eine Besichtigung des Hauses unternahm und überhaupt nicht begreifen konnte, wie denn das vorgefundene Chaos bis zu dem ersehnten Tage zu beseitigen sei. Und man sieht noch etwas in dieser wüsten Un-Ordnung, in der dem Außenstehenden unbekannte Gesetze walten: die Solidität des Baues. Und die seltsamen Proportionen.

Das Souterrain, nach vorn eher erdgeschoßartig, nach hinten mit kleinen Fenstern kellerhaft an den Felsen stoßend, beherbergt das Wagner-Museum. Man betritt es durch eine Vorhalle mit einem die Loggia tragenden Säulenportikus. Hinter der Vorhalle führt die gewendelte Treppe, deren Fenster ebenfalls direkt auf die Felswand blicken, nach oben. Links vor dem Treppenhaus die Zugänge zu den Kellern, rechts Bad, Küche, Plättstube, Waschküche. Letztere ist noch zu erkennen, da sie keinen Umbauten unterworfen wurde und wegen ihrer schlechten Lichtverhältnisse und ihrer ohnehin feuchten Lage unter der Felswand als Museumsraum keine Verwendung finden konnte. Sie dient heute als Abstellraum, in dem sich die Splitter vom Leben eines Hauses sammeln. Gerümpel. Auf einem alten, verglasten Schrank eine urtümliche Ledertasche. Ja, F. R. in angelaufenen Metallbuchstaben darauf. Reuters Reisetasche also. Auf einem Bord alte Blumentöpfe, eine emaillierte Blechkanne, nostalgisches Rätselraten. Ein Hufeisen. Ein gemauerter Herd neben dem Kamin. Dumpfe Luft. Neben der Waschküche, der Treppe zu, das Bad. Davon ist nichts mehr geblieben, man bewahrt hier Werkzeug und Baumaterial auf. Auch hier das Fenster auf den Felsen. Man ging also aus dem im ersten Stock gelegenen Schlafzimmer durch das Ankleidezimmer über die gewiß nicht warme Treppe hinunter in den Fast-Keller zum Baden?

Ja, manches wundert uns an Fritz Reuters Haus. War nicht im Wohngeschoß mit seinen großzügigen Räumen Platz für ein Badezimmer? So werden sich die Besucher des Hauses, die den Komfort unserer modernen Wohnweise kennen, fragen. Wir fragen »Spemanns Schatzkästlein des guten Rates«, ein 800 Seiten starkes Kompendium der bürgerlichen Lebensweise, in dem 2107 numerierte Ratschläge gegeben werden, von denen die Nummer 782 die köstliche Bemerkung enthält: »*Flöhe.* Diese kommen in einem geregelten Hause gar nicht vor.« Die Auflage 3 von 1888, also noch zwanzig Jahre nach Reuters Hausbau, tut in dem Kapitel »Unser Haus« unter der Nummer 276 das Badezimmer mit dürren Worten ab: »*Das Bad.* Bei der Leichtigkeit der Anlage ... sollte es in unseren Wohnungen nicht fehlen. Ein Raum für das Bad ist nicht schwer zu finden, oft ist eine Wandnische von der Breite der Wanne irgendwo vom Schlafzimmer ... abzuschneiden ...« Unter diesem Gesichtspunkt ist Reuters Badezimmer im Keller also bereits ein Luxus, der selbst in Villen dieser Preislage nicht selbstverständlich war. *Spemann* empfiehlt als Notlösung auch die Möglichkeit, die Wanne im Schlafzimmer in den Boden zu lassen und einen *auf Rollen gelagerten Divan* darüberzuschieben.

Was die Toilette angeht, müssen allerdings lobende Bemerkungen für Bohnstedt fallen. Er legte in allen drei Geschossen neben dem Treppenhaus Toiletten an, die durch eine einheitliche Abwasserführung verbunden waren. Nun soll man seine Nase nicht gleich aufs Klo des Dichters stecken, es genügt hier die Bemerkung, daß Reuters Haus bereits beim Einzug des Ehepaars 1868 mit Spülklosetts ausgestattet war und – was das verwunderlichste ist – daß diese Anlagen ihren Dienst mehr als hundert Jahre hindurch versehen haben. *Schütze, deutsches Volk, und mehre / treulich deinen Handwerksstand . . .*

Der Eindruck von Enge und Trivialität, den man bei einem Gang durch die dunklen Räume des Souterrains gewinnt, verfliegt sofort im Wohngeschoß. Durch die Hanglage ist es zugleich 1. Etage und Erdgeschoß. So kann man durch das Gartenzimmer direkt in den Garten gelangen; das Haus durch die Haustür verlassen, erfordert die Benutzung der Treppe. Das ist etwas verwirrend, jedoch zugleich praktisch und architektonisch klug gelöst.

Kommt man von unten die Treppe herauf, so steht man zunächst im Flur vor dem Eingang zum Salon, dessen breite Flügeltüren von verglasten Wandschränken flankiert werden. In einem der Schränke steht eine Gipsfigur Bräsigs; Baustaub und Malerdreck sind durch die Ritzen der Tür eingedrungen und haben sich auf seiner stattlichen Nase abgesetzt. Auch er guckt skeptisch, als könne er sich die Wiederherstellung der Ordnung aus dem Chaos nur schwer vorstellen, und gerade Bräsig, in dessen Wirtschaft immer alles »seinen Schick« haben mußte, ist zu solcher Skepsis berechtigt.

Der Salon – prächtig mit seinen Bogenfenstern und der vorgelagerten italienischen Loggia. Links die Tür ins Allerheiligste, in Reuters Arbeitszimmer, rechts in Luises »Erkerzimmer«. Der halbrunde Erker gestattete damals den freien Blick auf die Burg. Heute ist alles zugewachsen, auch die Bäume des Gartens haben ausgelegt und die Sicht mit den Jahren verstellt.

Dieses Museum hat den unschätzbaren Vorteil, daß hier »alles so ist, wie es war« und daß, nach den Schrecken und Freuden der Renovierung und Rekonstruktion, »wieder alles so sein wird, wie es war«. Schön wäre, wenn dies auch für jene profanen Räume wie Küche und Bad, Waschküche und Plättstube, Mägdekammer und Dienerzimmer zuträfe: so gewänne man den getreuen Eindruck vom Lebensstil, vom Alltag und vom Standard einer gutsituierten bürgerlichen Familie um die Zeit der Reichsgründung.

Leider geht das nicht, denn die unteren Räume werden, wie gesagt, von Richard Wagner mit Beschlag belegt. Nun will ich beileibe nichts gegen die Existenz eines Wagnermuseums sagen, aber ist dieses Kellerquartier, dieser Untermieterstatus bei Fritz Reuter im Souterrain für eine Größe wie Wagner überhaupt länger angemessen?

Was hat eigentlich Richard Wagner mit Fritz Reuter gemeinsam? Diese Frage wird von Besuchern oft gestellt. Die Kustoden des Hauses stehen dann jedesmal vor dem Problem, zu erklären, daß Reuter und Wagner, abgesehen von der Tatsache, daß beide ungewollt und nach ihrem Tode unter einem Dach zusammengekommen sind, nicht das Geringste miteinander zu tun haben.

Reuter, von dessen Verhältnis zur Musik nicht viel berichtet werden kann, scheint jedenfalls Wagner gegenüber eine gewisse spöttische Abneigung gehabt zu haben. Wir wissen nicht, ob Fritz Reuter jemals eine Oper von Richard Wagner gehört hat. Lediglich in einem Brief an Bernhard Afinger, seinen Bildhauer, der ihn besuchen will, schreibt Reuter, daß auch Professor von Budkowski, der ihn gemalt hat, eben anwesend sei und daß so drei freie Künste, nämlich die Plastik, die Malerei und die Poesie zusammenträfen, und es fehle nur noch »... *ein Musiker, dann wäre das vierblättrige Kleeblatt fertig, und da habe ich mir denn so gedacht, ob wir uns nicht den ‚Willa Wallhall-Weiha Laweih Wagner' dazu einladen wollen* ...«

Nein, ich kann mir auch keine gemeinsame Sprache für Reuter und Wagner vorstellen. Ein Treppenwitz der Kulturgeschichte.

Mein lieber Freund und College,

                        was Ihren letzten Brief angeht, haben Sie mich doch sehr beunruhigt! Gewiß, gewiß, Ihr Alter! Das wissen wir doch besser als alle anderen, daß die Behelligungen der Quälgeister, die Gevatter Sensenmann uns zur Begrüßung entgegenschickt, mit den letzten Jahren unseres Lebens häufiger auftreten! Fassen Sie nur Mut, mein Bester, die Affektionen der Lunge, wie Sie sie mir schildern, sind gewiß gerade jetzt im Sommer unangenehm – man hütet das Bette, wird mit heißen Brustwickeln versorgt und muß fiebersenkende Tees schlürfen, während draußen die liebe Sonne scheint und hohnlachend durch die Fenster auf unser Lager schaut – ja, ich kenne das! Ich hege für Sie keine Befürchtungen; ich vertraue auf Ihre starke Konstitution und bin fast sicher: wenn mein Brief Sie erreicht, sind Sie schon auf dem Wege der Besserung!

Es ist nun für einen Kranken ein schlechter Trost zu hören, wie gesund der Tröster ist – ich will mir indes keine noch so kleine Krankheit anerfinden, um Sie aufzurichten! Nein, nicht ich bin fast so krank wie Sie, sondern Sie sollen schnell so gesund sein, wie ich es eben bin. Nehmen Sie diesen von Herzen kommenden Wunsch hin, lieber Freund, und fügen Sie sich den Weisungen Ihrer lieben Frau, die ich sehr zu grüßen bitte!

Damit Sie nun auf Ihrem Krankenbette eine »Verlöschung« haben und ein wenig Zerstreuung, will ich mich daranmachen, jenes Einzugsfest zu schildern, von dem ich Ihnen schon sprach. Reuter nämlich hatte, und sein »Hôtel Reuter« bot ihm ja nun genügend Platz für Gäste, ein paar illustre Leute geladen, um dem Wunsche seiner Frau nach gehobener Gesellligkeit zu entsprechen. Wenn er auch zunächst die Absicht gehabt hatte, alte Freunde zu sich zu bitten, etwa den langen Reinhard, Fritz Peters und seine Frau oder seinen Albert Schultze, den »ollen Kapitain« aus seiner Festungszeit, so waren diesem Vorhaben allerlei Hindernisse erwachsen. Reinhard, arg von der Gicht geplagt, hatte sich bei mecklenburgischen Freunden verkrochen und konnte nicht reisen, Fritz Peters steckte mächtig in der Frühjahrsbestellung, und der »Kapitain« saß fern, fern in Posen in seiner Anwaltskanzlei hinter drängenden Aktenbergen. Er mußte also neu disponieren, wählte unter den möglichen Kandidaten, unter dem großen Beifall seiner Frau, den Herrn zu Putlitz aus, der vier Jahre lang Intendant des Hoftheaters in Schwerin gewesen war und sich eben als Gast des Großherzogs Carl Alexander zu einer Vergnügungsreise in Thüringen aufhielt. Putlitz entstammte dem preußischen Adel, hatte jedoch nichts von den sattsam bekannten Kennzeichen dieser Menschenrasse an sich, als da sind Dünkel, Dummheit und Schulden – im Gegenteil. Er war ein höchst kultivierter Mann mit den menschlichsten Umgangsformen, von großer Bildung und – dank vorzüglich bewirtschafteter Güter in der westlichen Prignitz – von beräuntem Reichtum. Es würde ein interessantes Gespräch werden können zwischen Reuter und dem Freiherrn – das ahnte ich schon, als ich seinen Namen, mit stolzer Betonung von Frau Luise in ganzer Länge hergebetet, vor der Feier vernahm. »Denken Sie nur, lieber Herr Doktor, Gustav Gans, Edler Herr zu Putlitz, wird am Sonntag auch unser Gast sein!« – Oh, Flemming, sie flötete fast, die gute Frau, so spitzte sie die Lippen! Ich hatte von Putlitz manches gehört, auch von ihm verfaßte Lustspiele gesehen und liebe bis auf den heutigen Tag, vor allem wegen der darin enthaltenen vortrefflichen Naturschilderungen, seine Märchen »Was sich der Wald erzählt«. Er ist übrigens seit einigen Jahren in Karlsruhe als Intendant des Hoftheaters tätig. Im April 1868 stand er noch in der ehrenhaften Stellung eines Hofmarschalls des Prinzen von Preußen. Nun werden Sie Frau Reuters Stolz wohl verstehen, die sich übrigens, und nicht zu Unrecht, durch die Vermittlung des Freiherrn eine Einladung zum Großherzog Carl Alexander auf die Wartburg versprach – davon ein andermal. Der zweite »Staatsgast« des Abends ergab sich gewissermaßen aus dem ersten: es war Eduard Tempeltey, seines Zeichens Intendant

des Großherzoglichen Hoftheaters in Coburg, ein Bekannter
oder Freund des Herrn zu Putlitz, der sich dem Freiherrn auf
der Thüringenreise als Fremdenführer angeschlossen hatte und
von Frau Luise schlankweg »mitgekauft« worden war, wie
Reuter es in seiner direkten Art nannte. Er war indes ein
umgänglicher, interessanter junger Mann, ein flotter Dreißiger,
der sich modern kleidete und sein Theaterhandwerk zu
verstehen schien, denn Putlitz hielt in dieser Hinsicht große
Stücke auf ihn. Nun aber hatte auch Reuter selbst einen
Wunsch frei; bei so viel Künstlertum mußte nach seiner
Meinung auch ein handfester Realist »damang« sein, und so
konnte er sich keinen besseren Hausgast wünschen als seinen
lieben treuen alten Freund Gisbert v. Vincke. Er hatte Vincke
bei einer Kur in Laubbach kennengelernt, und beide hatten
sofort Gefallen aneinander gefunden. Auch Vincke war
schriftstellerisch tätig, hatte Erzählungen, Dramen und Lustspiele verfaßt, besaß daneben aber einen ausgeprägten Sinn
für die Dinge des Lebens, den er sich wahrscheinlich in jenen
Jahren seiner Tätigkeit als preußischer Regierungsrat
erworben hatte. In der letzten Zeit war er an einer unheil-
baren Augenkrankheit leidend, konnte bei grellem Tageslicht
nichts sehen; nur Halbschatten, dämmeriges Lampenlicht oder
die Dunkelheit selbst gestatteten ihm, seine Umwelt zu
erkennen. Ich kenne mich in der Ophthalmologie nicht so gut
aus, als daß ich diagnostizieren könnte, denke jedoch wohl
zu Recht an eine starke Überempfindlichkeit der Netzhaut.
Damals jedenfalls war ihm von keinem Arzt zu helfen.
Vincke trug deshalb stets schwarze Augengläser und benutzte
einen weißen Blindenstock. Er wirkte sehr distinguiert; hoch-
gewachsen, breitschultrig und mit einem schönen weißen
Vollbart geziert, hielt man ihn für älter, als er war. Ich habe
Vincke, den ich häufiger bei Reuter sah, sehr geschätzt. Seine
würdevolle Ruhe, sein gültiges Urteil, sein praktischer
Lebenssinn wirkten wohl auch ausgleichend auf Reuter. Auch
Luise verehrte ihn; sie pflegte ihn immer mit »Herr
Regierungsrat« anzusprechen und ließ, wenn sein Besuch ins

Haus stand, das Gästezimmer unter dem Dach mit eigens seinetwegen beschafften grünen Vorhängen und Gardinen herrichten.

In meiner alten hagestolzen Männereitelkeit, lieber Freund, habe ich natürlich wieder die Herren vorweg geschildert – indes: auch Damen standen zu Gebote! Immerhin die sehr schöne und zarte Gattin des Freiherrn zu Putlitz, eine geborene Gräfin zu Königsmarck, eine ihrem Manne an Bildung wohl ebenbürtige Frau, die sich mühelos an jedem Gespräch beteiligen konnte und alle ihre Bewegungen mit einer angeborenen, unnachahmlichen Grazie vollführte. Es amüsierte mich zu beobachten, wie die eher etwas derbere Luise die Gräfin von der Seite beobachtete und jene Bewegung, mit der diese das Glas ergriff und trank, nachzuahmen versuchte, was ihr indes nicht gelang.

Pfui, Schwabe! Das war böse von dir, entschuldige dich! Aber Sie kennen das ja, lieber Flemming: wir können schon gar nicht mehr anders, wir müssen unsere Mitmenschen beobachten, als wären sie allesamt unsere Patienten ... Herr Tempeltey war solo, und Gisbert von Vinckes Frau, Auguste, eine geborene Freiin Dungern, eine hochgewachsene, herbe Schönheit, hatte die besten Beziehungen zu Luise. Sie duzten sich wie ihre Männer, obwohl Auguste von Vincke sehr viel jünger war und in ihrer drolligen Art viel eher zu dem flotten Tempeltey gepaßt hätte als zu dem würdigen Vincke, an dem sie jedoch mit liebevoller Verehrung hing. Man hätte beide eher für Vater und Tochter halten können denn für Mann und Frau.

So, mein Lieber, nun haben Sie die Figuren für unsere Inszenierung im Theater Villa Reuter. Als Statisten wirkten meine Wenigkeit, die unersetzliche Lisette und natürlich der etwas tolpatschige Gärtner Krumm mit, der, wie Reuter versicherte, im Garten goldene und bei der ausbedungenen Nebenverpflichtung als Hausdiener zwei linke Hände habe. Voilá! Der Vorhang geht auf, das Vorspiel beginnt. Es war eine stille Ouvertüre, lieber Flemming. Ja, Frau Reuter hatte

nicht zuviel versprochen: das Haus glänzte mit allem, was
es besaß. Als ich schellte, öffnete mir ein befrackter Lohndiener und hielt mir einen silbernen Teller für die Visitenkarten vor die Nase. Nur gut, daß ich welche bei mir hatte.
Der Zerberus nahm mir Hut und Mantel ab und stieg
würdevoll vor mir die Treppe empor bis zur Tür des Salons,
die weit offenstand und den Blick freigab auf eine köstlich
gedeckte Tafel. Bevor ich noch eintreten konnte, hob der
Gemietete meine Karte vor seine kurzsichtigen Augen und
trompetete mit Stentorstimme: »Der großherzogliche Kreisphysikus, der Herr Obermedizinal...« – »Es ist gut, Johann.
Wir kennen den Herrn. Sie brauchen nicht zu melden. Danke!
Herzlich willkommen, lieber Herr Doktor! Wenn ich Sie
vorstellen darf...« – das Übliche, Verbeugungen, »Sehr
erfreut!« und »Habe die Ehre!«, und vor der charmanten
Gräfin riß es mich gar zu einem Handkuß hin. Frau von
Vincke dagegen drückte mir männlich fest die Hand und
brachte so zum Ausdruck, daß sie als emanzipierte Frau auf
Handküsse keinen Wert lege. Kenne sich einer aus in den
Gepflogenheiten der feinen Welt! Reuter schien die striktesten
Instruktionen erhalten zu haben, auch er blieb zunächst hinter
seinem Stuhl stehen, bis alle Damen sich gesetzt hatten, auch
er schob heute nur einen Zipfel der Serviette in den Westenausschnitt, statt sie sich, wie es sonst seine Art war, in den
Kragen zu stopfen. Sein Bart war gekämmt, und er war von
Luise und Lisette in den allerfeinsten Schwarzen gezwängt
worden und noch dazu mit einem Vatermörder bestraft, wie
ich ihn in meinen besten Jahren nicht getragen hätte. Luise
klatschte in die Hände – prompt erschien Lisette, strahlend,
sie war in ihrem Element. »Mais oui, Madame, la bouillon!«
rief sie und dirigierte den Doppellinkshänder Krumm, der
die Terrine trug, und den Lohndiener mit der Kelle um die
Tafel. Reuter verfolgte das stumm mit den Augen, warf mir
einen Blick zu, als wolle er sagen: »Wat 'ne Wirtschaft, wat
'ne Wirtschaft!« Und als Johann ihm den Teller füllte, fiel
ihm gerade noch rechtzeitig ein, nicht zu danken, denn Luise

hatte ihm garantiert auch hier erklärt, daß ein Lohndiener bezahlt werde. »Man dankt doch keinem Diener, Fritz!«

Man löffelte schweigend, die Gräfin mit der ihr eigenen Anmut, Tempeltey hastig, Gisbert von Vincke, der einen grünen Augenschirm trug, vorsichtig und langsam, seine Frau mit der kennerischen Miene der Hausfrau, die hinter das Geheimnis eines Rezeptes kommen will, Putlitz mit dem behaglichen Gesicht des Genießenden. Erst als der Kalbsbraten kam, brach die Gräfin das Schweigen. »Sie haben es nun aber auch zu schön in Ihrem neuen Hause!« sagte sie und blickte Reuter und seine Frau an. »Sie müssen doch jetzt sehr glücklich sein! Sie stehen auf der Höhe des Ruhmes, und Sie haben, was wohl auch zum Glück gehört, eine vorzügliche Köchin!« – »Ach, liebste Gräfin«, sagte Luise und nahm sich eine Scheibe Braten nach, »wir haben gar keine Köchin, das macht alles unsere unschätzbare Lisette«, und flugs waren die Damen in ein munteres Tischgespräch über die leidige Dienstbotenfrage vertieft, das Reuter von der Notwendigkeit befreite, auf die ihm nicht angenehme Frage der Gräfin nach seinem Glück zu antworten. Er fühlte sich unbehaglich in der steifen Atmosphäre seines eigenen Salons, ihn erfüllten diese knisternd gestärkten Servietten, die glitzernden Kristalle des Lüsters, das schwere Tafelsilber und die steiflehnigen Stühle mit Abneigung – ihn zog es in sein Arbeitszimmer, wo die Herren sich nach dem Essen zu einer Zigarre versammeln wollten, während Luise den Damen das Haus – und sicher bis in seine kleinsten Winkel – zeigen würde. Endlich hob Luise die Tafel auf, wir traten durch die breite Tür in das Zimmer des Hausherrn. Putlitz legte die Hand auf die glänzende Platte des wirklich inzwischen eingetroffenen neuen Schreibtisches. »Und wie schreibt es sich hier, lieber Reuter?« – »Ich habe es noch nicht probiert. Der Tisch kam erst gestern, und er sieht so neu und würdig aus, daß ich mich noch gar nicht daran setzen mag!« – »Ich habe auch so ein Ding in Retzin stehen«, sagte Putlitz und breitete die Arme aus. »Und wo schreibe ich am liebsten? In meiner Gartenlaube!« – »Das will ich diesen Sommer auch versuchen, im oberen Teil meines Gartens ist eine Terrasse angelegt, dort will ich mir ein kleines Lusthaus errichten mit Blick ins Tal. Das Beste an dem ganzen Haus hier –« und Reuter machte eine etwas ratlose Handbewegung – »ist der Garten!« Wir rückten die Stühle zurecht, wählten aus Reuters Zigarrenkiste und richteten uns auf ein Männergespräch ein, während man das Lachen und Plaudern der Damen bald aus diesem, bald aus jenem Winkel des Hauses hören konnte. »Meine gute Luise ist in ihrem Element. Was hat sie nicht für Mühen ausgestanden mit dem Hausbau und vor allem mit dem Interieur . . .« – »Es ist ihr aber wirklich prächtig gelungen, lieber Fritz!« Vincke, der zufrieden in der dunkelsten Ecke des Zimmers saß und Rauchringe blies, sagte das mit einer Bestimmtheit, die einen Punkt unter dieses Thema setzte. Er mochte ahnen, daß Reuter lieber über andere Dinge reden wollte als immer nur und immer wieder über seine »Kavalleriekaserne«.

»Wirst du uns etwas lesen heute abend?« – »Hab' ja nichts geschrieben, lieber Vincke . . . Hinstorff beutelt mich schon wegen der ‚Reis' nah Konstantinopel', und ich muß wirklich sehen, daß ich das verfluchte Ding zu Ende bringe . . . Aber wo sollte ich denn schreiben, wie? Hier ging alles drunter und drüber, und im Schweizerhaus in den letzten Wochen ein Gepacke und Gerenne – Fritz, wir brauchen dies! Fritz, wir brauchen das! Die erste Hälfte ist ja schon unter der Presse, und die zweite muß und muß nun geschrieben werden!« – »Und wann werden wir das Buch lesen können, Herr Reuter?« fragte Tempeltey aus Höflichkeit. »Mein Herr Verleger verzögert die Sache, weil er sich mit dem Ding ein fettes Weihnachtsgeschäft machen will. Also haben Sie Geduld, junger Freund!«

Auch dieses Gesprächsthema war erschöpft, Reuter schien tatsächlich ungesellig zu sein, fühlte sich unbequem und unbeholfen. Er sah mich an, als erwarte er von mir, wo er mich doch als Schweiger und Zuhörer kannte, die Rettung des Abends. Ich setzte da mehr auf die Damen, denn die

waren inzwischen in den Salon zurückgekehrt und vom
Ergebnis ihrer Rekognoszierungen sichtlich befriedigt. Man
trat also wieder zurück in den prächtigen großen Raum, der
jetzt milder von einer kleinen Tischlampe beleuchtet war,
und gruppierte sich um den Teetisch. Lisette reichte Liköre
für die Damen und Rotwein für die Herren, Luise setzte sich
in Positur und fragte: »Lieber Herr von Putlitz, was macht
die Politik?« Und damit hatten sie den Abend tatsächlich
gerettet, denn jetzt hatten sie ein gemeinsames Thema, der
derbe Reuter, der feingeistige Putlitz, der realistische Vincke
und der verbindlich lächelnde Tempeltey. Über Politik ließ
sich reden, wie immer, zu allen Zeiten. Politik war das
Thema der Teetische, und an den Teetischen sind alle
Schlachten der Geschichte noch einmal geschlagen und alle
großen Reden noch einmal geredet worden. Reuter war indes
auch hier im Zwiespalt, denn sein altes Demagogenherz hatte
andere Ideale gehabt, als man sie jetzt gerade in ihm
verwirklicht zu sehen glaubte. Ihn nannte man den Volks-
dichter, der das Kernige und Teutonische auf seine Fahne
geschrieben habe, er war – für die anderen – der Leitstern
bürgerlich-deutschen Wollens und Fühlens. Und auch er selbst
war anders geworden. Im gleichen Maße, wie Ruhm und
Erfolg ihn überschwemmten, veränderte sich nach und nach
seine Anschauung von Gerechtigkeit, und manchmal mag er
sich wohl vor sich selbst geschämt haben, daß er so ein Bürger
geworden war mit solch einem Haus und daß er die Ansichten
von Leuten teilte, die einst seine Feinde gewesen waren. Ich
mochte ihm daraus keinen Vorwurf machen, wenn es auch
hin und wieder vorkam, daß er sich in seinem Starrsinn auf
die falsche Seite schlug. War es schon der Starrsinn des
Alters? Und war dieses Haus wirklich sein Sarg?

Es wurde spät an jenem Abend, und ich kann mich beim
besten Willen nicht erinnern, worüber wir politisierten – der
Name Bismarck fiel auf jeden Fall, und die elsässische Frage
wurde durchaus gelöst, wie ich sicher glaube. Und Reuter las
nicht aus seinem Manuskript vor, sondern gab eine für Putlitz

gedachte Vorstellung von der notwendigen Versöhnung des
Adels mit dem Bürger, in dieser Stunde könne das Vaterland
nur zum Ziele – sprich zur endgültigen Einigung – gebracht
werden, wenn der Parteienstreit zurückträte und das Ganze
im Blick des Volkes sei, das große deutsche Vaterland.

Putlitz war damit einverstanden, und der realistische
Vincke, der in der Dämmerung des Zimmers sichtlich auftaute,
erklärte, auch er sehe nur eines: ein einiges Deutsches Reich
unter einem starken Kaiser – das könne die Heimat für alle
Deutschen sein, wes Standes und Landes sie auch wären. Und
Reuters Augen blitzten dazu, das war es, was ihn jetzt
begeistern konnte, und er sah sich am Ziel seiner Wünsche:
ernst genommen zu werden von Männern, die über die
Geschicke des Landes mitzureden hatten. Nein, Flemming,
er verriet seine alten Ideale nicht, er glaubte fest an Freiheit,
an Gleichheit und an Brüderlichkeit, er glaubte, daß die Ideale
seiner Burschenschafterzeit, für die er die Festung hatte
schmecken müssen, in einem solchen Deutschen Reich, unter
einem solchen Manne wie Bismarck, würden verwirklicht
werden können. Ich bedauerte an diesem Abend sehr, daß
nicht auch ein oder zwei Vertreter seines anderen Freundes-
kreises anwesend waren, zwei Antipoden vielleicht zu Vincke
und Putlitz – das hätte ein Feuerwerk der Anschauungen
geben können, wenn etwa Reinhard und Demmler zugegen
gewesen wären. Sie waren's nicht, und so mußte sich unser
Gespräch unweigerlich den Niederungen des Schwadronierens
zuwenden. Und damit es darin nicht verbliebe, gelang es nun
mir, einen Beitrag zur Unterhaltung zu leisten: ich schlug
nämlich vor, wir sollten uns am anderen Morgen, wenn das
schöne Wetter hielte, aufmachen, um einen Gang auf die
Burg zu tun. Wäre das nicht der Punkt auf das i, und wäre
es nicht ohnehin auch für die Gäste ein Erlebnis, dies
Denkmal deutschen Geistes und deutscher Einigkeit zu
besuchen? So etwa mochte ich mich ausgedrückt haben, ich
gebe zu, daß ich diesen Morgengang mit einem Augenzwinkern
ins Gespräch brachte. Mein Vorschlag wurde begeistert

aufgenommen. Vincke sollte einen recht breitrandigen Hut Reuters tragen, um seine Augen vor dem hellen Licht des Morgens zu schützen, und Lisette sollte alle im Hause verfügbaren Bergstöcke hervorsuchen. So wurde es beschlossen, und so geschah es. Morgen will ich Ihnen davon berichten, bevor ich den Brief auf die Post gebe.

Das Wetter hielt, es kam ein herrlicher Frühlingsmorgen herauf mit frischer, kühler Luft. Tausend Tautropfen glitzerten in Gras und Garten, und das junge Grün der Bäume und Büsche leuchtete in der Sonne, als wir aufbrachen. Man kann den Weg in einer guten Stunde schaffen, wenn man rüstig ausschreitet; ich bin wohl hundertmal hinaufgestiegen in meinem Leben und gehe heute noch gern, wenn mich nicht gerade das Zipperlein beim Wickel hat. Mit Reuter indes ging es nicht so schnell, er war flink mit dem Jawort bei der Hand, als wir am Abend zuvor den Ausflug planten, aber ich sah ihm an, daß ihn der Berg anstrengte. So bremste ich unmerklich das Tempo, indem ich dem jungen Tempeltey, der einen flotten Schritt anschlagen wollte, ein wenig die Zügel anlegte und ihn nach allen Einzelheiten des Coburger Theaterlebens ausfragte.

 Bald tauchten wir in den dichten Wald; wir gingen den längeren, aber sanfteren Weg durch den Zeisiggrund, der die Burg von hinten umgeht und ausschließlich durch dichtes Gehölz führt. Da man während des mählichen Anstiegs an keiner Stelle einen Blick in das freie Land oder auf die Stadt drunten im Tal hat, ist die Überraschung um so größer, wenn man dann plötzlich vor der Burg aus dem Wald tritt und die großartige Sicht auf unsere Landschaft wie eine Ostergabe beschert bekommt.

 Reuter hörte ich bald hinter mir schnaufen, das war das Zeichen zur Rast. Er war tatsächlich schon schweißnaß, obwohl der Morgen kühl und frisch war. Ich nötigte ihn, seine Jacke, die er über den Arm gehängt hatte, wenigstens während der Verschnaufpause wieder anzuziehen, um sich nicht der

Gefahr einer Erkältung auszusetzen. Er nickte. Wir ließen uns auf den großen Felsenbrocken nieder, die links und rechts eines kleinen Fließbaches liegen, und gaben uns der Stille des Waldes hin, die höchstens ab und an durch einen Vogelruf unterbrochen wurde. »Abwärts geht es leichter als hinauf!« sagte Tempeltey, um Reuter zu trösten, der aber schüttelte den Kopf. »Das sagen Sie, junger Mann. Jetzt, wo es mit mir abwärts geht, würde ich gerne die Mühen des Aufstiegs noch einmal auf mich laden!« – »So philosophische Töne heute morgen, lieber Freund?« Vincke nahm seine dunkle Brille ab und rieb sich die Augen. »Wir werden halt nicht jünger, Fritz!« – »Ich weiß es doch, Gisbert. Und du hast ja recht: dieser Morgen ist zu schön für solche Betrachtungen. Aber weißt du, wenn man für die Schönheit des Morgens nur dann ein Auge hat, wenn man hier auf dem Stein sitzt und rastet, kommen einem solche Gedanken!« – »Ich glaube, ich habe Ihnen zuviel zugemutet, lieber Reuter!« sagte ich und sah ihn besorgt an. »Ach was! Das werde ich doch wohl noch fertigkriegen, diesen kleinen Berg zu ersteigen. Ich traure nur dem Vorrecht der Jugend nach, die Höhen im Sturm zu nehmen. Ich bin melancholisch, meine lieben Freunde!« – »Sie, der doch so viel Humor in seinen Büchern zeigt, Sie sind melancholisch?« fragte Putlitz und erhob sich von seinem Stein, trat hinter einen dicken Buchenstamm und schlug dort sein Wasser ab. Reuter lachte, wischte sich die Stirn mit seinem Taschentuch und konnte anscheinend jetzt doch den feinen Ton nicht mehr durchhalten. »Lieber Putlitz! Da stehen Sie, der Hofmarschall des preußischen Kronprinzen, pinkeln in einen thüringischen Wald und fragen einen mecklenburgischen Dichter, warum er melancholisch ist!«

Tempeltey verzog das Gesicht zu einem mokanten Lächeln, dies schien ihm nun doch recht stark zu sein, aber Putlitz, der sich die Hosen zuknöpfelte, trat lachend hinter seiner Deckung hervor, kniete sich zu dem Bach nieder, um seine Hände zu waschen, und sagte, ohne jede Verstimmung, so als habe er darauf gewartet, daß nun endlich einmal deutsch geredet werde statt dieses ewigen Vornehmgetues: »Ja, ich frage! Sind nicht die Melancholie und der Humor zwei ungleiche Geschwister?« – »Nein, Herr Hof-, Land- und Erbmarschall, halten zu Gnaden, das sind sie nicht. Für mich sind sie Zwillinge!« Auch Reuter erhob sich, stieß seinen Stock auf den Boden und gab so das Zeichen zum Weitermarsch. »Meine Muse lacht unter Tränen, wenn Sie verstehen«, fuhr er fort, während beide langsam nebeneinanderher gingen. »Und deshalb packt mich die Melancholie, wenn ich zusehen muß, wie Rheumatismus und Podagra in meinem armen Leichnam herumspuken. Ich will einen Berg besteigen, aber es tut mir das Herz weh. Ich will einen Roman schreiben, aber es fällt mir nichts ein. Ich gehöre zur guten Gesellschaft, aber knöpf' mir den Rock falsch zu. Ich bin ein Harlekin, der lacht, wenn ihm zum Weinen ist, und der weint, wenn alle Welt meint, er hätte Grund zum Lachen. Dies ist die Antwort, die ich gestern abend bei Tisch Ihrer verehrten Gattin hätte geben müssen, und ich war froh, daß die Damen so schnell auf das Dienstbotenthema kamen!« – »Ich versuche das zu verstehen und gebe zu, daß ich's doch wohl nicht verstehen kann, lieber Reuter. Hat das mit Ihrem neuen Buch zu tun, ich meine, weil Sie gestern abend dieses Thema auch nicht berühren mochten?« – »Natürlich hat es mit seinem neuen Buch zu tun!« rief Vincke von hinten und schleuderte einen Kiesel ins Gebüsch. »Wenn er nicht hinter seinem Tisch hocken und schreiben kann, ist er unzufrieden. Störungen, Abhaltungen machen ihn unwirsch...« – »Neinnein, Gisbert, das ist es nicht einmal, das habe ich ja seit Jahren ertragen, habe mich manchmal sogar sehr gern stören lassen, neinnein. Es ist das andere!« Reuter blieb stehen, pochte die Knöchel der rechten Faust an die Stirn und fuhr fort: »Hier ist nichts mehr drin. Kein Berg mehr da, den man besteigen kann. Ich sitze da vor dem Papier, versuche, meinen Montecchi und Capuletti Schwung zu geben, drechsle daran herum und komme nicht weiter. Es gerät mir alles zu Holz unter den Händen. Ich kann selbst nicht lachen über meine Späße. Und dann ist es schlimm, meine Herren!

Ich weiß noch, wie meine Frau aus der Küche gestürmt kam mit allen Anzeichen des Entsetzens, als ich in meiner Stube saß und mir einfiel, den Bräsig in den Wassergraben fallen zu lassen. ‚Was ist dir, Fritz?' fragte sie besorgt, und ich erklärte ihr, daß ich nur habe ein wenig lachen müssen über meinen Einfall, und sie behauptete, es habe den Eindruck gemacht, als hätten in meiner Stube drei Hengste gewiehert. Mindestens! Aber die Hengste sind nicht mehr da. Und ich weiß schon jetzt, daß dieses neue Buch, wenn es, so Gott will, doch zu Ende gedrechselt wird, nicht gerade mein Meisterstück ist. Soll ich aber den Leuten mit minderwertiger Ware unter die Augen gehen, die doch von mir erwarten, was sie gewohnt sind?« Er schüttelte den Kopf und setzte seinen Weg fort. »Neinnein! Die Leute wollen frisches Obst von mir und keine mulschen Birnen!«

Tempeltey sah mich an, ich zuckte die Schultern. »Er spricht schon seit längerem vom Nachlassen seiner Kraft, seiner dichterischen Phantasie. Er möchte wohl, wie er es nennt, von dem ihm freundlich gesonnenen Leserkreis Abschied nehmen; er fürchtet, die Leute, vorweg die Kritiker, werden mit dem Finger auf ihn zeigen und auf seine Bücher und werden die Frage stellen: Hört denn der alte Knasterbart nun nicht endlich auf zu schreiben?« – »Das kann ich mir nicht vorstellen, er hat doch nie viel auf die Kritik gegeben«, sagte Tempeltey, »ganz im Gegensatz zum Freiherrn von Putlitz! Der schreibt ein ganzes Stück neu, wenn ein giftiger Kritikus an einem Satz herumgemäkelt hat!« – »Das halte ich nun aber für übertrieben, lieber Freund!« warf Vincke ein. »Kritik mag vonnöten sein, und manchem jungen Dichterling oder manchem alten Knasterbart kann's nicht schaden, wenn ein trockener Kritiker ihm seine Irrtümer vorführt. Aber sich schon beim Schreiben nach den Kritikern zu richten – das habe ich nie getan; und wenn eines meiner bescheidenen Musenkinder fertig war, so habe ich einen Teufel getan und daran herumgeändert, nur weil die Kritik es wünschte! Sind wir Literaten denn Schneider, die die Westen ändern müssen, wenn sie dem Kunden nicht sitzt, wie?« Das Gespräch schien auch Reuter zunehmend zu interessieren, er drehte im Steigen und Gehen seinen Kopf nach hinten und rief: »Recht hast du, Gisbert. Hören Sie zu, lieber Putlitz! Sind wir Schneider? Nein, sage ich, was die Fasson des Fracks betrifft! Und doch will auch unser Handwerk gelernt sein. Und wenn mir, um in deinem Bild zu bleiben, Vincke, die Nadel anfängt zu zittern, dann mache ich eben keine Fräcke mehr, ehe ich schlechte Fräcke mache! Dat glöw man!« – Putlitz lachte. »Vom Zittern der Nadel habe ich bisher nichts gemerkt, lieber Reuter!« – »Warten Sie ab, bis Sie mein neuestes Opus gelesen haben. Nach meinem Urteil wird es bedeutend schwächer als meine anderen Bücher, das weiß ich schon jetzt, ehe es vollends fertig ist . . .« – »Und Sie fürchten die Kritik?« – »Die Kritik, mit Otto Glagau an der Spitze, kann mir kreuzweise! Ich fürchte die Enttäuschung meiner Leser, meiner Freunde . . . Sie werden sich in Siedenbollenthin und in Bramborg und in Rostock kapitelweise vorlesen, wie sie es mit der ‚Stromtid' und mit der ‚Festungstid' und mit der ‚Franzosentid' gemacht haben, und dann werden sie ihren Kopp schüddeln un mit de Näs an dat Bok snökern un seggen: Dat rükt äwer gor nich 'n bäten nah Reutern!«

Ich merkte, daß es ihm wohltat, einmal darüber sprechen zu können, ohne daß seine Zuhörer gleich in höfliche Proteste ausbrachen, und sowohl Putlitz als auch Vincke, erfahrene Männer wie er, mochten verstehen, was in ihm vorging. Tempeltey indessen war es noch nicht zufrieden. »Sie sind doch noch kein Greis, Herr Doktor! Sie müssen noch schreiben, wir erwarten noch Großes von Ihnen!«

Reuter lachte, blieb stehen, um sich wieder den Schweiß abzuwischen, und sagte, etwas bitter: »Laten S' den Dokter weg, min Saehn. Ja, was Großes erwartet ihr jungen Dachse! Was Großes! Mein Großes ist ja da, ich hab's ja gemacht, mein Großes! Nun macht ihr was, jetzt seid ihr an der Reihe für das Große! Mit mi is't nu ut, ick sett mi nu to Rauh un verteht min Tinsen un treck min Arwten un gah mit min

Köter up'e Promenad' up un dal un smök min Pip' dorbie un denk mi: Nu lat Tempelteyen man dat Grote maken!« – »Sie wollen gar nicht mehr schreiben, Herr Reuter?« – »Schreiben? Ach, dat Schriewen künn'k wull nich laten, äwer rutgewen – ne!« Und als nun hinter der Biegung des Weges die Burg plötzlich vor uns stand, stützte Reuter die Arme auf das Geländer der Brücke über den Wallgraben, atmete tief und sagte, mehr für sich: »Ick bün baben. Mi langt't!« Meinte er den Weg auf die Burg? Meinte er sein Leben? Oder beides?

Der Kustos kam, und der Schloßvogt, der während der Abwesenheit des Großherzogs den Hausherrn auf der Burg vertrat, wurde geholt. Der Herr von Arnswald ließ nicht lange auf sich warten; der Besuch des Freiherrn von Putlitz auf der Burg schien ihm Grund genug, sich persönlich um die Betreuung der Gäste zu kümmern. »Ah, auch der Herr Doktor Reuter haben sich heraufbemüht! Wie schön, ich bin sehr erfreut! Der Großherzog wird sehr bedauern, nicht hier gewesen zu sein! Meine Herren!« Arnswald ging voran; man führte uns durch die weiträumigen Anlagen der Burg, zeigte das Lutherzimmer, die prächtigen Säle und Schwinds Fresken – kurz, das Übliche. Unser Gegenstand, lieber Flemming, wurde nicht berührt.

Nach einer Erfrischung, die man uns in der Wohnung des Schloßvogts reichte, stiegen wir schweigend ab. Es war windig geworden, der Himmel bedeckte sich, und als ich Reuter und Vincke bei Luise abgeliefert hatte, war ich froh, den Weg hinter mir zu haben.

Ebenso froh, zugegeben, lieber Freund, bin ich jetzt, das Ende dieses Briefes erreicht zu haben. Halten Sie die Geschwätzigkeit meinem Alter zugute! Ich grüße Sie herzlich! Werden Sie gesund!

Eisenach, den 19. Juli 18**

DER KRAGENKNOPF DES DICHTERS, den ich vor einigen Jahren von einer alten Dame, einer späten Nachfahrin eines Freundes des Freundes von Fritz Reuter, geschenkt bekam, besteht aus einfachem Messing. Die kleine, drehbare Kugel am hinteren Ende des Kragenknopfes und die ebenfalls drehbar am Stiel befestigte vordere Platte klappern leise, wenn man das ganze Gerät zwischen Daumen und Zeigefinger nimmt und schüttelt. Vorn, kreisrund und milchig trüb, ragt eine gläserne Steinimitation aus der Messingfläche. Der blanke Goldton der Metallteile zeigt hier und da schwärzliche Verfärbung. Also, alt ist der Kragenknopf ohne Zweifel, vielleicht sogar so alt, daß er tatsächlich aus Reuters Besitz stammen könnte. Nun ist die alte Dame, die ihn mir verehrt hat, längst tot, und ich habe vergessen, sie noch bei Lebzeiten nach der Geschichte des Kragenknopfes zu fragen. Ich erinnere mich allerdings gut an den ernsthaft-gläubigen Ausdruck ihrer Augen und eine gewisse Feierlichkeit, mit der sie das Corpus delicti aus einem verblichenen Papiertütchen fingerte. »Eine Reliquie, eine echte Reliquie!« sagte sie, und: »Verwahren Sie ihn gut, es ist Reuters Kragenknopf!«

Da liegt er nun, der merkwürdige Gegenstand, im Bücherregal neben Fritzings Bild, und jedesmal, wenn Staub gewischt werden muß, fällt er unweigerlich hinunter auf den Teppich und muß mit Hilfe einer Taschenlampe hinter oder unter den Möbelstücken gesucht werden, damit er nicht eines Tages von der gierigen Staubsaugerlunge verschlungen und also endgültig von der Erde getilgt wird. Ein Kragenknopf ist nämlich heute etwas vollkommen Unnützes, ein total überflüssiger Gegenstand, von dem man kaum zu sagen wüßte, welchem Zweck er dient. Zeigen Sie bitte einem beliebigen Durchschnittsbürger der jüngeren Generationen einen solchen messingnen Gegenstand und fragen Sie nach seiner Verwendung: Kopfschütteln und Schulterzucken wird die Antwort sein.

Es dürfte auch schwerhalten, heute, mehr als hundert Jahre nach Reuters Tod, den Wahrheitsbeweis anzutreten für die Behauptung der alten Dame. Daß Reuter Kragenknöpfe benutzte, wird außer Zweifel stehen; war es doch zu seiner Zeit Mode und Gewohnheit, Kragen aus steifem Leinen, gar aus Papier, später auch aus Zelluloid, mit Hilfe eines solchen Kragenknopfes am Hemdenrand zu befestigen. War der Kragen schmutzig, brauchte man nicht gleich das ganze Hemd zu wechseln, es genügte, den sinnreichen Kragenknopf zu lösen, einen neuen Kragen auszuwählen und ihn wieder festzuzwekken. Dazu nämlich befanden sich in Hemd und Kragen kleine, kreisrunde Knopflöcher, die eben eng genug waren, das kugelige Ende des Kragenknopfes mit leichtem Druck passieren zu lassen. Ganze Kragenindustrien schossen aus dem Boden, unterschiedlichste Patente gab es für Kragen, Kragenknöpfe und Hemden, bei der einen Sorte saß der Kragenknopf vorn, was aber Leute mit empfindlicher Kehlkopfregion als störend empfanden, weil beim Schlucken jedesmal der Adamsapfel mit dem metallenen Knöpfchen kollidierte. Deshalb erfand ein schlauer Bursche den rückwärts sitzenden Kragenknopf, welcher nun wiederum die Bosheit besaß, daß man ihn nur mit artistischer Fertigkeit durch seine Löcher fummeln konnte, wollte man nicht beim Kragenwechsel das Hemd ausziehen müssen.

Ach du lächerliche Herrenmode! Wenn die Natur schon dem weiblichen Geschlecht alles an Reizen und Anmut verliehen hat, was sich denken läßt, und dafür die Männer so unvorteilhaft ausstattete – warum hat nicht die Mode der ausgleichenden Gerechtigkeit gedient? Nein, Kragenknöpfe mußte sie erfinden! Vorhemden! Jene liebestötenden Strippen, Klipse und Gummis, jene Hosenträger und Sockenhalter, jene unsäglich komische Bekleidungstechnik, mit deren Hilfe sich schließlich ein passables Mannsbild herstellen ließ, das allerdings nur so lange passabel blieb, wie es in der Komplettierung verharrte.

Also wird auch Reuter seinen Kragenknopf mehr als einmal verflucht haben, und vielleicht warf er ihn eines Tages, als er bei seinem Freunde zu Besuch weilte, wütend in die Ecke, weil es ihm partout nicht gelingen wollte, den Pinorrek durch die Löchelchen zu dirigieren, und weil es einen Mann wie ihn wohl wütend machen konnte, in der verrücktesten verrenkten Haltung, mit beiden Händen hinter dem Halse herumfummelnd, vor einem Ankleidespiegel zu stehen, im vollen Schmucke der Unterhosen, die während der Prozedur des Kragenanknöpfens dauernd hinunterzurutschen drohten, denn ihre Befestigung geschah ja erst, indem man die an ihnen angebrachten Schlaufen über die Hosenträger streifte. Und vor der Brust sperrte sich bei der verdammten Knöpferei auch noch dieses lächerliche Chemisett, das unter der darüber zu schließenden Anzugjacke ein fein gebügeltes Hemd vortäuschen sollte. Nicht einmal die Jacke konnte man öffnen, wenn einem warm war!

»Verfluchtes Ding! Mistvieh!« oder was gerade an eben noch salonfähigen männlichen Gnatterworten im Schwange war, vielleicht auch gut plattdeutsch: »Schietkram! Gah to'n Schinner! Meß!« wird Reuter also ausgerufen und das verdammigte Ding in die Ecke gepfeffert haben, um einen anderen zu probieren. Und am nächsten Tag, als das Ehepaar Reuter wieder abgereist war und dat Mäten die Stube ausfegte, da fand sie den Knopf. Die Gnädige lächelte, als Fiken mit dem Fund kam, nahm das Dingelchen an sich und verwahrte es in ihrer Schmuckschatulle. Und von nun an sollte es einem Mann meiner Profession ein leichtes sein, einen gangbaren Weg zu erfinden aus der Schmuckschatulle der Frau Gutspächter Müller auf mein Bücherregal. Das können wir uns schenken.

Ein Kragenknopf aus Messing, ein kleines, unscheinbares Ding, das vielleicht, vielleicht einmal am Halse des Dichters Fritz Reuter gesessen hat, das vielleicht gar einmal seinen herrlichen Zorn entfachte – eine Reliquie von zweifelhaftem Wert. 's kann ja auch alles ganz anders sein, und die alte Dame war ein Schelm, und sie hatte den Knopf von ihrem Gatten.

Zum Wegwerfen indes ist mir das Kerlchen doch zu schade. Es ist ein so hübsches Ding, und es klappert so anmutig zwischen den Fingern. Und es macht den Leuten, denen ich es zeige, so schön gläubige Augen, wenn ich sage: »... und dies,
 nicht wahr, ist der Kragenknopf des Dichters.«

Lieber Flemming,

ja, Ihr Brief kam eben in meine Hände, gleich will ich mich niedersetzen und in meinem Gedächtnis und meinen alten Aufzeichnungen herumkramen. Zuerst aber ist's mir Freude und Pflicht, Ihnen zu Ihrer vollständigen Genesung zu gratulieren! Wir alten Doctores tun gut daran, die Krankheit unseres Leibes nicht allzu ernst zu nehmen – um so eher entrinnen wir den Krankheiten der Seele, als da sind Melancholie des Alters und Wehleidigkeit. Unser Reuter war nicht frei davon; er beobachtete seine Leiden sehr genau und hatte durchaus manchmal Beschwerden, die er sich einbildete. Luise war daran nicht schuldlos; sie hat ihn mit all ihrer übergroßen Fürsorglichkeit manchmal kränker gemacht, als er war. Ewig klagte er über Schmerzen in den Beinen, man konnte nichts lokalisieren, es zwickte ihn hier und drückte ihn da. Besonders in jenen Jahren nach dem großen Umzug, wenn er oft unlustig an seinem Schreibtisch saß, seine Pfeifen auskratzte und Männerchen auf das Papier kritzelte, weil ihm nichts zu schreiben einfiel, dann packte ihn diese Altershypochondrie. »Ich bin doch zu nichts mehr nütze, Doktor! Altes Eisen!« – »Was soll ich sagen, lieber Freund! Bin doch noch drei Jahre älter als Sie!« – »Ja, Sie! Sie haben Ihr Amt, Sie haben Ihre Patienten! Sie haben Ihr Tun den ganzen Tag. Aber ich? Schauen Sie doch auf meinen Tisch! Tabula rasa! Hier nichts« – er schlug sich die flache Hand vor den Kopf – »und da nichts!« rief er und klatschte die Hand auf die Tischplatte. »Und draußen der Garten voller Schnee und Eis! Spazierengehen mag ich nicht, mir knirschen alle Knochen. Der Kopf schmerzt. Luise hat Migräne und ist grimmig. Joli schläft den ganzen Tag. Lisette schlägt mir den Staubwedel um die Ohren! Ein Jammerleben!« So etwa konnte er lamentieren, unser Freund Reuter, und leicht geschah es dann, daß er den Schlüssel zum Weinkeller aus der Küche stibitzte und sich einen Rausch antrank. Sie waren zwar seltener geworden, diese Ausbrüche seines alten Leidens, aber sie wurden auch folgenschwerer, wenn sie auftraten. Die

Abstände zwischen seinen Anfällen – wollen wir es bei dieser Benennung belassen? – wurden ebenso größer, wie die Gründe für Zorn oder Freude seltener wurden. Ja, die »Montecchi un Capuletti« hatten tatsächlich wenig Begeisterung bei der Kritik ausgelöst, sein Entschluß, nichts mehr drucken zu lassen, schien sich gefestigt zu haben; ihm wurden zwar nur positive Rezensionen auf den Tisch gelegt, aber er merkte ja, wie der Hase lief, und wußte genau, daß seine Frau, im Verein mit der rüstigen Jungfer Lisette, die einlaufenden Zeitungen und Briefe einer strengen Zensur unterzog. Ich erinnere mich gut an einen Tag im nebligen Spätherbst 1868, als Reuter durch das Haus tobte, die Türen schmiß und Zeitungsfetzen um sich warf, nachdem er einen Stoß mißgünstiger Besprechungen, von Luise versteckt, auf dem Boden gefunden hatte. Der Anfall war sehr intensiv, Reuter lag mehr als zehn Tage zu Bett und klagte über die heftigste Übelkeit, über Magenschmerzen, seine Leber war geschwollen, die Stimme heiser. Sein Gesicht wirkte grau und eingefallen, er war magerer geworden, seine Haut schlaff. Ich wollte und mußte etwas tun, um den offensichtlichen Verfall meines Patienten aufzuhalten; daß ich ihn nicht zum Stehen bringen konnte, wurde mir in jenen Wochen endgültig bewußt.

Reuter lag noch zu Bett als Folge dieses Anfalles, als er mir ein Inserat einer Wasserheilanstalt in Stuer am Plauer See, das er sich aus einer Zeitung geschnitten hatte, vorlas. »Ein Herr Bardey hat in Stuer eine neue Kuranstalt gegründet nach wissenschaftlichen Methoden ... Ich war ja vor vielen Jahren schon einmal in Stuer, als dort noch der Dr. Dornblüth regierte und die Leute in- und auswendig mit kaltem Wasser spülte ... Ich würde gerne noch einmal nach Stuer gehen, lieber Doktor. Und bald, vielleicht sofort. Soll ich dem Herrn Bardey wohl schreiben?«

»Stuer liegt in Mecklenburg. Und Mecklenburg ist weit. Und wir haben November!« – »Ich habe Heimweh nach Mecklenburg, lieber Doktor. Ich halte es hier nicht aus! Sehen

Sie mich doch an. Ich möchte gern fahren!« – »Sie müssen
erst kräftiger werden, Reuter. Vielleicht zu Weihnachten,
eher auf keinen Fall!«

Reuter nahm meine Hand, drückte sie und sah mich
dankbar an. »Ja? Zu Weihnachten?« Ich nickte. »Sagen Sie's
Luise?« – »Gewiß!« – »Heute noch?«

Deshalb wollte er nach Stuer. Er wußte ja, daß all die
Wasserkuren ihm bislang wenig genützt hatten, aber Stuer –
das war die Heimat. Er wollte fliehen, er wollte, wenn es
schon Winter sein mußte, den Winter in Mecklenburg verleben.
Fritz Peters könnte ihn besuchen, er könnte mit den Leuten
plattdeutsch reden. »Ich werde schreiben, lieber Doktor.
Sprechen Sie mit Luise, ich schreibe. Heute noch. Soll er mich
auf Diät setzen, der Herr Bardey! Zwei kleine warme Stuben
reichen mir. Ich muß hier raus!«

Frau Luise war wenig erbaut. »Jetzt, wo es Winter wird,
will er nach Stuer? Und Sie raten zu, Herr Doktor?« – »Ja,
gnädige Frau, ich rate zu!« – »Zwei kleine Stuben? Hat er
da seine Ordnung? Und ich? Ich kann nicht zwei Monate
nach Stuer reisen, es ist mir einfach zu langweilig, und ich
kann das Haus nicht allein lassen...« – »Lassen Sie ihn nur
fahren, es wird ihm guttun... Hier hat er zu viele
Ablenkungen und zuwenig Ruhe. Glauben Sie mir, ich bin
sein Arzt!« – »Eine Wasserkur wieder?« – »Nein, nur eine
Diätkur!« – »Und noch vor Weihnachten?« – »Sagen wir:
gleich danach!«

So geschah es; Reuter reiste zwischen Weihnachten und
Neujahr ab und blieb bis Mitte Februar in Stuer. Seine Frau
besuchte ihn dort, auch sonst kamen ein paar Besucher,
Hinstorff, Peters. Aber die Gaffer blieben fern, kaum jemand
wußte, daß Reuter sich in Stuer aufhielt, und der winzige
Badeort, dazu noch in der Winterszeit, bot kaum Störungen
und Ablenkungen, der Gästestrom würde erst im späten
Frühjahr einsetzen, und wer fuhr schon quer durch Mecklenburg nach Stuer, um einen kranken Dichter anzuschauen. Nein,
in Stuer war er sicher vor Verehrern und Versuchungen.

Der Badearzt schrieb mir zwei kurze Berichte, die mich recht zuversichtlich machten, wenn sie auch meine Beobachtungen bestätigten. Reuter schlief viel, machte kurze Spaziergänge, um den Schlittschuhläufern zuzusehen, die auf dem zugefrorenen Teil des Sees ihre Kunststückchen machten, saß aber meist allein in seinen Stuben und schrieb ein wenig an seiner »Urgeschicht«, die ihn seit langen Jahren beschäftigte. Seine Diät hielt er pflichtbewußt ein; er aß mäßig, trank Malzbier und Buttermilch, rauchte wenig. Alles schien gut zu gehen, und ich war zufrieden. Dann aber, als Reuter in Begleitung seiner Frau zurückkam, nachdem er auf der Rückreise Besuche in Stavenhagen, Neubrandenburg und Berlin gemacht hatte, erschrak ich sehr. Reuter wirkte schmal, fast hinfällig; er stützte sich auf seinen Stock, anstatt, wie es noch vor Jahresfrist seine Art gewesen war, ihn forsch zu schwingen, und Luise empfing mich mit allen Anzeichen schwerster Erschöpfung.

»Kommen Sie bitte in mein Zimmer, Herr Doktor, ich habe mit Ihnen zu reden!« Ich sah Reuter an, er sah mich an und hob die Schultern, drehte sich um und verschwand in seinem Zimmer. Ich folgte seiner Frau in das ihre. Sie schob mir einen Sessel hin, blieb selbst stehen und atmete erregt. »Was ist geschehen, Frau Reuter?« – »Ich bin am Ende, Herr Doktor, ich bin vollkommen am Ende!« – »Ich ahne Schlimmes. Ein Anfall?« – »Eine Katastrophe, Herr Doktor!« Frau Reuter begann, nervös im Zimmer hin- und herzugehen. »Als ich ihn in Stuer abholte, war alles in schönster Ordnung. Er hatte sogar ein wenig gearbeitet, hatte zwar etwas Gewicht verloren, was mich überhaupt bedenklich stimmt, war aber recht heiter und wenigstens etwas erholt.« – »Beruhigen Sie sich, erzählen Sie mir alles!« – Sie setzte sich nach Zureden nun auch, begann aber sogleich zu weinen. In den Händen knüllte sie ihr Taschentuch, ihre Schultern zuckten, sie schluchzte hilflos und bot mir alle Anzeichen einer tiefen seelischen Erschöpfung. Ich läutete nach Lisette und ließ einen Cognac bringen, der auch gleich seine segensreiche Wirkung hatte und

die aufgelöste Frau etwas beruhigte. Ich legte ihr die Hand
auf die Schulter. »Erzählen Sie, bitte!«
Es sei furchtbar gewesen, berichtete sie und schneuzte sich.
Sie seien zunächst nach Stavenhagen gereist, hätten dort
Verwandte und Bekannte in aller Stille besucht, hätten die
Gräber der Eltern in Ordnung gefunden und seien bereits
am nächsten Tag nach Neubrandenburg weitergereist. Dort
sei allerdings, wohl durch eine Indiskretion, die Kenntnis von
seinem Besuch in der ganzen Stadt verbreitet gewesen, man
habe eine Ehrenpforte errichtet, und noch auf dem Bahnhofe
hätten Reuter und sie eine Ansprache über sich ergehen lassen
müssen. Blumenmädchen hätten Tannenzweige bis zu
Siemerlings Haus gestreut, wo man Wohnung genommen habe,
und die Gymnasiasten hätten Hochrufe ausgebracht. Reuter
habe dann natürlich, gegen ihre ernstesten Vorstellungen, eine
Einladung zu einem Herrenabend in der »Goldenen Kugel«
angenommen, und dort sei dann das Verhängnis nieder-
gebrochen. Im Überschwange der Wiedersehensfreude mit
alten Freunden – sie sagte »Zechkumpanen« – sei es zu einer
ausgedehnten, fast wüsten Sauferei gekommen, die Herren
– sie sagte »die Kerle« – seien schließlich als »Bramborger
Raupe« mit aufgekrempelten Hosenbeinen durch das ganze
Etablissement gestampft, Reuter habe, auf dem Stuhl stehend,
politische Reden gegen die Franzosen gehalten, man habe den
Bedienerinnen in die Hinterbacken gekniffen und ihnen Taler-
stücke in die Mieder gesteckt, und die »Feier« habe damit
geendet, daß man trotz der kalten Winternacht im bloßen
Rock vor das großherzogliche Stadtschloß gezogen sei, um
dort, nachts um halb eins und gegen den Widerstand des
Stadtpolizisten, »Gaudeamus igitur« zu singen. Und Reuter
immer »mittenmang«, als wäre er nicht sechzig Jahre alt
und krank an allen Gliedern, sondern ein standfester Student.
Um zwei Uhr nachts sei er stark betrunken zurückgekommen,
eskortiert von zwanzig ebenfalls bezechten Herren – »Denken
Sie, Doktor, die ehrenfestesten Herren der Stadt!« –, habe noch
vom Balkon der Siemerlingschen Wohnung schwankend und

salutierend die heiseren Hochrufe seiner Kumpane entgegengenommen und sei schließlich nach einem Streit mit Siemerling, der ihm keinen weiteren Wein habe geben wollen, endlich zu Bette gegangen.

»In welche Lage er mich brachte, Doktor! Können Sie sich das vorstellen? Siemerling, sein bester alter Freund in Neubrandenburg, und seine Familie, was mochten die von mir denken! Und von ihm! Nun haben sie wieder zu reden, die Klatschmäuler in Mecklenburg! Nun muß der arme Fritz schon nach Mecklenburg kommen, um sich mal eins ordentlich zu besaufen, kriegt wohl nichts in Eisenach, hat gewiß seine Frau die Hand drauf . . . Was soll ich nur tun?«

Sie weinte wieder, wiegte sich schluchzend in ihrem Stuhl hin und her und schnupfte. »Wie könnte doch alles so schön sein! Ach, wie schön könnte alles sein!«

Reuter sei dann am anderen Tage zutiefst zerknirscht gewesen, gottlob nicht so krank, wie gewöhnlich nach solchen Vorfällen, was der Festigkeit Siemerlings zu danken sei. Dort, im Hause seines Gastgebers, habe er sich trotz seines Zustandes wohl noch eben in der Gewalt gehabt. Ich wisse ja, was geschähe, würde sie ihm in seinem eigenen Hause den Wein verweigern, wenn er ihn fordere. Er sei dann auf schnelle Abreise bedacht gewesen, trotz erster Zeichen einer schweren Erkältung, die er sich bei den nächtlichen Umzügen geholt habe, und auch der herbeizitierte Dr. Brückner, sein langjähriger Arzt, habe nicht vermocht, ihn zum Bleiben zu bewegen. So sei man gereist, habe in Berlin wegen einiger Rechtsgeschäfte noch eine Besprechung gehabt, bei der Reuter schon wegen Fiebers kaum noch habe folgen können, und sei nun gestern, endlich, wieder in Eisenach eingetroffen. Reuter sei von Unruhe getrieben, habe wirre Träume, sei nicht im Bett zu halten, renne tatenlos im Hause umher, huste, äße nicht, klage über Schmerzen in den Beinen (!) und sei überhaupt unleidlich. Sie fühle sich nicht mehr imstande, ihn zu betreuen, sie sei am Ende. Sie sei es jetzt, die eine Kur nötig habe, aber nicht in Stuer, da könne ich sicher sein, sie würde nach Berka gehen und wolle dort sechs Wochen nichts als schlafen.

Lieber Flemming, so hatte ich Frau Reuter noch nie erlebt. Immer war sie bestrebt gewesen, die Trinkereien und sonstigen Leiden ihres Mannes klaglos zu ertragen. Nun aber schien das Maß der Erträglichkeit überschritten. Ich verordnete ihr ein wenig Morphium, bat Lisette, alle Aufregungen von ihr zu halten, alle Besucher fortzuschicken, wer es auch sei, und sie schlafen zu lassen, so lange es eben ging. Dann ließ ich sie allein und trat in Reuters Zimmer, dessen Tür weit offenstand. Reuter lehnte im Sessel und schlief. Er sah bleich aus, sein Bart war wirr. Seine sonst so kräftigen Hände mit den kurzen Fingern waren weiß und wirkten durchsichtig.

Als ich die Tür hinter mir schloß, erwachte Reuter, blinzelte gegen das milchige Licht des trüben Tages, das ihn eigentlich kaum blenden konnte, und legte die Hand über die Augen. »Doktor?« – »Ja, ich bin es, Schwabe.« – »Es muß Frühling werden, Doktor. Dann wird alles anders sein. Ich bin müde.« – »Sie machen mir Sorgen, mein Lieber!«

Reuter hob schlaff die Hand und winkte ab. »Warten Sie auf den Frühling, Schwabe. Dann wird's. Ich hasse den Winter.« – »Sie sollten sich auch zu Bett legen!« – »Auch, was heißt auch?« – »Ich habe Ihre Frau gesprochen. Sie ist krank, erschöpft und krank. Sie braucht Ruhe, viel Ruhe.« – »Ich weiß, Schwabe. Ich habe ihr übel mitgespielt. Es tut mir leid. Wenn ich trinke, denke ich, meine alte Kraft ist wieder in mir. Dann bin ich witzig, dann funktioniert mein Geist. Und dann kommt der Nebel.

Und dann kommt die Dumpfheit, der schlechte Geschmack im Mund, die Stiche im Herzen, die Leere im Kopf. Und dann, Schwabe, dann kommt der Ekel ...« – »Gehen Sie zu Bett, lieber Freund. Nehmen Sie etwas Baldrian, schlafen Sie!« – »Es wird das beste sein. Gute Nacht!« Reuter erhob sich aus seinem Sessel und ging gebückt an mir vorbei zur Tür. Ehe er das Zimmer verließ, drehte er sich noch einmal um, schaute mich an und sagte: »Ich danke Ihnen, lieber Herr

Doktor, für alle Ihre Mühen mit mir und meiner Frau. Wirklich. Ich mache Ihnen viel Arbeit. Ja.« Dann ging er.

Oh, lieber Flemming, so niedergeschlagen verließ ich Reuters Haus selten wie an jenem Tag. Ich fürchtete mich, ich gestehe es Ihnen, lieber Freund, ich fürchtete mich vor meiner Verantwortung als Arzt. Und ich fürchtete das Kommende.

Fürwahr, ein trüber Brief ist es geworden. Wo wir aber das Versagen verschweigen, können wir die Leistung nicht würdigen.

Seien Sie herzlich gegrüßt von

Eisenach, den 6. August 18**

Lieber Freund,

ja, Sie sehen es selbst: es war der Niedergang, der unaufhaltsame Abstieg in die düsteren Niederungen seines Lebens und Leidens. Seine ehedem so starke Natur, die sich jahrzehntelang den schwersten Anfechtungen gegenüber so immens widerstandsfähig gezeigt hatte, begann nun zu erliegen. »Ich habe meines getan«, hatte er zu dem jungen Tempeltey gesagt, und er hatte es ernst, bitterernst gemeint.

Er war, an seinen Jahren gemessen, nicht alt, aber er sah sich als Greis und begriff sein nahendes Ende. Er sah die Leere vor sich, er wußte, daß sein Leben ihm die Entsagung jeglichen Genusses aufzwingen würde, und Angst breitete sich in ihm aus. War er noch Fritz Reuter?

Lieber Flemming, Sie haben ihn nicht von Angesicht gekannt, aber Sie haben ihn gelesen. Und dieser Vorstellung von seiner Persönlichkeit, die die Lektüre seiner Bücher in Ihnen erzeugte, entsprach das Bild dieses Mannes nun nicht mehr.

Er war müde geworden; der Reichtum und die durch ihn

hervorgerufene *tristesse* enttäuschten ihn, der Ruhm langweilte ihn, die Verehrer waren ihm lästig, der Schreibtisch seine verhaßte Galeere. Da saß er, anders nun, als ich ihn noch im Schweizerhause hatte sitzen und schreiben sehen: jede Faser gespannt, hockend auf der Kante des zurückgestoßenen Stuhles, voller Erregung, die Feder fast wie einen Meißel handhabend, hieb er damals, die Sätze laut skandierend, seine Geschichten auf das Papier. Ach, Flemming, wie selten strich, korrigierte, ergänzte er Geschriebenes! Dann warf er lieber gleich einen ganzen Bogen weg, rieb sich die Hände und begann von vorn. Wie ein Stück mußte das sein, wie aus einem Guß! Ich schrieb Ihnen davon.

Jetzt aber? – Reuter saß nicht mehr vorgebeugt, sondern zurückgelehnt in seinem Stuhl; sein Herz schmerzte ihn, wenn er sich zu sehr vorbeugte und dabei das Gewicht seines Körpers auf den linken Arm stützen mußte. Sein Herz machte mir ohnehin in letzter Zeit zunehmend Sorge. Die Feder hielt er, wenn er so saß, weit von sich, in dieser Haltung streckte er mühselig den Kopf vor, da seine Kurzsichtigkeit ihn behinderte. Es war eine seltsam verkrampfte, wenig harmonische Körperhaltung, zu der seine Leiden ihn zwangen, wenn er schreiben wollte. Was wunder, daß es ihn selten gelüstete, sich an den Schreibtisch zu setzen.

Seine Schrift war lange nicht mehr von jener flüssigen Eleganz und Entschlossenheit, wie noch vor wenigen Jahren. Manchmal zitterte seine Hand, manchmal verlor er die Gewalt über die Feder, seine Zeilen verließen die Waagerechte und gerieten ins Schlingern, bis er sich mit äußerster Anstrengung zwang, dem Ende der Zeile zu wieder gradlinig zu sein. Seine Buchstaben – einige ohnehin zeitlebens eigenwillig, doch immer gleichbleibend gestaltet – wurden krakelig; sie schwankten über das Papier, stießen sich aneinander und machten den erschöpften Schreiber mißmutig und misanthropisch.

So lag denn die Rechte meist unbewegt auf dem weißen Bogen. Reuter starrte an die Decke seines Arbeitszimmers, rauchte mehr, als ihm guttat, und quälte sich ziemlich herum, bis er endlich, Ende 1868, die »Reis' nah Konstantinopel« veröffentlichte. Nein, das Buch war ihm nicht gelungen. Mühselig hatte er es »fertiggedrechselt«, die Urlust an der Schöpfung fehlte, es war Zeugung ohne Kitzel, Geburt ohne Schmerz. Gleichgültigkeit und Unlust waren die steten Begleiter seiner Tage, und er wußte es. »Meine Muse hat sich pensionieren lassen!« sagte er und preßte die Hand auf das Herz. »Es schmerzt, Doktor. Und immer diese innere Unruhe. Als müßte ich fortwährend umhergehen!« – Er trank in dieser Zeit mehr als je zuvor, trank täglich, auch heimlich, wenn es seine Frau nicht bemerken sollte; ein unwiderstehlicher Zwang zur Flasche riß ihn vom Schreibtisch an den alten Sekretär, der in der Ecke stand und, stets verschlossen, geheime Vorräte enthielt.

Seltener allerdings wurden die großen Räusche, denen wochen-, ja monatelange Abstinenz zu folgen pflegte, häufiger dagegen der Genuß kleinerer Mengen. Ich deutete dies für den Versuch, jene recht frohen Zeiten der Arbeit an der »Stromtid« zurückzurufen, in denen Reuter sich oft mit einem Quart Weißwein in Schaffenslaune brachte und dann manchmal, nach einem Bogen Manuskript, eine Pause einlegte, um ein Glas zu leeren, dann aber, den Rücken streckend und schon wieder mit dem nächsten Gedanken im Kopf, an die Arbeit zurückkehrte. Damals war der Antrieb zu schaffen, die Fülle seines gedanklichen Vorrates, die Macht des Einfalls sehr oft, fast immer, stärker als der Trieb zu dem Sekretär und seinen geheimnisvollen Inhalten. Es überkam ihn, er mußte schreiben aus innerem Zwang: es war in ihm, und es mußte hinaus ...

Jetzt aber? Jetzt war nichts mehr in ihm, fast täglich klagte er über die Mühe, seinen Gestalten Blut und Leben zu geben und ihnen die Fähigkeit zu verleihen, Menschliches abzuspiegeln. Das schwerste aber war die Forderung des Tages, diese oder jene Anzahl Zeilen zu schreiben, ein »Pensum« zu absolvieren: das warf ihn in Ängste. Zwar zwang er sich, er schuf Dialoge, erdachte Szenerien, entwarf Figuren, fabulierte: aber nicht mehr aus dem Herzen. Seine Dialoge gerieten ihm hölzern, seine Figuren wurden leblose Puppen, seine Szenerien Kulissen eines Panoptikums, seine Fabeln eine Art Labyrinth ohne Ausgang. Das alte Mittel versagte: öfter und öfter ging er an den Schrank, mehr und mehr wurde ihm der Kopf schwer. Luise fand ihn manchmal, was früher niemals geschehen war, eingeschlafen an seinem Schreibtisch; er lag zurückgelehnt in seinem brüchigen Korbstuhl, der Kopf war ihm auf die Brust gesunken. Das Blatt vor ihm war leer.

Flemming, er dauerte mich! Manchmal stand er stundenlang schweigend am Fenster und blickte aus seinem Feenpalast in das Mariental hinüber, ohne sich zu rühren. Da hatte er nun alles erreicht, was ein Dichter in Deutschland erreichen konnte, und war doch alles andere als glücklich. Er *wollte* nicht mehr schreiben. Dann, eines Tages, als er nach unendlichen Qualen den Schlußpunkt hinter die unselige »Reis'...« gesetzt hatte, warf er die Feder hin. Da mochte sie liegenbleiben, die Tinte mochte eintrocknen, es war vorbei. Fritz Reuter war kein Schriftsteller mehr.

Aber war er nicht selbst schuld? War er nicht seinem Schicksal blindlings gefolgt, hatte er nicht allzugern dem lockenden Ruf des Erfolges Gehör geschenkt? War er nicht mit dem Wachsen seines Vermögens beruhigter, mit dem Wachsen seines Ruhms zufriedener geworden? Hatte die nachlassende Sorge um seine pekuniäre Sicherheit auch seine Seele sorgloser gemacht?

Ich war auf das äußerste beunruhigt. Luise Reuter teilte meine Unruhe. Sie rief mich häufiger, schützte auch wohl ihre Migräne vor, um sich mit mir über ihren Fritz auszutauschen. Ja, der Garten! Hier sah sie ein friedliches Feld, und damit hatte sie wohl recht. Allzugern hantierte er dort herum, grub und pflanzte, schnitt und okulierte mit der Besessenheit eines Landwirts. Ja, das tat ihm wohl! Und er hätte am liebsten nichts anderes getan. Joli jagte, zärtlich beschimpft, durch die Beete, buddelte eben gesetzte Blumenzwiebeln aus, fegte durch die Petersilie und kugelte in seinem Junge-Hunde-Übermut den abschüssigen Weg zwischen den Gartenterrassen hinunter. Reuter selbst saß am liebsten in seinem kleinen »Lusthaus«, wie er die bescheidene offene Laube am oberen Ende des Gartens zu nennen liebte, rauchte die kurze Pfeife und betrachtete wohlgefällig, während er sich die schmerzenden Knie rieb, seine »Kulturen«. Er hatte tatsächlich eine glückliche Hand, zog Erdbeeren und Spargel, brachte die seltensten Stauden zum Blühen und die köstlichsten Birnen zum Reifen. Das war jetzt so sehr viel wichtiger für ihn als alle Literatur, er hatte »Seins getan«. Kamen Besucher, so zog er sie in den Garten; sie, die ihn seiner Werke wegen befragen wollten, die höhere Auskunft über das Schaffen des Dichters aus erster Hand und berufenem Munde erheischten, mußten sich über die Düngung des französischen Bleichspargels belehren lassen und über die Anzucht von Rosen.

Und sie staunten nicht schlecht, daß sich auf seinem Tisch Gartenbücher stapelten, und sie wunderten sich, daß ein angestrichener Artikel in der »Gartenlaube« nicht etwa von den dichterischen Leistungen des Hausherrn handelte, sondern von der Abrichtung junger Hunde. Joli indes mit seinen Kapriolen strafte den Verfasser des Artikels Lügen: bei ihm nützte das nicht. Wenn er auch längst nicht mehr in den Pferdestall des alten Griesebarth lief, so blieb er doch ein rechter Tunichtgut, der seines Herrn Zuneigung sicher war, was immer er auch anstellte. Und wenn er es einmal gar zu toll getrieben hatte, so sprang er seinem Erzieher auf den Schoß, steckte den Zottelkopf unter dessen Jacke und wackelte mit seinem Stummelschwanz. Reuter drückte ihn an sich wie ein kleines Kind, wiegte ihn, murmelte zärtliche Worte und streichelte seinen Joli, wie er wohl seit langem keinen Menschen mehr gestreichelt hatte. Herr und Hund waren von seltener Einmütigkeit. Das war sein spätes und einziges Glück, lieber Flemming: der Hund, der ihn liebte, die Blumen, die sich ihm öffneten, die Früchte, die ihm unter den Händen gediehen.

Doch wie wenige Tage blieb ihm dieses Glück! Dann kamen kühle Winde und Regengüsse, die Reuter ins Haus trieben, in das ungeliebte Zimmer, an den verhaßten Schreibtisch, dann kam der Winter, das lange kühle Frühjahr, und er sah sehnsuchtsvoll hinaus in seine jetzt so kahle und unwirtliche Gartenwelt. Ach, jeden Halm begrüßte er mit Freude, jede erste Blüte begeisterte ihn.

Solange er aber nicht hinauskonnte in den Garten, auch zum Schreiben keine Lust spürte, packte ihn wieder die Mißlaunigkeit. Er ging sehr selten aus, einige alte Freunde waren gestorben, die Stammtische verwaist, nur wenn Besuch kam, lebte er manchmal auf. Man gewann den Eindruck, er ließe sich nun doch ganz gern einmal stören, wenn gemeldete oder ungemeldete Besucher andrängten. Und, um der Wahrheit die Ehre zu geben: es waren ja keine Störungen im eigentlichen Sinne mehr; wobei sollten sie ihn auch stören, wenn er nichts schrieb? Also kam er dann jovial und aufgeräumt aus seinem Zimmer, floh aus der Verzweiflung in die Zerstreuung, machte liebenswürdige Konversation, politisierte, lud zum Trinken ein. Waren die Leute gegangen, fiel er zurück in seine Stumpfheit. »Schreib doch, Fritz, schreib doch was!« riet Luise. »Was soll ich schreiben, ich habe alles geschrieben!« – »Schreib an der ‚Urgeschicht'!« – »Ich mag nicht!«

Die »Urgeschicht«, die merkwürdige und vertrackte, plattdeutsch-kauzige Geschichte des Landes Mecklenburg von »Hertog Niklotten« an, war sein Trauma. Immer noch lag das dicke Bündel unvollendet im Schrank, Reuter hatte wieder und wieder daran gebessert, holte ab und an das Manuskript hervor und warf es meist schnell wieder zurück in die Lade. Dieses Buch würde er nie mehr zu Ende schreiben, es war ihm unmöglich.

»Dann lies!« – »Meine Augen schmerzen!« – »Schreib an Peters!« – »Was wohl?« – »Dann halt mir wenigstens die Wolle!« – »Schnickschnack! Hol dir Lisette!« – »Als wir Brautleute waren, hast du mir immer die Wolle gehalten!« – »Ach, Lowising...«

Grau, verdüstert und schweigsam hielt der Dichter seiner Frau die Wolle. Sie, die mit der ihr eigenen Behendigkeit das Knäuel wickelte, ohne hinzusehen, bemerkte, daß seine Hände zitterten. »Na, laß schon, Fritz, ich hole Lisette!« – »Ach, Lowising ...«

»Lowising« wußte: erst der Frühling, erst der Garten und seine Forderungen würden Reuter wieder aus der Lethargie reißen, wenigstens für die kurze Dauer des Sommers, oder es müßte etwas geschehen, etwas Großes, etwas Unabwendbares müßte geschehen, etwas, das ihn noch einmal packen würde ... So hoffte sie, und ich hoffte mit ihr.

Lieber Flemming, wir wollen der Allmutter Natur von Herzen danken, daß sie unser beider Köpfe so eingerichtet hat, daß ihnen immer etwas zu tun einfällt. Die Lust zur Tat: das ist die einzige Triebfeder unseres Seins.

Nun aber Gute Nacht! Die Tinte geht mir aus, und mein Hirn ist müde.

Eisenach, den 28. August 18**   Von Herzen

Lieber Flemming!

Schrieb ich Ihnen gestern nicht, mein Hirn sei müde? Seit einigen Tagen treibt sich in meinem Kopf eine merkwürdige Schlaffheit herum, die mich einerseits hindert, meine Niederschriften ausführlicher und länger zu gestalten, mich andererseits wie ein Vorbote aus einer jenseitigen Welt mahnt, zu eilen. So will ich nicht zögern, will mich zwingen, die letzte, selbstauferlegte Pflicht zu erfüllen, bis zu dem bitteren Ende meines Patienten alles aufzuzeichnen, dessen ich mich erinnere. Dann aber –. Jetzt ist der Sommer im Sinken; auf seiner höchsten Höhe, wenn die Schnitter über die Felder gegangen sind, stürzt er plötzlich und ohne äußere

Zeichen in den Herbst. Die Felder sind leer, die Dahlien blühen in meinem Gärtchen, die Todesblumen. Die Hitze steht noch immer flimmernd im Tal, und doch ist es Herbst, schon jetzt: es wächst nichts Neues mehr. Wenn dann der Nebel kommt und die Tage auf den Winter zutreiben, auf die traurige lichtlose Zeit, dann muß ich fertig sein mit dieser Arbeit. Es ist gut, daß diese Pflicht zur Arbeit hinter uns steht, ich wüßte sonst nicht, ob ich die Kraft fände, anderes zu bedenken als die Querelen des eigenen Alters. Ja, dies eigene Alter hilft besser zu verstehen, vieles erscheint einem aus der Sicht des Siebzigjährigen ganz anders, als man es als Fünfziger betrachtete.

Schrieb ich Ihnen nicht auch gestern schon von meiner Ahnung, daß erst etwas Großes, Unabwendbares geschehen müßte, um Reuter noch einmal aus der Lethargie des passiven Dahinwelkens, des Sterbens vor dem Tode, herauszureißen? Nun ja, dies Unabwendbare geschah, Sie wissen es wie ich: der Krieg, jener unselige Krieg gegen die Franzosen. Ich kenne Ihre eigene Haltung zu diesem Krieg nicht, lieber Flemming, aber ich kann sie mir vorstellen, und sie wird sich von der meinen wenig unterscheiden. Der Arzt, wer er auch sei, kann doch den Krieg nicht gutheißen, ohne seinen hippokratischen Eid zu verletzen! Wie viele junge Deutsche, wie viele junge Franzosen hat dieses eitle Gerangel um die Macht das Leben gekostet! Was war der Preis? Die schmachvolle Niederlage der Franzosen, das einige Reich der Deutschen? War das ein Schlachten wert? Ich bin kein Politiker, und es steht mir nicht an, dem Fürsten Bismarck in sein Handwerk zu pfuschen, er pfuscht ja auch nicht in das meine. Der Arzt in mir aber, der das Sterben ebenso kennt wie das Geborenwerden: aus nächster Nähe, der kann nie und nimmer auch nur ein einziges Leben opfern für ein flüchtiges Ziel. Reuter, noch 1866, als er die größten Mühen auf sich nahm, um den blessierten Kriegern zu helfen, teilte meine Ansicht. »Mit einem Federstrich schickt so ein König oder Fürst ein paar Hundert in den Tod!« sagte er und schüttelte sich. »Macht! Macht ist alles, was sie wollen!« Jetzt aber, lieber Freund, war er völlig verändert. Wohl war diese Veränderung langsam vor sich gegangen, fast unmerklich. Jetzt, nachdem er längst seine Hoffnungen auf Bismarck gesetzt hatte und in ihm den Erzengel sah, der die Uneinigkeit und Zerrissenheit mit dem feurigen Schwert aus den deutschen Landen tilgen würde, jetzt folgte er ihm fast blindlings.

War das noch Fritz Reuter, so fragte ich schon im letzten Brief, und meinte seine Physis, auch seine zerlittene Seele. War das noch Fritz Reuter, frage ich wiederum und meine nun den alten Demokraten, der aufrecht seine Gesinnung vertrat und unerschrocken seinem erstarrten Vaterland ein »Kein Hüsung« entgegenschleuderte und dies weithallende »Fri sall hei sin! Fri sall hei sin!«

Nein, dieser Reuter war das nicht mehr. Tief in seinem Inneren mochte es ihn manchmal noch bewegen, und ich erinnere mich, wie er mir, wenige Zeit vor seinem Tode, einen Brief zeigte, den er seiner Frau diktiert hatte. Ich glaube, er war an den Jabeler Förster Schlange gerichtet, der, wie ich höre, noch lebt und den Sie vielleicht um eine Abschrift des Briefes bitten können. »Um mein Gewissen ist es nicht gut bestellt...«, so etwa hieß es da. Reute ihn seine Anbiederung bei den Herrschenden?

1870, als das wüste Spektakel über die europäische Bühne zog, war es, als käme die alte Kraft wirklich noch einmal zurück. Ach, hätte doch dieser Krieg nicht stattgefunden – Reuter wäre im Andenken vieler Menschen ein echter, aufrechter Kerl geblieben. Der Krieg aber riß ihn zu närrischen Dingen hin. War es wirklich Narretei? Erklären Sie mir das, Herr Collega: was war da vorgegangen? War sein Kopf schon so vergreist, daß er die brutale Gewalt, den hohnlachenden Dünkel nicht wahrnahm, mit dem Preußen sich das Recht anmaßte, Europa zu regieren? Hatte er die preußischen Festungen vergessen, Magdeburg und Silberberg? Wo war seine alte, tiefsitzende Abneigung gegen den preußischen Knüttel, die er seit seinen Tagen in der Hausvogtei und,

eingebleut durch den »Vater« Dambach, in sich trug? Wo war
sein Gerechtigkeitsgefühl, mit dem er »Kein Hüsung«
geschrieben hatte? Wo war seine Toleranz, auf die er einmal
stolz gewesen war? Sein Wahlspruch, galt der noch? »Wer't
mag, der mag't, un wer't nich mag, der mag't ja woll nich
mägen!« Hieß das nicht auch: es soll jeder nach seiner Façon
selig werden? Frankreich den Franzosen, Deutschland den
Deutschen, und dem Sultan das Seine? Oh, Reuter! Ich begriff
dich nicht!

Kaum hatte Frankreich im Juli 1870 den Krieg erklärt,
tödlich beleidigt durch Bismarcks Depesche aus Ems, da fuhr
es wie Feuer in den grauhaarigen Reuter. Jetzt würde es
hergehen über den alten Feind! Er schüttelte die Faust,
schwenkte die Zeitung durch die Luft und tanzte (!) mit Luise
im Salon herum, als hätte nicht gestern noch der Rheumatismus
in seinen Knien gesessen! Gegen Frankreich! Noch einmal
und endgültig: gegen Frankreich! Woher kam dieser Taumel?
Jedenfalls entfaltete Reuter eine fast hektische Tätigkeit, die
ich nur mühsam zu bremsen vermochte – wäre es nach ihm
gegangen, so hätte er nicht nur, wie es später geschah, zwei
oder drei Verwundete in sein Haus genommen, sondern die
ganze »Kavalleriekaserne« in ein Lazarett umgewandelt. Luise
wurde ebenfalls munter; ihre Migräne mißachtend, schleppte
sie gemeinsam mit der Frau von Arnswald riesige Wasch-
körbe mit Nahrungsmitteln und Handschuhen zum Bahnhof,
um sie dort an die durchreisenden Blessierten zu verteilen.
O ja, dieser Krieg war besser organisiert als der von 1866, auf
deutschem Boden fiel kein Schuß.

Ein Herr Lipperheide, ein Verleger in Berlin, bat Reuter
um einen Beitrag für ein Huldigungsalbum der deutschen
Schriftsteller an die preußischen Waffen: Reuter sagte zu und
schrieb, fast wie in alten Zeiten frisch, diese beiden unsäglich
schlechten Gedichte, die Lipperheide tatsächlich veröffentlichte: Sie werden das Album kennen, es war fast nur
Schlechtes darin, auch von anderen deutschen Dichtern mit
großen Namen. Ja, er las sogar wieder vor, was er seit zwei

Jahren nicht mehr getan hatte; die bessere Gesellschaft von
Eisenach delektierte sich an diesen plattdeutschen Plattheiten:

> ». . . *Un as tau Berlin nu All'ns was parat,*
> *Dunn was ut den Buren mal wedder 'n Soldat;*
> *Doch dit is kein Spaß nich, ne! ditmal geiht 't los. –*
> *Nu wohr Dine Knaken, entfahmte Franzos'! –«*

Da applaudierten sie und sprachen von »großer Dichtung«,
und als er ihnen noch den Schmarren »Grotmudding, hei ist
dot!« vorlas, da rollten die Tränen der Damen, ich schlich
mich aus dem Salon, nahm mir meinen Hut und ging. Lisette
sah mir nach, kam dann, als ich schon aus der Haustür wollte,
die Treppe herunter und sagte schluckend: »Machen die
Deutschen nun die schönen la France kaput, Monsieur le
Docteur? Und was wird sein mit meine schöne Pariser
Eisenbahnaktien? Alles perdu? Und ich muß jetzt immer
sprechen nur deutsch? Ja?« Ich legte ihr die Hand auf den
Arm, lächelte und sagte: »C'est la vie, Mademoiselle Lisette,
c'st la guerre! Es geht alles vorüber, bleiben Sie nur, wie Sie
sind!« – »Aber der Herr ist so aufgeregt, heute früh, als ich
ihm die Zeitung brachte, schrie er mich an! Jawohl! Jetzt
werde ich sehen, was man wird machen mit die canaille
française! Aber ich bin doch gar keine canaille française, ich
bin doch eine Lothringerin! Monsieur le Docteur!« Sie war
sehr erregt, das gute alte Mädchen, und zitterte am ganzen
Leibe. »Warten Sie ab, meine Gute! Bismarck wird Lothringen
samt dem Elsaß erobern, und dann sind Sie ja auch eine
Deutsche!« – »Ich will nicht sein eine Deutsche und will nicht
sein eine canaille française! Ich will bleiben eine lothringische
Frau, eh bien!« Währenddessen kam Reuter die Treppe
herunter, um einen der Herren zur Tür zu begleiten. »Was
gibt es denn, Doktor?« fragte er und deutete auf die zitternde
Lisette. »Sie hat Angst, Sie würden sie nun hinauswerfen, wo
es doch im Hause Reuter jetzt so kernig deutsch zugehe, da

fürchte sie, kein französisches Wort mehr reden zu dürfen!«
sagte ich. Ich war mir bewußt, daß ich ihn damit sehr herausgefordert hatte, aber ich sah nicht ein, warum ich als Arzt
seine Meinung in allen Angelegenheiten teilen sollte, und wir
waren lange genug miteinander befreundet, als daß ich nicht
hätte die Wahrheit sagen dürfen.

Da aber tat Reuter etwas, das mich wieder für ihn einnahm
und mich mit seinem Hurra-Patriotismus versöhnte, mit dieser
Alt-Männer-Torheit, in die er sich hineingesteigert hatte.
»Ist das wahr?« fragte er und trat auf Lisette zu. Sie nickte
und schniefte in ihr Taschentuch. »Mon cher Lisettchen!«
rief er und schloß sie in die Arme und legte seinen Kopf an
ihre Schulter und streichelte sie. »Ich dich hinauswerfen? Dich?
Nur wegen dieses dummen Krieges? Soll ich vielleicht wegen
dieses dummen Krieges auf deine Schweinshaxen verzichten?«
Er lachte. »Das ist doch alles Unsinn, Lisette. Ich bitte dich um
Verzeihung. Gut?« Lisette nickte und schniefte, jedoch schon
beruhigter. »Und Sie sagen nie wieder canaille française?« –
»Gewiß nicht, Lisette. – Und Sie wollen schon gehen,
Doktor?« – »Es wird Zeit, Reuter. Ich habe noch zu tun!« –
»Seien Sie ehrlich: meine Gedichte gefallen Ihnen nicht!« –
»Sie gefallen mir wirklich nicht, lieber Reuter.« – »Ich nehm's
Ihnen nicht übel, Schwabe. So ganz doll gefallen sie mir ja
selber nicht. Gute Nacht!«

Er schwankte hin und her zwischen dem Rausch der
Begeisterung und der Ernüchterung des Nachdenkens. Waren
es seine alten Ideale, die der eiserne Kanzler da verwirklichte?
Hatte er es denn gewollt, daß das Reich seiner Träume aus
Blut und Eisen geschmiedet werde? Einmal zeigte ich ihm
eine Karikatur aus dem »Figaro«, das muß gegen Weihnachten
1870 gewesen sein. Ich hatte die Zeitung unter dem Siegel der
Verschwiegenheit von einem verwundeten Offizier erhalten,
den ich wegen der Folgen eines Steckschusses behandelte. Die
Zeichnung zeigte König Wilhelm I., der, mit Bismarck als
Souffleur im Hintergrund, seine Kaiserkrönung zu Versailles
übt. Statt eines Zepters trägt Wilhelm eine Knute, und seine

Krone besteht aus einem kanonengespickten Reif, auf dem sich ein Zuchthaus erhebt mit der Aufschrift: »Das ganze Deutschland muß hinein!« Reuter betrachtete das Blatt lange, grinste verlegen und sagte: »Zeigen Sie das bloß niemandem, Doktor! Das kann Sie selbst ‚hinein' bringen!« – »Diese Gefahr, lieber Reuter, selbst ‚hinein' zu kommen, die hat es in unserem braven Thüringen nicht gegeben vor dem Beitritt zum Reich!« – »Da haben Sie recht, Doktor. Ja, da haben Sie recht.« So lavierte er zwischen den gesellschaftlichen Zwängen, denen er allzugern nachgab, und seinen alten Idealen, denen er insgeheim treu geblieben war, und dieses Schwanken vergiftete ihm das Dasein. Wie weit er hinüberschwanken konnte auf die andere Seite, das bewies die Eisenacher Sedansfeier am 3. September. Als die Zeitungen die Meldung von der endgültigen Niederlage der französischen Truppen bei Sedan brachten, bildete sich in der Stadt sofort ein »Sedan-Komitee«, man mietete den Löwensaal und veranstaltete dort eine prachtvolle Feier, zu der auch Reuter, trotz heftiger Schmerzen in seinen Beinen, an einem Stock hinkend, erschien. Hochrufe erschollen, man wies ihm einen Ehrenplatz an, seine Gedichte für Lipperheides Schutz-und-Trutz-Almanach hatten das ihrige getan.

Leider, lieber Flemming, war ich bei dieser Feier nicht zugegen, ich mochte dergleichen nationale Protzereien nicht leiden und zog es vor, den schönen Septembertag zu einem Gang in die Berge zu nutzen. Jedoch mein alter Kruse, damals noch aufrecht und rüstig, selbst ein eifriger Bismärcker, wußte mir alles zu berichten. Demnach sei Reuter, von den Honoratioren aufgefordert, schließlich an das Rednerpult gehinkt und habe dort, immer von Hoch-Rufen unterbrochen, eine scharfe Rede gehalten. Es wird, mein Freund, eine schlechte Rede gewesen sein, denn reden konnte er nicht. Es war jedenfalls eine ganz antifranzösische Rede, und nun müsse man weiter, nun müsse Paris her, nun dürfe man es nicht genug sein lassen mit der Abstrafung des gallischen Hahnes, man müsse ihm den Kopf abschlagen und das Nest aller dieser

Napoleons mit den Füßen zertreten. Und Schmach und Schande solle alle Deutschen treffen, die sich den Franzosen angebiedert hätten und gar den ersten Napoleon einen Menschheitsheros genannt, wie es diese elenden Judenbengels, beispielsweise Heinrich Heine, getan hätten ... Oh, das tat mir weh! Mein armer Kruse mit seinem kleinen Verstand, der konnte das nicht besser wissen, aber Reuter! Waren nicht Juden seine Freunde in der Not gewesen? Hatte er nicht selbst mit dem greisen Moses in der »Stromtid« eine liebenswerte und verehrungswürdige, patriarchalische Judengestalt gezeichnet? Nannte er nicht Michael Liebmann, den Stavenhäger Arzt, seinen lieben und treuen Bruder? Und wußte er nicht von Reinhard, seinem liebsten Freund, der nun krank in Bolz saß und schwieg, wie sehr Heine ein Deutscher gewesen war, der Frieden stiften wollte zwischen den großen Völkern am Rhein? Was hätte Reinhard gesagt zu dieser Rede? Hätte er Reutern nicht die Freundschaft kündigen müssen? Gottlob erfuhr Reinhard nicht davon.

Flemming, welche Verblendung! Er, der die Gerechtigkeit gesucht und beschworen hatte, übte nun Ungerechtigkeit ... Ja, natürlich, ich höre Sie schon fragen: Und wurde nicht getrunken?

Natürlich wurde getrunken, und Reuter, angegriffen, erhitzt von seiner Euphorie, mußte bald von dem herbeigerufenen Gärtner Krumm nach Hause geschafft werden, nur gut, daß der »Löwe« so nahe bei der Villa gelegen ist, daß es kein weiteres Aufsehen gab.

Wieder hatte er ihnen den Harlekin gemacht und hatte es gar nicht bemerkt.

Man rief mich am Abend, als ich von meinem Weg durchs Gebirge zurückkam. Ermattet und traurig ging ich hinüber in die Villa. Es war das übliche Bild: Reuter, schwer berauscht, zu Bett, Luise, weinend, im leeren Salon. Lisette empfing mich. »Da hat er nu sein Sedan!« sagte sie, als sie die Tür öffnete.

Dienstbotenweisheit, lieber Flemming! Sie traf ins

Schwarze. Das war sein Sedan, aber er war nicht der Sieger, sondern der Besiegte.

Während ich schrieb, fühlte ich keine Schwäche. Jetzt aber, wo ich die Feder absetze, geht es in meinem Kopf wieder herum wie Windmühlenflügel. In meinen Ohren höre ich mein Blut rauschen, und meine Hände sind schweißnaß. So will ich es heute lassen, ich muß ruhen. Leben Sie wohl, lieber Freund, morgen wird es mir besser gehen.

Eisenach, den 29. August 18** Der Ihre

Mein lieber alter Freund,

nein, mein schönes Vorhaben, Ihnen jetzt täglich ein Stückchen Bericht zukommen zu lassen, habe ich doch wieder aufgeben müssen. Hoffentlich hat Sie mein langes Schweigen nicht erschreckt. Mein guter Croy hat sich alle Mühe gegeben, meinen schwachen Leichnam wieder für eine Weile in die Reihe zu bringen, aber ich muß es mir selbst eingestehen, daß es wohl mit meinem Erdenwallen ein baldiges Ende nehmen wird. Eine allgemeine Schwäche in allen Gliedern, eine immerwährende Müdigkeit am Tage und fliehender Schlaf des Nachts machen mir jede fortdauernde Anstrengung ganz unmöglich. Immer besser verstehe ich jetzt Reuters Zustand in den letzten Jahren seines Lebens! Fehlender Lebensmut, Mangel an Energie, die ermüdende Monotonie der Tage, die sich wie eine bleierne Kette aneinanderreihen ... Genug der Klagen! Es ist des Arztes unwürdig, sich selbst zu bejammern. Ich habe ein schönes Leben gehabt und bin nüchtern genug, mir alle Zustände und Hinfälligkeiten aus der Ratio zu erklären: was hilft's! Hin müssen wir alle, sagte mein Großvater, als er mit achtundneunzig Jahren starb.

Lieber Flemming, heute will ich doch wieder die Feder nehmen und ein wenig erzählen – viel ist ja nicht mehr zu berichten.

Einmal noch durchbrach ein großes Ereignis die gläserne Wand, die Reuter um sich aufzurichten begonnen hatte, als der Krieg vorüber war und die Bürger sich im Glanze des nagelneuen Kaisertums behaglich sonnten. Nun hatten sie, was sie wollten: ein starkes Reich und einen starken Kaiser, der Feind war aufs Haupt geschlagen, die Kriegervereine schwelgten in blutigen Erinnerungen, und die Gymnasiasten begannen Mützen zu tragen, die jenen der preußischen Gardegrenadierbataillone sehr ähnlich sahen. Soldatisch sein war Tugend und ist's ja immer noch. Mich dauert's, aber was soll's. Ich bin wohl zu sehr aus der alten Zeit und mag mich diesen preußischen Tönen nur ungern überlassen. Auch Reuter wurde wieder stiller, seine scharfe Rede im »Löwen« hatte ihm öffentlichen Angriff eingetragen, ein »Offener Brief an Herrn Dr. Fritz Reuter« war durch die Zeitungen gegangen, worin ihm vorgeworfen wurde, er habe die Juden beschimpft. Ihm war die Sache im nachhinein unangenehm, er wollte nichts davon hören und schwieg. Er arbeitete kaum noch. Während des Krieges hatte er noch einmal den Versuch unternommen, eine längere plattdeutsche Erzählung zu schreiben, war aber auf den ersten Seiten steckengeblieben; obwohl er mir die ganze Geschichte bei einem Spaziergange schon erzählt hatte, sie also fertig in seinem Kopf mit sich herumtrug, war er doch unfähig, sich zur Niederschrift zu entschließen. Lieber saß er sommers im Garten, humpelte an seinem Krückstock durch die Beete, bückte sich ächzend nach einem Halm Unkraut oder saß lange schweigend an dem Grab seines kleinen Hundes Joli, den er unter den dichten Sträuchern im Hintergrund des Gartens beigesetzt hatte. Meist jedoch war er leidend, lag zu Bett oder saß in seinem Sessel und schwieg. Wenn ich ihn aufsuchte, freute er sich stets, ich galt ihm für einen Boten aus der Welt. Andere Besucher, sosehr sie auch immer noch zu ihm drängten, wurden jetzt meist abgewiesen. Frau Luise sammelte die Visitenkarten, wie sie es seit Jahren tat, und brachte sie ihm, wenn er abends etwas munterer wurde. »Hättest doch den Herrn Kirchenrat Stier vorlassen können, Luise. Wir können ihn doch wohl nicht nach Hause schicken...« – »Du schliefst, Fritz. Ich wollte dich nicht wecken.« – »Dann schreib ihm ein paar Zeilen, ich setze meinen Namen darunter!« – »Wie du es wünschst, Fritz!«

Mecklenburger indes, besonders wenn es alte Bekannte waren, wurden immer vorgelassen. Manchmal kam auch noch der ehemalige Coburger Redakteur Ludwig Schweigert, der Grüße von Reinhard brachte. Schweigert, ein unterhaltsamer, schlitzohriger Mensch, steckte meist voller Witze und politischer Neuigkeiten, die er hochinteressant zu erzählen wußte, selbst wenn es sich um die trockensten Parlamentsprobleme handelte. »Seine Tollität, der Sultan von Coburg«, pflegte Luise ihn anzumelden, und richtig übte diese Vorstellung stets einen ermunternden Reiz auf Reuter aus. Seltener kam Hinstorff, sein Verleger. Reuter lebte mehr und mehr in einem Schneckenhaus, aus dem er seine Fühler nur hervorstreckte, um in den Garten zu schnuppern oder Freunde zu begrüßen.

Dann, am 22. März 1872, kam jenes Ereignis, von dem ich Ihnen eigentlich erzählen wollte: der fünfundsiebzigste Geburtstag des Kaisers, aus welchem Anlaß unser thüringischer Landesherr, der Großherzog Carl Alexander, einen festlichen Empfang auf der Wartburg gab. Natürlich versäumte er es nicht, auch seinem »lieben Nachbarn« Fritz Reuter eine Einladung zustellen zu lassen. Luise geriet aus dem Häuschen, zwar war ihr Fritz schon mehrfach zu kleineren Anlässen auf die Burg gebeten worden, hatte sogar einmal dort oben der herzoglichen Familie vorgelesen. Nun aber hieß es »Herr Doctor Reuter und Gemahlin«! Fritz mußte also, wie sie es nannte, »instand« gesetzt werden, und sie selbst reiste unverzüglich nach Leipzig, um sich in einer der elegantesten französischen Schneidereien der Messestadt eine passende Garderobe anmessen zu lassen. Reuter selbst wurde

natürlich zu Frack verurteilt, worin er eine höchst bedenkliche
Figur abgab. Er war mager geworden, die Weste, die sich
einst prall gespannt hatte, schlotterte über seinem eingefallenen
Bauch herum und mußte hinten »ins letzte Loch« geschnallt
werden, um einigermaßen Sitz zu haben. Wann hatte er zum
letzten Mal den Frack getragen? Auch die Lackschuhe
verursachten ihm Pein, die Probe fiel kläglich aus, denn seine
geschwollenen Füße wollten sich nicht in die knarrenden
»spanischen Stiefel« zwängen lassen; die Schuhe mußten erst
auf einen Leisten geschlagen und geweitet werden. Reuter
jedoch trug alles mit Gelassenheit und gespielter Würde. »Sie
auch, Doktor?« fragte er mich, als ich am Tage vor dem
großen Ereignis Visite machte. Er stand vor seinem Ankleidespiegel und probierte die Weste. »Gewiß, lieber Reuter, ich
auch. Schon aus praktischen Erwägungen achtet Herr von
Arnswald immer darauf, daß ein paar Ärzte unter den
Gästen sind: etwas passiert immer, und wenn nur eine zu
heftig geschnürte Dame in Ohnmacht fällt. Als Arzt ist man
ja immer im Dienst, auch an der Tafel des Großherzogs!«
– »Ich hätte am liebsten abgesagt, Krankheit vorgeschützt.
Aber Luise! Sie kennen sie ja!« – »Ist sie aus Leipzig zurück?«
– »Ja, gestern. Mit drei Koffern und vier Hutschachteln. Heute
früh hat sie Anprobe gemacht, Lisette hat das Maul nicht
zugekriegt, und ich dachte, als sie hereinrauschte, um sich
vorzustellen, mich träfe der Schlag! Donnerwetter, Schwabe,
ich habe ja gar nicht gewußt, daß meine Pastorstochter das
Zeug zu einer Gräfin hat! Die Robe hat aber auch dreihundert
Taler gekostet, die Reise gar nicht gerechnet! Sie glücklicher
Junggeselle!« – »Das müssen Sie verstehen, Reuter. Kommt
eine Dame auch nur zweimal im selben Kleid zu einer
Gesellschaft, gleich heißt es: Oh, die Frau Reuter hat wohl
nichts anzuziehen? Wir aber, die wir zwanzig Jahre lang
denselben Frack tragen, dürfen lächelnd vernehmen, wenn
man hinter unserem Rücken flüstert: ‚Der alte Herr sieht doch
immer korrekt aus!'« – »Jaja, ich sag' ja nichts, soll sie doch.
Aber das Geld, mein Lieber, das wird knapper! Ich muß

zwar nicht sparen, aber zum Verschleudern liegt auch kein Grund vor. Ist nicht mehr 1866, wo ich's umschaufeln konnte!« – »Wie fühlen Sie sich, Reuter?« – »Es geht, ich danke. Natürlich: die Beine. Schwer wie Blei, und die Knie schmerzen ja immer. Aber das Herz – da bin ich seit einigen Tagen ganz zufrieden. Nur nachts, wenn ich schlaflos bin, diese Stiche, bis in den Arm, und manchmal die Atemnot...« – »Nichts getrunken?« – »Nein, zu Mittag eine Flasche leichten Mosel, zur Hälfte vielleicht... Wissen Sie...« – »Ja?« Reuter zog die Weste aus und knöpfte sein Hemd auf, während ich das Stethoskop aus der Tasche holte. »Wissen Sie, es schmeckt mir nicht mehr, alles fad, ich kann kaum unterscheiden, ob ich Fachinger Wasser im Glas hab' oder Mosel. Hatte schon Lisette im Verdacht, sie habe gepanscht. Aber nein, es hatte alles seine Richtigkeit. Es schmeckt mir nicht mehr!«

Ich horchte ihn ab, sein Herz schlug immer noch jenen beunruhigenden unregelmäßigen Takt, es war ein Ton dabei, der nicht ins Konzert gehörte, und sein Atem pfiff ein wenig. Ich sagte jedoch nichts davon. »Es schmeckt nicht mehr?« – »Nein, Doktor. Kann ich mich anziehen?« – »Aber ja. Erklären Sie mir das: wie war es denn sonst?« – »Müssen wir davon sprechen?« – »Ich bitte Sie darum, und wir sind ja allein.« – »Es hat mir meist geschmeckt, Doktor. Ja, ich hatte einen Ekel vor mir selbst, ich nahm mir vor, keinen Schluck zu trinken, ich schwor es mir, ich schwor es Luise. Ich kam mir vor wie ein Lumpenhund, wenn ich dann doch an den Schrank ging, ich stand davor, sah die Flaschen und dachte: ,Mußt du wirklich trinken? Du mußt doch nicht trinken!' und manchmal half das, dann warf ich den Schrank zu und holte mir Sauermilch aus der Küche... Und manchmal half's auch nicht, ich trank, und bei allem Widerstreben, und bei aller Selbstverachtung war es auch Lust, Doktor, irgendeine teuflische Lust, wenn der Wein in meinen Hals rann. Es schüttelte mich vor Selbstekel, während es mir schmeckte. Dieses verfluchte Zeug, dieses geliebte, es hat mich auf dem Gewissen!« – »Nicht gleich solche Töne, Reuter. Gewiß ist das alles nicht ohne Folgen für Ihre Gesundheit geblieben, und besonders die merkwürdigen Beschwerden, die Ihnen das Herz macht, sind ohne Zweifel die Folge des Trinkens. Wenn Sie jetzt sagen, daß es Ihnen nicht mehr schmeckt, erfüllt mich das eher mit Sorge!« – »Mich auch, Doktor!«

Reuter hatte seinen Hausrock übergezogen, ich verstaute mein Hörrohr in meiner Visitentasche. »Nehmen wir den Kaffee gemeinsam?« – »Gern!«

Wir gingen in den Salon hinüber und setzten uns an den kleinen Teetisch in der Ecke. Reuter läutete und bat Lisette um Kaffee. »Darf er Kaffee, Monsieur le Docteur?« fragte mich Lisette. Ich mußte lachen. »Aber ja, doch nicht zu stark, Mademoiselle Lisette!« – »So gehen sie mit mir um, meine beiden Dragoner«, sagte Reuter und schüttelte den Kopf. »Dabei wird mir auch der Kaffee nicht besser schmecken. Das Frühjahr muß sich eilen, dann geht's mir besser!« – »Sie sollten den Umstand nutzen, Reuter, und das Trinken jetzt wirklich ganz lassen, vollständig und von heute an. Ihr Herz macht mir wirklich große Sorgen!« – »Meinen Sie, daß ich es schaffe?« – »Sie müssen!«

Dann wechselten wir das Thema, Reuter rauchte eine von seinen langen Pfeifen und trank in kleinen Schlucken den Kaffee aus seiner Barttasse mit dem Bildnis Bismarcks. Irgendwer hatte sie ihm geschenkt, ihn amüsierte das etwas naive Porträt des Eisernen. »Bei jedem Schluck muß er nicken, der Kanzler!« sagte Reuter. »Wir sehen uns also morgen auf der Burg?« – »In Glanz und Gloria, Reuter!« – »Ich werde Wasser trinken!« – »Versprochen?« – »Versprochen!«

Ich ging erleichtert und beunruhigt zugleich von ihm. Würde er es durchhalten? Und würde es noch nützen? War seine Gesundheit schon ruiniert, könnte die späte Abstinenz nicht mehr viel ausrichten, und sein Leben würde sich wohl kaum verlängern durch die Enthaltsamkeit. Andererseits würde es sicher sein Wertgefühl steigern und ihn sicherer machen, wenn er durchhielt und wenn ich ihn ermunterte. Ich ahnte auch eine verborgene Absicht: wie selbstverständlich wollte er eines Tages zu Luise sagen: Weißt du, ich habe jetzt seit zehn Tagen keinen Tropfen mehr angerührt. Ja, er selbst hielt seine Krankheit immer noch für ein Laster und die Überwindung des Lasters für einen Sieg seiner Moral. Ich mußte ihn in seinem Entschluß bestärken, auf jeden Fall ...

Am nächsten Tag sah ich ihn dann auf der Burg, wie wir es verabredet hatten. Ich merke indessen, daß ich schon wieder mein mir gesetztes Limit überschritten und den dritten Bogen angefangen habe. Deshalb breche ich jetzt ab, erlege mir wieder für zwei Tage Ruhe auf und fahre dann fort – Sie wollen ein Einsehen mit mir haben!

Lieber Flemming, ich denke herzlich an Sie und bin

Eisenach, den 11. Sept. 18**   Ihr abgenutzter
Kollege, aber
treuer Freund

DIE VISITENKARTEN SIND ALLE NOCH DA. Sie liegen in einem schmalen Schränkchen in einem Bodenraum der Reutervilla, aufbewahrt in einem braunen Karton, einem Schuhkarton vielleicht. Niemand hat sich, da bin ich ziemlich sicher, jemals ernsthaft mit diesem kuriosen Sammelsurium menschlicher Eitelkeit beschäftigt. Und doch sind die Karten nicht nur eine Fundgrube für den Reuterforscher, sondern zugleich ein Spiegelbild der geistigen Welt, in der sich Fritz Reuter bewegte.

Die schier unglaubliche Menge der kostbaren oder einfachen, zierlichen oder protzigen, größeren und kleineren Visitenkarten durchzusehen erfordert Geduld und Zeit. Da wäre wohl manches zu entdecken! Und nebenher ließe sich gar noch eine Kulturgeschichte der Visitenkarte in der zweiten Hälfte des neunzehnten Jahrhunderts schreiben, warum nicht? Ein lohnendes Feld für einen Kulturwissenschaftler, der um ein Thema für seine Doktorarbeit verlegen ist. Herbei, herbei, es gibt Rätsel genug!

Die wenigsten Karten sind datiert, viele hingegen mit handschriftlichen Zusätzen versehen. Empfehlungen werden ausgesprochen *(Dr. Julian Schmidt empfiehlt seinem Freunde Fritz Reuter Herrn Maler Plockhorst und Gem. als zwei gemütliche Leute)* oder Mitteilungen gemacht *(Ludwig Schweigert, der Sultan von Coburg, und Marie Schwarzenberg aus Florenz grüßen als Verlobte).*

Ich schüttete die Karten auf den großen Arbeitstisch des Museums und mischte sie mit der flachen Hand, wie man es wohl mit Rommé-Karten zu tun pflegt. Dann griff ich hinein ins volle Menschenleben, und wo ich's anpackt', war es interessant.

Die literarische Hautevolee gibt sich die Ehre. Viele der Namen sind sicher heute nur noch den Germanisten bekannt oder gar gänzlich in den Hades des Vergessens gewandert. Wer ist Auguste Leithner, Schriftstellerin? Was schrieb sie? Selbst der so verläßliche Franz Brümmer schweigt sich aus in seinem Lexikon der deutschen Dichter des 19. Jahrhunderts.

Frau Leithner indes scheint erfolgreich gewesen zu sein, denn ihre Visitenkarte hat einen Goldrand.

Dr. Max Ring, Emil Palleske, Friedrich Spielhagen, Julius Rodenberg, Julius von Wickede, Paul Heyse: alle waren sie da und hinterließen, wie es sich damals so gehörte, ihre Karte.

Aber auch der Oberhofprediger Grüneisen aus Stuttgart, Dr. Richard Dove, Mitglied des Landesconsistoriums in Hannover, und Bischof Wilhelmi aus Wiesbaden gaben sich die Ehre; wie sich bei einem Blick in das Gästebuch herausstellt, sogar in geschlossener Front. Die Männer der Kirche huldigten demselben Manne, dem sie noch zehn Jahre zuvor in der Evangelischen Kirchenzeitung das Christentum abgesprochen hatten.

Überhaupt das Gästebuch – im Verein mit den Visitenkarten erhellt es manchen Umstand und ermöglicht Datierungen. Einen Nutzen hat das Ganze wohl weniger, aber es ist ein nostalgisches Vergnügen und ein erheiterndes Tun.

Von Rechts nach Links reichte die Gästepalette: von Generalsuperintendent D. August Petersen aus Gotha bis zu Julius und Moritz Wiggers aus Mecklenburg, von Baron Stockhausen bis zu Ludwig Reinhard, dessen »Visitenkarte« schon beschrieben worden ist. Viele Namen sind Schall und Rauch. Gustav Reichhardt, genannt »Herr Deutschland«, seines Zeichens Königlich Preußischer Generalmusikdirektor, ist mehrfach vertreten, manchmal hat er eine Notenzeile unter seinen Namen gemalt. Und der Achtundvierziger Robert Prutz, Reutern durch die »alten Ideale« verbunden, dichtet ins Gästebuch:

> *Des Dichters Geist, der urgewaltige,*
> *Erfaßt der Dinge tiefstes Sein,*
> *Er schließt die Welt, die vielgestaltige,*
> *Als wie mit Liebesarmen ein.*
> *Den Lebenstraum, den allzuflüchtigen,*
> *Befestigt er mit starker Hand,*
> *Und allem Guten, Großen, Tüchtigen:*
> *Er gibt ihm Dauer und Bestand.*

Bei allem Respekt vor Prutz: er hat schon Besseres geschrieben *als wie* dieses Gedicht.

Wer ist Arnold Wellmer? Auch von ihm ein Gedicht, ein plattdeutsches. Also ist Wellmer ein Mecklenburger? O nein, beim *Brümmer*: ein Pommer aus Richtenberg, der in der Zeitung »Über Land und Meer« als Redakteur wirkte, später für die Neue Freie Presse in Wien schrieb, 1870/71 Kriegsberichterstatter war und schließlich, als Krönung seines Lebens und seiner Laufbahn, in Blankenburg am Harz ein Asyl für altersschwache Lehrerinnen gegründet hat. Er muß mit Reuter in Dorndorf zusammengetroffen sein, der im Sommer 1858 nach Jena gereist war. Wellmer schmiedet also:

Twölf Johr, dat is 'ne korte Tid
för de oll Burg dor baben,
sei lachte all nedder so old un witt,
up Luthern, den jungen Knaben.

Twölf Johr, dat is 'ne lange Tid,
wenn twei sich nich mihr segen.
Tau Dorndorf was't, in 'ne Jubeltid,
as wi nah Jena tögen.

Twölf Johr, dat is 'ne arme Tid,
wenn man sei hätt verslapen –
Du harst din Ogen so hell un wiet
un lebensfröhlich open.

Twölf Johr, dat is 'ne rieke Tid
im armen Minschenleben:
Wenn man derwiel mit Hart un Fliet
wie du för Johrhunnerte schrewen!

Wie nennen wir's? Subkultur der Stammbücher, Poesiealben und Visitenkarten?

Bevor wir das Gästebuch zuklappen und den Papierhaufen

wieder in Karton und Lade sperren, wollen wir doch noch eine Karte ziehen. *Theodor Fontane* steht da auf feinem Karton mit zierlicher Leinenstruktur, gedruckt in einer eleganten englischen Laufschrift. Da ist er ja, der Beweis, auch bei Reuter, und nicht nur in Fontanes Tagebuch, wo der große Märker eingetragen hat: »Um 5 Uhr Besuch bei Fritz Reuter am Fuße der Wartburg; nur seine liebenswürdige Frau getroffen; er ‚krank'.«

Das letzte Wort hat er in Apostrophs gesetzt: der Märker ist ein Merker.

Lieber Freund,

»Langsam voran geht auch voran!« pflegte mein alter Vater zu sagen, und ich junger Dachs lachte darüber. »Langsam« und »Voran« – das schienen mir unvereinbare Vokabeln zu sein. Nun, ich habe im Laufe meines Lebens dazugelernt, und nun bin ich froh, daß es, wenn auch sehr *langsam*, so doch *voran* geht. Man muß eben alt werden, um die Alten zu verstehen!

Also: der 22. März 1872! Unser Großherzog, der leutselige Carl Alexander, gab zum 75. Geburtstag des Kaisers ein großes Fest, und wir, Reuters und ich, waren geladen. So weit waren wir schon gekommen, glaube ich wohl? Ich will Sie nicht mit Wiederholungen langweilen, aber mein Gedächtnis läßt mich immer häufiger im Stich; ich werde mir nächstens von den Briefen, die ich an Sie absende, Abschriften nehmen müssen ...

Voilá! Auf die Burg! Frau Luise in ihrer 300-Taler-Robe, einen riesigen Federhut auf dem Kopfe und mit ihrer ererbten Dukatenkette angetan, und Fritz Reuter, schwitzend in seinem Frack und mit einem glänzend aufgewichsten Zylinder, erwarteten mich schon in der Vorhalle, als ich mit Griesebarths Mietskutsche vorfuhr. Ein schneidiger junger Leutnant, der die Schloßwache kommandierte, wies Griesebarths Klapperkasten in die äußerste Ecke des Burghofes, dort habe er zu warten. »Dös hätt' aba unser Keeni Ludwig net zug'lassa!« quengelte, wohl mehr aus Gewohnheit, der Alte und dirigierte seinen Klepper an all den eleganten Equipagen und Kabrioletts vorbei auf seinen Warteplatz. Die wartenden Pferde wurden aus dem herzoglichen Stall versorgt, so war es Brauch, und Griesebarth war willens, seiner Liese einen fetten Tag zu gönnen. Es war ein milder Vorfrühlingstag; die Kutscher standen an der Burgmauer zusammen, rauchten und wurden von den Mägden aus der Schloßküche mit Bier und Schinkenbroten versorgt.

Frau Reuter war aufgeregt, sie trippelte hin und her, grüßte und wurde gegrüßt und unterhielt sich, als ich die

Vorhalle betrat, gerade mit ihrer Freundin, der Frau von
Arnswald. Reuter stand schweigend dabei, hätte wohl gern
die Hände in die Taschen gesteckt, besann sich aber und
legte sie auf dem Rücken zusammen, als wüßte er nicht, was
mit ihnen anzufangen sei. Er atmete auf, als er mich sah,
winkte mich heran und ergriff meine Hand. »Endlich, Doktor!
Kein Mensch, mit dem man reden kann hier!« Er wies in die
Runde. Die Vorhalle schwirrte von halblauten Unterhaltungen, Damen in feinsten Roben und ordensgeschmückte
Herren die Menge standen wartend herum, während immer
neue Ankömmlinge durch das Portal traten und draußen
immer noch Räder über das Steinpflaster des Burghofes
rollten. Sie kennen das, lieber Flemming, es ist die gleiche
Chose wie in Schwerin, »Frau Gräfin!« hier und »Herr Baron!«
dort, und mindestens »Herr Rat!« und »Frau Oberst!«,
und wir bürgerlichen Würstchen dazwischen, die wir uns
vor lauter Adel bescheiden in die Ecken drücken. Während
ich noch ein paar belanglose Worte mit Reuter wechselte,
erschien der Zeremonienmeister in einem altfränkischen Kostüm, stieß seinen Stab auf den Boden und gab seine Anweisungen.

»Die Hauszofen werden Ihnen jetzt die Garderobe abnehmen. Militärpersonen behalten das Seitengewehr bei sich.
Sodann bitten wir Sie, sich in der Reihenfolge der Gästeliste, die Ihnen von den Hauszofen mitgeteilt wird, in den
Saal zu begeben. Am Eingange wollen Sie bitte dem Kustos
der großherzoglichen Tafel Ihre Listennummer ansagen. Der
Kustos weist Ihnen sodann Ihren Platz an. Sie bleiben bitte
hinter dem Ihnen zugewiesenen Stuhl in ungezwungener Haltung stehen, bis Seine Königliche Hoheit und die großherzogliche Familie den Saal betreten. Gebrechliche Personen
erhalten vom Saaldiener einen Hocker. Ich darf Sie bitten!«

Ja, lieber Flemming, so geht das zu! Wird ein kommendes
Jahrhundert diesen Wust von Protokoll und Etikette abschaffen? Werden die kommenden Geschlechter, die sich mit dem
Morgenstern der Menschenfreiheit das Haar schmücken, auch

davon frei sein – von Eitelkeit, Prunk, Devotion und den vorgeschriebenen Formen erstarrter Huldigung? Oder werden auch sie sich erheben, wenn ihre gewählten Deputierten den Saal betreten? Werden auch sie hinter ihrem Stuhl stehen und ergeben den Einzug der Mächtigen erwarten? Reuter sah mich an und nickte. »Schauen Sie nur in die Liste, Doktor!« sagte er und tippte mit dem Finger auf unsere Namen. »Wo stehen wir? Hinten. Unten. Erst die Militärs, dann das Zivil. Erst die Merkantilisten, dann Wissenschaft und Kunst. Erst die Diener des Staates, dann die Diener der Musen!« – »Still, Fritz! Man kann dich doch hören!« Luise nahm den Arm ihres Mannes und zischelte auf ihn ein, während er seinen Zylinder und seinen Stock einer Zofe übergab.

Wir reihten uns ein und zogen in langer Reihe über die große Treppe in den Sängersaal, der mit den Bildern des Meisters Schwind prunkte und in dem eine riesige Tafel aufgestellt war. Kerzen, Silber und Kristall funkelten um die Wette. Dann standen wir »ungezwungen« hinter unseren Stühlen; eine feierliche Stille breitete sich aus, die Diener schlossen die Türen. Wie bei einer Leichenfeier standen wir da, als warteten wir auf den Einzug des Priesters. Reuter stand mir gegenüber; zu seiner Rechten Bürgermeister Röse und Frau, links neben ihm Oberkirchenrat Stier. Mir hatte man die Witwe des Kreisrichters als Tischdame zugeteilt, mein Nachbar zur Linken war Friedrich Friedrich, den solche Situationen immer zu sarkastischen Bemerkungen hinrissen. »Du, Fritz!« flüsterte er über den Tisch und grinste. »Was ist, Fritz Fritz?« flüsterte Reuter zurück.

»Wo hast du deine Orden, Fritz?« – »In der Schublade, Fritz Fritz! Und du?« – »Meine Enkel spielen damit Kaisers Geburtstag!« – »Still, ihr Spötter!« zischelte Luise. Die Saaltüren sprangen wieder auf, und unter Händeklatschen und Hochrufen zog Carl Alexander in der Uniform eines preußischen Generals, begleitet von seiner Schwester, ein. Die Allerhöchsten Herrschaften nahmen ihre Plätze ein, der Troß der Hofdamen und Kammerherren folgte ihnen, dann setzte sich auch die Menge der Gäste. Diener mit Weinflaschen erschienen und schenkten lautlos ein. »Mir Wasser!« sagte Reuter befehlend, die devote Hand zuckte zurück, die schon gesenkte Flasche richtete sich auf, der Zerberus fragte flüsternd, zu Reuter geneigt: »Wasser?!« – »Wenn ich bitten darf!« – »Sehr wohl!« –

Vom oberen Ende der Tafel klang ein Glas, es wurde still, der Großherzog erhob sich zu seiner Tischrede. Mir ist nicht viel davon in Erinnerung, es war von großen Taten und von Deutschland und von Sedan und vom einigen Reich und von Bismarck die Rede, der greise Kaiser wurde mit Hochrufen bedacht. Soweit war alles, wie man es erwartet hatte. Dann aber geschah etwas Ungewöhnliches. Carl Alexander verließ, sein Glas in der Hand, seinen Platz, schritt, von aller Augen begleitet, die ganze Tafel ab und blieb neben Reuter stehen. »Wenn ich diesen Mann, den Dichter deutscher Zunge, meinen verehrten Nachbarn und lieben Freund, Herrn Doktor Fritz Reuter, und seine liebenswürdige Gemahlin hier als einzige meiner lieben und verehrten Gäste eines persönlichen Grußes würdige, so tue ich dies, weil ich in ihm einen jener deutschen Männer sehe, die dem hehren Ziel, das wir mit Gottes Hilfe erstritten und erreicht haben, Vorreiter und Vorkämpfer gewesen sind. Seien Sie mir also von Herzen willkommen, lieber Freund!« Der Großherzog drückte Reuter die Hand, beehrte die knixende Luise mit einem Handkuß, hob sein Glas und rief durch den hallenden Saal: »Es lebe Fritz Reuter!«

Reuter stand versteinert. Jetzt mußte er reden, ob er wollte oder nicht. Sein Bart zitterte; er trank einen Schluck Fachinger, das im Glas perlte wie Sekt, wandte sich dem Landesherrn zu und mochte vielleicht jetzt so etwas wie Triumph in sich fühlen, daß er vor allen diesen Schranzen und adligen Offizieren so ausgezeichnet wurde. Der Großherzog nickte ihm aufmunternd zu, Reuter schluckte, wischte mit der Hand über seinen Bart und schüttelte den Kopf.

»Königliche Hoheit wollen gütigst verzeihen – Ihre freundliche Ansprache hat mich verlegen gemacht, mir fehlen die

Worte. Sie nennen mich einen Vorreiter und Vorkämpfer. Das mag wohl sein. Denn auch ich habe das Reich von Herzen begrüßt. *Ich freue mich über unsere Siege und über die endliche Errungenschaft eines einigen Deutschland, aber viel von dem Glanz und dem Licht, welches von dieser glücklichen Zeit ausstrahlt, wird von den schwarzen Trauerkleidern in den häuslichen Kreisen absorbiert. – Bismarck, der mit den vielen glücklichen Gaben auch noch die des Propheten vereint, hatte wohl recht, als er vor Jahren das geflügelte Wort aussprach: mit Blut und Eisen müsse das Glück Preußens und Deutschlands errungen werden, nur schade, daß anderer Leute Kinder das Blut hergeben, und deren Herren Eltern für das Eisen zahlen müssen!** Halten Sie es meiner abnehmenden Kraft zugute, wenn ich so melancholische Tropfen in den Becher der Freude fallen lasse: ich bin ein alter Mann.«

Der Beifall war dünn, der Großherzog jedoch lächelte verstehend und nickte Reuter zu. Dann begab er sich an seinen Platz zurück, machte dem Hofmeister ein Zeichen, das Mahl nahm seinen Anfang. Friedrich Friedrich, zwischen zwei Löffeln Suppe, sagte: »Vortrefflich, Fritz, vortrefflich!« Der Kirchenrat Stier wiegte das Haupt: »Wohl wahr, lieber Reuter, wohl wahr! Nur, ob das klug war, jetzt und hier ...« – »Was klug, was unklug, lieber Herr Kirchenrat! Ich habe mir vorgenommen, Wasser zu trinken, wenn Sie verstehen. Und dabei bleibe ich! Prosit!«

Stier lachte leise, und Reuter trank sein Wasserglas leer. »Vor zwei Jahren war ich noch anderer Ansicht, aber jetzt kehre ich langsam zu meinen alten Überzeugungen zurück. Tue recht und scheue niemand, das habe ich noch von meinem seligen Vater gelernt!« Luise schüttelte den Kopf. »Aber sehr taktvoll ist das nicht, Fritz!« – »Mag sein, Luise. Mag sein. Aber ich mußte es sagen! Alle sitzen sie da herum mit ihren satten Gesichtern, und keiner wagt ein Wort!«

---

* Anmerkung. Der kursiv gesetzte Teil dieses Briefes ist wörtlich einem Brief Reuters an Wilhelm Mayer (22. August 1872) entnommen.

Jetzt erst bemerkte ich, daß meine Kreisrichterswitwe neben mir in ihr Taschentuch schniefte. »Was haben Sie, Gnädigste?« – »Der Herr Reuter hat recht, Herr Doktor. Mein Enkel auch, er war eben erst zwanzig. Bei Sedan! Von dem Eisernen Kreuz, das man uns brachte, wird er nicht lebendig!« – »Verehrte gnädige Frau, Sie haben Ihren Enkel auf dem Altar des Vaterlandes geopfert!« sagte Stier und hieb auf eine Pastete ein. Friedrich Friedrich legte die Gabel hin, fixierte den Mann der Kirche und sagte mit der ihm eigenen ironischen Schärfe: »Was denn, was denn, Herr Kirchenrat? Unsere lutherische Kirche hat das Menschenopfer verdammt und lehnt es als heidnischen Brauch ab, und im gleichen Atemzug heißen Sie es gut, daß man Menschen auf dem Altar des Vaterlandes opfert? Ist denn das Vaterland ein Götze?« – »Sie übertreiben's wieder mal, Herr Redakteur«, erwiderte Stier und unterbrach seine Beschäftigung mit der Pastete, um sich Wein nachschenken zu lassen. »Das Vaterland ist eines der heiligsten Güter. Und es verlangt Opfer!«

Reuter aß sehr wenig, ihm war unbehaglich zumute, er fühlte sich deplaziert in diesem prunkvollen Saal. Luise betrachtete ihn besorgt von der Seite. »Was ist dir, Fritz?« fragte sie ihn leise und legte ihre Hand auf seinen Arm. »Ich möchte sobald als möglich nach Hause!« – »Aber das Fest fängt doch erst an?« – »Luise, bitte.«

So kam es, daß Reuter, kaum hatte man die Tafel aufgehoben, Festsaal und Burg verließ. Er nickte mir noch zu. »Besuchen Sie mich bald, Doktor!« sagte er, nahm Luises Arm und ging. Ich plauderte noch eine Weile mit meiner Tischdame, die sich wieder beruhigt hatte, über Reuter. »Ein großer Mann, Herr Doktor!« Dann überließ ich sie der Frau Kirchenrat und schloß mich Friedrich Friedrich an, der rauchend die Galerie entlangschlenderte. »Das war ein wahres Wort, Doktor!« Später ging auch ich. Ich bat Herrn von Arnswald, Reuter wegen eines Unwohlseins beim Großherzog zu entschuldigen, weckte meinen schnarchenden Griesebarth und rollte hinunter in die Stadt. Ach, Flemming, er hatte, alt und schwach und krank, wieder zu sich gefunden. Das stimmte mich froh, bei aller Sorge um seine Gesundheit. Ich wünschte, er würde es durchhalten.

Lieber Freund, gönnen Sie mir wieder eine Pause! Ich bin in alter Herzlichkeit

Eisenach, den 13. Sept. 18**

Lieber Freund,
     Begonnenes muß zu Ende geführt werden, die Pflicht gibt mir die Feder in die Hand, wenn es mir auch schwerfällt. Aber es treibt alles aufs Ende zu: Reuters Leben damals und das meine jetzt, täglich spüre ich es mehr. Vier Tage habe ich wieder gelegen, Frau Löbel umsorgt mich auf das rührendste, auch meine Schwester ist einige Tage bei mir gewesen und hat »nach dem Rechten« gesehen: indes wird, wie ich fürchte, nichts Rechtes mehr aus mir werden. Ich gehe jetzt in mein siebzigstes Jahr und spüre, daß meine Kraft mich verläßt. Nein, keine Tröstungen, das habe ich schon mehrfach gesagt, und ich verbiete Ihnen, lieber Freund, Gefühle dieser Art. Vergällen Sie sich doch die Freuden Ihres eigenen gesegneten Alters nicht durch das Mitleid mit einem Weggefährten, der einiges früher von hinnen muß. Mir war es vielmehr Trost und Glück, mit Ihnen eine Strecke gemeinsam zu gehen, Sie waren es, der mich in meinen späten Jahren noch einmal zum Tätigsein ermunterte. Und dies Tätigsein will ich mir gern, so lange ich's kann, erhalten, wenn auch die Dosen kleiner werden ...

Wirklich, Flemming: von jenem Tage an trank Reuter nicht mehr. Er hatte den Engel des Todes gesehen, die Schrecken der Hölle geahnt, sein nahendes Ende gefühlt. Das war stärker als der Alkohol! Er würde mit klarem Kopf sterben, er wollte es. Wie ein letztes Aufbegehren war sein Besuch auf der Burg!

Er mochte nicht mehr lügen, er mochte seiner Luise einfach nicht mehr den Gefallen tun und den würdigen Bürger spielen. Er wollte jetzt die Wahrheit sagen, die bittere und schwere Wahrheit: daß er sich selbst belogen hatte, daß der Wein und der Besitz und die Ehre und der Ruhm die Wahrheit hatten wegschwemmen wollen aus seinem Herzen. Und daß er sie im allerletzten Moment doch noch einmal festgehalten hatte. Er war müde, krank und glücklich. Ich suchte ihn gleich am nächsten Tage auf. Luise, verstört und verwundert, ließ mich ins Haus. »Er sitzt auf der Loggia, Doktor!« sagte sie und nahm mir den Mantel ab. »Wir haben ihn in Decken gepackt, es ist ja erst März!« – »Hat er getrunken?« – »Nein, Doktor, nein! Das ist es ja! Keinen Tropfen!« Luise war augenscheinlich verwundert: sie, die ihn immer argwöhnisch belauert hatte, ob er wohl an den Schrank gehen würde, ob er wohl aus dem »Löwen« käme mit einem Rausch, ob er wohl beim Essen das gesetzte Maß überschritte, sie war jetzt mehr aus der Fassung als er. »Ist das gut, Doktor, so plötzlich?« – »Er will es, und was er will, nützt ihm!«

Ich fand ihn still in seinem Korbstuhl liegend, er blickte über das vorfrühlingsahnende Tal, über die schwarzen Teiche, auf denen letzte Eisschollen trieben. »Wie geht es Ihnen, Reuter?« – »Gut, mir geht es gut. Nur das Herz, das Herz. Immer schmerzt es, und manchmal krampft es sich zusammen, als sei es ihm in meiner Brust zu eng!« – »Sie wissen, mein Freund, das da nichts zu machen ist. Ein wenig Belladonna, ein wenig Baldrian, und – so schwer es fällt – ein wenig Bewegung!«

Reuter wies mit dem Kinn auf einen Stuhl neben dem seinen, ich setzte mich. »Nehmen Sie sich eine Decke, Doktor, es zieht hier doch leicht!«

Dann schwieg er lange. Wir saßen stumm nebeneinander, ein alter Dichter und ein alter Arzt, und schwiegen miteinander in einem stillen Einverständnis. Ich war ihm sehr nahe, Flemming, und ich wußte: er würde durchhalten.

Nach einer Weile wandte Reuter seinen grauen Kopf zu

mir. »Habe ich gestern zuviel gesagt, Doktor?« – »Sie sind Fritz Reuter, und Sie können sagen, was Sie wollen.« – »Ja, ich habe viel zu lange gesagt, was sie alle hören wollten. Ich dachte immer, das müsse so sein: Wes Brot ich eß ... Aber, Schwabe: War es deren Brot, das ich aß? Nein, mein Brot war's, mit meinem Menschenschädel und meinen zwei Händen verdient. Das habe ich begriffen, seit ich den Traum hatte!« – »Welchen Traum? Erzählen Sie bitte.«

Reuter schloß die Augen, atmete tief und richtete sich plötzlich in seinem Stuhl auf. »Vielleicht war es gar kein Traum, Schwabe? Vielleicht war es die Wirklichkeit, und sie schien mir ein Traum zu sein? Auch wenn ich schrieb, wußte ich oft nicht mehr, ob's Traum war oder Wahrheit: der Traum war das Kind der Wahrheit und selbst so wahr wie seine Mutter, und die Wahrheit war ein Traum, manchmal, oft, ein böser Traum.« – »Und jetzt? Erzählen Sie doch!« – »Es war ein stürmischer Abend, ich lag früh zu Bett, Luise war noch zu Frau von Arnswald gegangen, wegen irgendeines wohltätigen Balles, was weiß ich. Ich lag schlaflos, das Haus war totenstill, nur der Wind heulte über das Dach und jagte in die Berge hinauf, und die Wolken trieben wie die wilde Jagd am Himmel entlang. Mein Herz schmerzte, und ich fürchtete mich. Da kamen vier riesige Kerle in mein Zimmer, sie hatten weiße Mäntel an wie die Badewärter in Stuer, und geschorene Schädel wie die türkischen Ringer, die ich in Konstantinopel gesehen hatte, die packten mich an Armen und Beinen und schleppten mich in den Salon, da war eine gewaltige Wanne aufgebaut, gefüllt bis zum Rande. ‚Du mußt jetzt baden, Mensch!' sagten die Kerle und tauchten mich in die Wanne, bis der Inhalt über mir zusammenschlug: es war weißer, schwerer Bordeaux, und ich schluckte und schluckte, dann hoben sie mich wieder heraus, füllten aus großen Weinflaschen nach, warfen mich wieder hinein, mein Kopf begann sich wirbelnd zu drehen, die Kerle umtanzten die Wanne und riefen: ‚Trink, Mensch, trink', und ich trank und trank. Und während ich noch in dieser Wanne lag, betrat Dambach den

Raum, der alte hundsgemeine Dambach, der hatte einen Pickelhelm auf dem Kopf und einen Bart wie Bismarck, aber es war Dambach, ich spürte es sofort. Er trat an meine Wanne und spie in den Wein. ‚Das ist der Ruhm!' sagte er und spuckte, ‚und das ist der Reichtum' und spuckte, ‚und das ist die Ehre', und ich trank und trank, trank diesen Wein und den schleimigen Auswurf des Gespenstes, ‚Trink!' schrie er, ‚das ist die Freiheit, Fritz Reuter, deine Freiheit!' Da erwachte ich, schweißnaß lag ich auf dem kalten Boden neben meinem Bett, mein Herz hämmerte wie rasend, es würgte mich, ich kroch zu meinem Nachtstuhl und erbrach mich lange ...«

»Hatten Sie am Abend zuvor getrunken?« – »Ja, ich hatte getrunken. Als Luise aus dem Hause war, hatte ich zwei oder drei Flaschen weißen Bordeaux getrunken. Jetzt erbrach ich ihn, und mir war, als müßte ich zugleich auch diesen entsetzlichen Traum erbrechen. Dann quälte ich mich in mein Bett, lag lange da wie tot, merkte endlich, daß ich fror, und weinte. Da wußte ich, lieber Doktor, daß ich nie wieder trinken würde. Ja, ich wußte auch, daß der Entschluß zu spät kam ...«

Ich legte Reuter die Hand auf die Stirn, aber sie war kühl, er fieberte nicht. Seine Augen, tief unter den buschigen weißen Brauen, sahen mich lange an. »Sie haben mir sehr geholfen, Doktor!« – »Womit, mein Freund? Ich konnte wenig tun.« – »Sie haben zugehört, Doktor. Die klugen Wasserpanscher in ihren Bädern, die den Leuten das Geld mit ihren verrückten Therapien aus der Tasche ziehen, die haben nichts bewirkt. ‚Ach, wie schön, Herr Doktor Reuter! Was macht die Frau Gemahlin? Nun, wir werden das Leiden schon packen!' Ha! Womit wohl! Mit Wasser und dummem Getue!« Reuter wickelte nun seine Hände aus den Decken, ergriff meinen Arm und sprach weiter. »Ich war schwach, Doktor, ich war ein Mensch ... Und ich flüchtete, ich trank. Alles Häßliche, alle Widerwärtigkeiten meines Lebens hätten die Wasserdoktoren wegspülen müssen, um mich zu ‚heilen'. Das aber konnten sie nicht. So trank ich mich aus der Welt der Braven und der

Mucker... Vielleicht war es Feigheit? Oder Angst? Oder beides?« – »Und jetzt, mein Freund? Was fühlen Sie jetzt?« – »Ich bin jetzt frei, Doktor, frei wie ein Vogel. Ich könnte jetzt davonfliegen, hoch über die Berge und die Burg, weit weit, nach Norden hinauf, zu Bräsig und Hawermann. Nur sind mir die Flügel beschnitten...« Reuter lächelte schmerzlich, preßte die Hand auf sein Herz, griff hinter sich nach seinem Stock und pochte damit gegen die Fensterscheiben des Salons. Luise erschien. »Ja, Fritz?« – »Mir ist kalt, Luise. Hilf mir hinein!«

Oh, Flemming, wie nahe war ich ihm! Er ahnte sein Ende, aber er war frei. Zwei Sommer noch blieben ihm, mehr als ich erwartet hatte. Zwei Sommer in seinem Gärtchen, zwei Winter im Zimmer.

Manchmal, mühsam, schrieb er ein paar Briefe, meist diktierte er seiner Frau. Dann, im Spätherbst 1873, als er seinen 63. Geburtstag feierte, sprach er oft von seinem »Mortjahr«, einem alten ostfriesischen Aberglauben, den man an die Zahl sieben gehängt hat: neunmal sieben Jahre währte sein Leben, und es mußte ein Ende haben. Und das Ende kam. Bewahre mich der Himmel vor einem solchen Ende! Flemming, mich friert. Denken Sie herzlich an Ihren

Eisenach, den 21. September 18**

Mein lieber Freund,

          mir geht es wahrlich schlecht. So habe ich den Dr. Croy gebeten, mir seine Feder zu leihen. Es bleibt nicht viel zu sagen.

Fritz Reuter starb am 12. Juli 1874. Die letzten Monate seines Lebens waren eine schwere Qual für ihn. Im März hatte ihn ein Schlag getroffen, der ihm eine linksseitige Lähmung einbrachte – der Rollstuhl wurde sein ständiger

Platz. Sein Körper verfiel von Tag zu Tag, er wurde schmal und leicht, seine Augen lagen tief in den Höhlen, der Bart wurde dünn. Aber immer, wenn ich zu ihm kam, lachte er, winkte mich mit der rechten Hand zu sich und verlangte, hinaus in den Garten gefahren zu werden. Jetzt erwies sich die komplizierte Architektur des Hauses als bestens geeignet für seinen Fall, denn durch das am Hang liegende Gartenzimmer führte eine breite Tür direkt hinaus ins Freie. Da saßen wir dann in der Frühlingssonne. Meist schwiegen wir. Manchmal erzählte Reuter mit leiser, veränderter Stimme von Büchern, die er noch gern hätte schreiben wollen, vor allem von seinem Franz Zunkel, der die Hauptfigur zu einem Roman hatte werden sollen, zu dem jedoch kaum ein paar Zeilen niedergeschrieben worden waren. »Das hätte ich gern noch gemacht, und es wäre ein ganz plattdeutsches Buch geworden . . .«, sagte er und hob die Schulter.

Selten, wohl ein oder zwei Mal, erkundigte er sich nach meiner ärztlichen Meinung über seinen Gesundheitszustand. »Wie lange geben Sie mir noch, Schwabe?« – »Sie sind sehr krank, mein Freund!« – »Das weiß ich selbst! Wie lange?«

Zuerst schwieg ich, redete herum. »Mir können Sie es sagen, Doktor. Ich will es jetzt wissen. Nur Luise, der sagen Sie's nicht!«

Gerade hatte Luise mich dasselbe gefragt und dasselbe erbeten. »Nur ihm, Doktor, ihm sagen Sie's nicht!«

Oh, lieber Flemming, ich habe lange über diese Frage nachgedacht. Das ärztliche Geheimnis, dessen Wahrung uns wie eine heilige Fackel von unseren Lehrern aufgetragen worden war – galt es im Angesicht des Todes? Hatte der Patient nicht ein Recht auf seinen Tod? Welche Komödie führen wir da auf, wir unfehlbaren Medizinmänner? Wir wissen doch am ehesten, wie es steht, und wir schweigen. Für wen und vor wem? Vor Gott müssen wir alle, Flemming, oder, was sich weniger religiös anhört und eher zu unserem ärztlichen Materialismus paßt: vor unser Ende müssen wir alle. Wie viele verwechseln den Tod mit Gott! Was ist das überhaupt: Gott? Meinem lieben Croy sträubt sich die Feder, dies niederzuschreiben, denn er ist ein junger Mensch und denkt nicht an den Tod, jedenfalls nicht an seinen eigenen, und er ist ein Christ, und sein Vater hat ihn in Pforta erziehen lassen, wo sie schon zum Frühstück den Katechismus mit Gerstenkaffee aufbrühen – Gott! Das ist die Welt des Übersinnlichen, die mir verschlossen ist. Ich war Arzt und hatte mit den Lebenden zu tun. Um die Toten kümmerte sich der Totengräber. Ich verliere den Faden, will doch von Reuters Sterben sprechen und rede von meinem eigenen. Ja, ich weiß jetzt, daß das Geheimnis den Tod nicht aufhalten kann. Wohl ist es menschlich, Hoffnung zu spenden, so lange es irgend geht. Jetzt aber, was sollte ich antworten? Er wußte, daß es aus war mit ihm, er saß da, halb schmerzgekrümmt, halb gefühllos, in seinem Stuhl und fragte mich: »Wie lange noch, Doktor?«

Faßte ich mir ein Herz, oder sollte ich schweigen?

»Es wird der letzte Sommer sein, Reuter. Dann ist es vorbei.«

Reuter schwieg lange, nickte dann und sagte: »Es ist gut, Doktor. Ich danke Ihnen sehr. Und Luise kein Wort, ja?«

»Versprochen, Reuter!«

Er wollte allein sein, saß in der wärmenden Sonne und sah in den Himmel.

Als ich ins Haus trat, zog mich Luise in ihr Zimmer. Durch das Erkerfenster konnten wir Reuters Rollstuhl zwischen den Stauden des Gartens stehen sehen, seinen krummen Rücken, seinen Kopf.

»Wie lange noch, Doktor?« Wieder die gleiche Frage, und wieder die Not des Gewissens. »Es geht zu Ende, Frau Reuter, bald oder später. Ich weiß es nicht genau. Niemand hat eine Uhr in sich, die seine Tage anzeigt und die der Arzt ablesen könnte. Er ist todkrank, Sie wissen es eh. Der Schlaganfall, die Lähmung, die Appetitlosigkeit, der ständige Gewichtsverlust. Fassen Sie sich, liebe Freundin!« – »Ich bin gefaßt, Doktor. Er soll nichts merken, ich will jeden Tag so tun, als ob er morgen wieder aufstehen könnte. Ich will ihm jeden Wunsch erfüllen. Was werde ich nur ohne ihn tun?«

Ja, sie war verzweifelt. Oh, der Ehrgeiz dieser Frau! Wie hatte sie ihn manchmal geschurigelt, was hatte sie ihm abgefordert! Und doch: wie hatte sie ihn geliebt! Sie hatte ihn so sehr geliebt, daß sie nun, im Angesicht seines Todes, ein Leben ohne ihn nicht ausdenken konnte. Sie dauerte mich, ich strich ihr über das Haar und sagte leise: »Denken Sie jetzt nur an ihn, Frau Luise. Die Zukunft steht auf einem anderen Blatt. Noch ist er da, und er braucht Sie!«

Sie wischte sich über die Augen, stand dann auf und ging hinaus in den Garten. Ich sah, wie sie sich über seinen Stuhl beugte und lange sein bärtiges Gesicht streichelte.

Er starb am 12. Juli, nachts. Sie war allein mit ihm. Frau Löbel klopfte mich aus dem Schlaf. »Herr Reuter ist tot«, sagte sie. Er sah sehr still aus, ohne jene Verzerrungen, die der Todeskampf auf manches Gesicht schreibt, lag er da. Seine Frau trug schon Schwarz.

Frau Reuter hat später erzählt, Reuter habe »Friede, Friede!« gerufen und sei dann verschieden. Mir gegenüber hat sie diese letzten Worte nicht mitgeteilt, und es steht mir nicht zu, glauben zu machen, sie habe in dem fast religiösen Eifer, mit dem sie Leben und Tod ihres Gatten verklärte, diese letzten Worte mehr hören wollen als wirklich gehört – ich jedenfalls hatte den Eindruck, Reuter müsse im Schlaf von einer plötzlich eintretenden Herzlähmung als logischer Folge des Schlaganfalls und seiner allgemeinen konstitutionellen Schwäche überrascht und kampflos hingegangen sein, so wie wir es ja oft beim Herztode vorfinden: Menschen, die schlafend in den Tod gehen, ein friedliches, glückliches Menschenende! Sein Antlitz war völlig gelöst, seine Augen waren geschlossen, seine Hände nicht zu Fäusten geballt, sondern ganz entspannt.

So starb Fritz Reuter.

Verehrter Herr Geh. Medicinalrat,
                         hier muß ich nun meine
Niederschrift unterbrechen; Dr. Schwabe ist sehr schwach
und bedarf jetzt dringend des Schlafes. Ich stehe ihm und
Ihnen als College und Mittler fernerhin gern zur Verfügung.

                                        Croy, Kreisphysikus